KB050390

시어터 리턴

리턴
에이스 4

초판 1쇄 인쇄일 2016년 12월 16일 | **초판 1쇄 발행일** 2016년 12월 20일

지은이 신세로 | **펴낸이** 곽동현 | **담당편집 팀장** 이범수
편집부 신연제 이윤아 홍현주 김유진 임지혜

펴낸곳 (주)조은세상 | 출판등록 제 2002-23호
주소 경기도 연천군 미산면 청정로 1355
TEL 편집부 02)587-2966 | FAX 02)587-2922
e-mail bukdu@comics21c.co.kr

신세로 ⓒ 2016
ISBN 979-11-5832-801-6 | ISBN 979-11-5832-597-8(set) | 값 8,000원

신세로 스포츠판타지 장편소설

SPORTS FANTASY STORY

CONTENTS

리턴
에이스
Return Ace

18. 반전의 시작

리턴
에이스
Return Ace

18. 반전의 시작

「탬파베이 레이스, LA 에인절스 꺾고 6연승 성공!」

[그야말로 파죽지세다.

탬파베이 레이스가 LA 에인절스와의 원정 경기에서 시리즈 스윕으로 시즌 6연승을 달리게 되었다.

1차전 9 - 2, 2차전 7 - 1로 완벽한 승리를 거뒀던 탬파베이 레이스는 오늘 3차전, 선발 투수 데이비드 프라이스를 앞세워 7 - 0으로 승리를 거두면서 시즌 9승 8패로 2위 토론토 블루제이스와의 격차를 1.0게임 차로 좁혔다.

지난 보스턴 레드삭스와의 3경기를 모두 승리하면서 기세를 탄 탬파베이 레이스는 LA 에인절스의 홈구장인 에인절 스타디움에서 안방 주인을 무너뜨리며 2010시즌 동부지구 우승팀다운 모습을 보여줬다.

데이비드 프라이스, 윤주혁, 제임스 쉴즈, 제프 니만, 제레미 헬릭슨으로 이어지는 막강한 선발 라인업을 바탕으로 타선에 벤 조브리스트, 윤주혁, 자니 데이먼, 필립 모리스 등을 앞세우며 6연승을 성공시킨 탬파베이 레이스는 주전급 선수들을 대거 잃었음에도 불구하고 금방 본래 페이스를 되찾으면서 저력을 보여주고 있다.

조 매든 감독은 인터뷰에서 "우리는 이기는 야구가 몸에 배여 있기에 연패는 사실 아무런 의미가 없었다. 지금부터가 진짜 시작"이라고 말했다.

한편, 팀 내 핵심 선수인 3루수 에반 롱고리아가 지난주, 15일 DL(부상자명단)에서 복귀한 후 마이너리그 트리플A에서 점차 나아지는 타격감을 선보이며 1주일 안으로 메이저리그 무대에 다시 돌아올 것이라고 조 매든 감독이 밝혔다.

동부지구 선두를 달리고 있는 뉴욕 양키스도 이제는 마냥 편할 수는 없게 되었다.

초반부터 뜨거운 순위권 경쟁.

탬파베이 레이스의 돌풍이 어디까지 향할지에 많은 관심이 쏠리고 있다.]

〈 스포토탈 코리아 김석호 기자〉

「윤주혁, 아메리칸리그 이주의 선수 선정!」

[윤주혁(21, 탬파베이 레이스)이 주간 가장 뛰어난 활약을 펼친 것에 대한 보상을 받았다.

메이저리그 사무국은 20일(한국시간), 윤주혁을 아메리칸리그 이주의 선수로 선정, 발표했다.

메이저리그는 매 주마다 양 리그에서 뛰어난 활약을 보인 선수에게 이 주의 선수로 선정하는데 윤주혁이 그 영광을 안은 것.

윤주혁은 투수로 1경기 8이닝 무실점 4피안타 1볼넷 12K를, 타자로는 17타수 10안타 4홈런 11타점을 기록하면서 최고의 활약을 선보인 바 있다.

한편, 내셔널리그 이주의 선수에는 뉴욕 메츠의 신인 안드레스 가르시아가 선정되었다. 안드레스 가르시아는 5홈런 16타점을 기록, 내셔널리그에서 가장 주목받는 선수로 남았다.]

〈 케이스포츠 백성일 기자 〉

◆

모처럼 만이다.

활기찬 분위기.

자신감 넘치는 선수들의 모습.

한 주간 최고의 활약을 선보인 주혁은 달라진 팀 분위기에

11

흡족한 미소를 짓고 있었다.

쾌조의 6연승.

6연승을 쌓는 동안, 탬파베이 레이스의 경기력은 시즌 초반과 확연하게 달라지고 있었다.

우선 흐름을 끊어먹는 실수들이 나오지 않았고, 선수들 모두 자신감 넘치는 모습으로 제 몫을 톡톡히 해줬으며, 나아가 조 매든의 적절한 수비 시프트 작전과 대타 기용은 매번 기막히게 맞아떨어졌었다.

'이래야 야구할 맛이 나지.'

초반에만 해도 쉽게 무너지던 조직력은 이제 사라지고 없었다.

탄탄한 마운드.

그리고 이를 돕는 뛰어난 수비.

이 바탕 위에 점차 타격감이 좋아지는 타선 덕분에 이제는 더 이상 전력 손실이 느껴지지 않을 정도로 좋아진 탬파베이 레이스였다.

'이제 이걸 꾸준히 유지하는 게 정말 중요하다.'

잠깐의 상승세는 전체적인 시즌에서 비춰볼 때 그다지 도움이 되지는 않는다.

즉, 이처럼 상승세를 타고 있을 때 분위기를 확실하게 잡아가면서 잃어버렸던 자신감들을 되찾아 쉽게 무너지지 않는 조직력을 갖추는 것이 지금 탬파베이 레이스에겐 가장 중요한 부분이었다.

파앙!

마지막으로 패스트볼을 던진 후, 등판 점검을 마친 주혁이 글러브를 벗고는 다가오는 존 제이소에게로 걸어갔다.

"문제점은?"

"없지. 커브 이후에 릴리스 포인트 변화도 많이 좋아졌어. 일시적이었나 봐."

"다행이군."

"낮게 제구도 잘 되는 편이고, 전체적으로 오늘은 공들이 다 좋다. 특출 나게 좋은 공은 없지만."

"혹시 모르지. 마운드 위에선 달라질 수도."

"항상 그렇긴 하니까. 안심하지 마. 공은 좋은데 네 말대로 마운드 위에선 달라질 수도 있으니까."

"알고 있어."

주혁의 대답에 존 제이소가 피식 웃었다.

불펜에서 나와 벤치로 온 두 사람의 대화는 끊기지 않았다.

"그나저나 오늘 경기는 꽤 재밌겠어."

존 제이소의 말에 주혁이 고개를 갸웃거리자, 그가 반대편 벤치에서 동료 선수와 해맑게 웃으며 대화를 나누는 상대 팀 선수를 슬쩍 가리켰다.

주혁이 그 선수가 누구인지를 보고는 이내 고개를 끄덕거렸다.

존 제이소가 물었다.

"자신 있냐?"

"내가 누구한테 겁먹는 거 봤어?"

존 제이소가 주혁의 자신감 가득한 목소리를 듣고는 흡족하게 웃었다.

"좋은 그림이 되겠군. 한국과 일본을 대표하는 메이저리거의 대결이라……."

존 제이소의 시선이 향하는 곳에는 바로 시애틀 매리너스의 간판타자이자 일본 역대 최고의 선수로 불리는 외야수, 스즈키 이치로가 서 있었다.

존 제이소가 말했다.

"뭐 안타 치는 기술 하나만큼은 여전하지만 그래도 예전만은 못하지. 출루율도 자꾸 떨어지고 있고. 요새 바깥쪽 유인구에 약점을 보이고 있는 이치로다."

"좌타자의 바깥쪽이면……."

"투심으로 잡아내야지."

주혁이 구사하는 구종 가운데 좌타자에게 있어 가장 위력적인 구종.

투심 패스트볼.

빠르기도 빠르지만 무엇보다도 좌타자의 바깥쪽으로 휘어지는 그 무브먼트에 속는 타자들이 꽤나 많았다.

특히 이 공이 낮게 제구가 되기만 하면, 투심 패스트볼은 결정구로서 가장 빛나는 공이 되곤 했다.

"물론 맞춰내는 능력은 대단하니 커트하려고 하겠지.

이치로한테는 투구수를 많이 낭비하지 말자고."

"확실하게 끝내야지."

"삼구 삼진 잡아내면 아주 볼 만 하겠어."

존 제이소가 주혁의 어깨에 손을 얹고는 약간의 부담을 주었다.

그러나 주혁은 오히려 씩 웃으며 고개를 끄덕였다.

"이치로가 삼진 먹고 뭐라고 중얼거리는지 꼭 듣고 나한 테 전해줘."

"그러지. 이치로가 1루에 알짱거리는 꼴을 안 볼 수 있도 록 잘 해보자고. 아주 거슬리거든."

존 제이소가 과거의 기억들을 떠올리고는 이를 뿌드득 갈았다.

"그러고 보니 넌 모르겠구나."

공교롭게도 지난 시즌, 주혁은 스즈키 이치로를 상대한 적이 단 한 번도 없었다.

"딱히 겪어보고 싶진 않군."

"그럼 뭐 답은 하나지."

두 사람의 시선이 다시 스즈키 이치로에게로 향했다.

아무것도 모른 채 동료와 이야기를 나누던 스즈키 이치 로가 순간 어디선가 느껴지는 살기에 고개를 획 돌렸으 나······.

'뭐지?'

이미 두 사람은 발걸음을 옮긴 후였다.

KBC 스포츠 중계 스튜디오 안.

이곳에선 탬파베이 레이스와 시애틀 매리너스의 경기를 중계하기 위한 준비가 한창이었다.

큼지막한 TV 화면 속에 스타팅 라인업이 나타나자, 캐스터 한영준이 시청자들에게 소개하기 시작했다.

이윽고 잠시 후, 시애틀 매리너스의 선발 투수 제이슨 바르가스가 연습투구를 마치고는 로진 백을 집어 드는 장면이 카메라를 통해 비춰지자 해설위원 김동명이 그에 대해 설명했다.

"구속이 그렇게 빠른 투수는 아닙니다. 평균 90마일 (145km)의 속구를 던지긴 하지만 제구가 상당히 좋고, 특히 수준급 체인지업을 구사하는 선수가 바로 제이슨 바르가스입니다. 무엇보다도 우타자를 상대로는 지난 시즌 0.224의 피안타율을 보인 만큼 강점을 가진 투수라고 보시면 되겠습니다. 반면에 좌타자를 상대로는 지난 시즌 0.319의 피안타율을 기록한 바 있습니다."

"그래서 타순이 바뀌었군요."

한영준의 말에 김동명이 고개를 끄덕이며 답했다.

"스위치 타자인 벤 조브리스트를 1번 타자로 세우고, 2번에 좌타자 맷 조이스를 세워서 출루를 노리고, 4번에 좌타자 자니 데이먼과 5번에 윤주혁 선수를 통해서 오늘 제이슨 바르가스를 공략하고자 하는 탬파베이 레이스입니다."

"과연 이 승부수가 통할지! 이제 경기 시작되겠습니다. 1번 타자 벤 조브리스트를 상대로 제이슨 바르가스가 초구를 던집니다."

한영준의 말이 채 끝나기도 전에, 제이슨 바르가스의 초구가 포수 미트에 꽂혔다.

그러나 다소 높게 형성된 이 공은 구심의 스트라이크 콜을 받아내지는 못했다.

이어지는 2구 역시 바깥쪽 높게 날아가면서 볼 판정을 받았고, 3구 째 던진 체인지업이 포수 미트에 꽂히기도 전에 지면에 먼저 닿으면서 폭투가 되자 김동명이 입을 열었다.

"공 세 개 모두 손에서 제대로 뿌려지지 않은 것으로 보이는데요. 제이슨 바르가스 투수가 빨리 제구를 잡지 못하면 초반부터 점수를 많이 허용할 가능성이 높아집니다."

"불안한 제이슨 바르가스. 이제 4구 째 승부입니다."

따악!

4구 째 스트라이크 존 안으로 들어오는 공을 벤 조브리스트가 제대로 때려냈고, 타구가 중견수 앞에 뚝 떨어지면서 안타가 되었다.

"이닝의 선두 타자가 출루합니다."

"방금 전 4구는 너무 한 가운데에 몰린 공이었어요. 이런 공들은 위험하죠."

"제구가 좋다는 평가를 받고 있는 제이슨 바르가스가 2번 타자 맷 조이스를 상대로 다시 감을 찾을지 지켜보죠."

로진 백을 내려놓은 제이슨 바르가스가 호흡을 정리하고는 침착하게 포수 미트로 초구를 던졌다.

그리고 맷 조이스가 타격을 하는 대신 번트를 시도했고, 벤 조브리스트를 안전하게 2루로 보내는 데 성공했다.

"이제 B.J. 업튼이 타석에 들어섭니다."

"우타자이긴 하지만 최근 타격감이 아주 좋은 선수입니다. 어제 경기에선 3안타 2타점을 기록한 바 있죠. 여기서 제이슨 바르가스가 아웃카운트를 잡아내야 할 텐데요."

"지켜보죠. 초구 맞겠습니다."

제이슨 바르가스가 침착하게 슬라이드 스텝으로 공을 던졌다.

그런데……

"아! 기습 번트입니다!"

초구로 들어온 체인지업을 B.J. 업튼이 순간적으로 번트를 가져다 대는 게 아닌가.

번트 타구는 절묘하게 투수 옆 3루수 쪽으로 향했고, 당황한 제이슨 바르가스가 재빨리 타구를 집어 들어 1루로 송구했으나 발 빠른 B.J. 업튼이 먼저 베이스를 밟는 데 성공했다.

1사 1, 3루의 위기.

중계 카메라가 대기 타석으로 걸어가는 주혁을 비추자

한영준이 들뜬 목소리로 말했다.

"윤주혁 선수가 대기 타석으로 향하고 있습니다."

"병살만 아니면 윤주혁 선수에게 기회가 오겠군요."

카메라가 이내 타석에 들어선 자니 데이먼을 비췄고, 초구 사인을 확인한 제이슨 바르가스가 쥐고 있던 로진 백을 내려놓았다.

"탬파베이 레이스가 시작부터 득점 찬스를 잡습니다. 과연 자니 데이먼이 한 건 해낼 수 있을지! 초구 승부입니다."

파앙!

몸쪽으로 날아든 초구.

"스트라이크!"

약간 애매하긴 했으나 구심은 곧바로 스트라이크 콜을 선언했다.

그리고 이어지는 2구 째.

틱!

바깥쪽으로 떨어지는 체인지업을 자니 데이먼이 때려보았으나 빗맞고 말았고, 이 타구는 관중석으로 날아가 버렸다.

순식간에 0 - 2의 볼 카운트를 만들어낸 제이슨 바르가스가 곧바로 3구 째 유인구를 던졌고 자니 데이먼은 이 공에 속지 않았다.

그러나 4구 째…….

부웅!

자니 데이먼의 배트가 크게 헛돌면서 삼진을 내주고 만 것.

하나 이 틈을 타고 B.J. 업튼이 2루로 뛰었고, 포수는 송구하지 않았다.

한영준이 말했다.

"여기서 자니 데이먼이 삼진으로 물러났습니다만 B.J. 업튼이 2루 베이스를 훔치는 데 성공했습니다."

"좋은 체인지업이었네요. 다만 2, 3루의 위기를 내준 건 시애틀 매리너스 입장에선 그리 달갑지는 않을 겁니다."

"그렇습니다. 2사에 2, 3루의 찬스! 그리고 이 찬스를 5번 타자 윤주혁 선수가 맞이합니다."

"최근 팀 내 가장 타격감이 좋은 선수가 바로 윤주혁 선수입니다. 어제는 연타석 홈런을 때려내기도 했었죠. 아메리칸리그 이주의 선수에 선정되기도 한 윤주혁 선수입니다."

"그렇습니다. 자랑스러운 대한민국 대표 메이저리거, 윤주혁 선수가 이제 초구를 상대하겠습니다."

이전보다 사인 교환을 좀 더 길게 가져간 시애틀 매리너스의 배터리가 초구를 결정했다.

이윽고 제이슨 바르가스가 초구를 던졌고, 주혁의 배트도 초구부터 반응을 보였다.

따악!

"아! 잘 맞은 타구! 그러나 관중석으로 날아가고 맙니다. 파울입니다."

"아쉽네요. 그래도 지금처럼 바깥쪽 꽉 차게 들어가는 패스트볼을 이렇게 때려내면 투수 입장에선 부담감이 크죠."

김동명의 말이 끝나자마자 제이슨 바르가스가 2구를 던졌다.

그러나 커브가 스트라이크 존을 벗어났고, 주혁은 배트를 휘두르지 않은 채 타격폼을 잠시 풀었다.

3구 째 승부를 하기 전, 잠시 타임을 요청한 제이슨 바르가스가 로진 백을 집어 들고는 숨을 골랐다.

그리고는 다시 자세를 잡은 제이슨 바르가스가 와인드업 이후 공을 던졌다.

좌타자 몸쪽으로 날아가는 공.

이 공에 주혁의 배트가 다시 한 번 반응했고…….

따악!

"걷어 올립니다!"

낮게 떨어지던 체인지업을 당겨 친 주혁의 타구가 우측 담장으로 날아가자, 한영준의 목소리가 점점 더 커지기 시작했다.

그러던 그 때.

타구를 향해 쫓아가던 우익수 스즈키 이치로가 갑자기 발걸음을 멈추는 게 아닌가.

곧이어 타구의 종착점이 확정되는 순간.

한영준이 외쳤다.

"넘어갔습니다! 쓰리런! 시즌 8호 홈런이 터집니다!"

"그 공을 때려내서 담장을 넘길 줄이야……. 대단한 파워, 대단한 스윙, 그리고 대단한 윤주혁 선수입니다."

흥분한 두 사람의 목소리.

"스코어 3 - 0. 윤주혁 선수가 마운드에 서기 전부터 시애틀 매리너스를 제압합니다!"

그리고 이 경기를 지켜보던 한국팬들 역시도 감탄을 금치 못하고 있었으니…….

"진짜 대단하다."

"두 경기 연속 홈런이네."

"우리나라 사람 맞아?"

"이치로 앞에서 선제 쓰리런이라니!"

"이번 시즌은 진짜 이치로보다 타격 더 잘하네."

분위기는 더욱 뜨거워지고 있었다.

◆

주혁은 조금 전, 자신이 때려낸 홈런 장면을 잠시 동안 회상했다.

'체인지업을 노렸던 게 신의 한 수였다.'

제이슨 바르가스의 주무기인 체인지업이 분명 들어올 것이라고 확신했고, 그 공이 몸쪽으로 날아오자 본능적으로 배트를 휘둘렀던 주혁이었다.

정말 잘 맞았던 타구는 힘을 잃지 않고 쭉쭉 뻗어 담장을 넘기는 데 성공했고, 오늘 자신의 선발 등판 경기에서 스스로 3점을 만들면서 주혁은 다소 마음이 편안한 상태에서 1회 말을 맞게 되었다.

파앙!

마지막 연습구로 패스트볼을 던진 주혁이 로진 백을 집어 들고는 타자를 기다렸다.

존 제이소가 차분하게 피칭하라는 제스처를 보냈고, 주혁은 묵묵히 고개를 끄덕거렸다.

이윽고 구심이 대기 타석에 있던 타자를 불렀고 타자가 타석에 들어섰다.

이닝의 선두 타자는 바로 1회 초 때려낸 그 홈런 타구를 쫓아가다가 발걸음을 결국 멈췄던 시애틀 매리너스의 우익수, 스즈키 이치로였다.

다른 선수도 아니고 스즈키 이치로의 뒤로 타구를 날려 보냈다는 사실에 주혁은 내색하지는 않으나 속으로 뿌듯함을 느끼고 있었다.

더군다나 그런 그를 상대로 마운드에서 승부를 할 수 있다는 것에 또 다른 설렘이 그의 어깨를 보다 가볍게 만들어 주고 있었다.

그러나 만만하게 볼 상대는 결코 아니었다.

'지난 경기에서 멀티 히트에 3경기 연속 멀티 출루라……'

개막 이후 초반에는 기대와 달리 다소 부진했으나 근래 들어 타격감이 정상적으로 돌아오고 있는 스즈키 이치로였다.

주혁이 호흡을 가다듬고는 로진 백을 내려놓았다.

그리고는 존 제이소가 보내오는 초구 사인을 확인한 후, 천천히 와인드업을 시작했다.

'첫 타석부터 확실하게 잡아내야 한다.'

주혁이 쥔 그립은 바로 포심 패스트볼이었다.

빠른 공에 강점을 보이는 스즈키 이치로이긴 하지만, 그의 반응 속도를 보기 위해서 선택할 수 있는 구종들 가운데 가장 괜찮은 구종이기도 했다.

슈웅!

손에서 뿌려진 포심 패스트볼이 빠른 속도로 좌타자의 바깥쪽을 향해 날아가기 시작했다.

그런데…….

틱!

99마일(159km)의 강속구를 기다렸다는 듯이 때려내는 게 아닌가.

다행히도 공의 위력이 상당한 덕분에 배트가 밀려 파울이 되긴 했지만, 주혁과 존 제이소는 스즈키 이치로가 강속구에도 배트 타이밍을 잘 잡는다는 것을 곧바로 알아차릴 수 있었다.

'초구부터 스윙한 걸 보니 속구를 노리는 듯한데…….'

존 제이소에게 공을 받은 주혁이 시선을 그의 허벅지 쪽으로 가져갔다.

알록달록한 매니큐어를 칠한 그의 손가락이 2구 사인을 보내왔고 주혁이 이를 확인하고는 고개를 끄덕거렸다.

이어지는 2구 승부.

파앙!

바깥쪽으로 휘어지는 91마일(146km)의 투심 패스트볼이 스트라이크 존을 벗어난 채로 포수 미트에 꽂혔다.

스즈키 이치로의 배트는 반응하지 않았고, 구심 역시도 그 어떤 미동을 보이지 않았다.

존 제이소가 곧이어 3구 사인을 보내왔다.

'이번엔 몸쪽으로 투심을 붙여보자.'

바깥쪽에 두 개의 공을 연속해서 던졌으니 히팅 포인트를 좀 더 앞당겨 잡아야 쳐낼 수 있는 몸쪽에다 속구를 집어넣어 스즈키 이치로의 반응을 보자는 존 제이소의 사인이었다.

주혁이 다시 투심 패스트볼 그립을 쥐고는 힘껏 스즈키 이치로의 몸쪽으로 공을 던졌다.

슈웅!

좌타자의 몸에 맞을 것처럼 날아가다 순간적으로 휘어 몸쪽 스트라이크 존으로 날아가는 공.

틱!

하나 93마일(150km)의 이 위력적인 투심 패스트볼에도 스즈키 이치로는 당황하지 않고 커트를 해내는 데 성공했다.

스트라이크 존 안으로 형성되는 속구들의 타이밍을 상당 수준 잘 맞춰내는 스즈키 이치로의 대처를 보면서 주혁은 입술을 살짝 깨물었다.

'일단 애매한 코스로 포심하고 투심이 스트라이크 존 안으로 들어오면 커트를 하겠군.'

이미 이 스피드에 타이밍을 잡아가는 스즈키 이치로였다.

계속해서 빠른 공을 던졌다가는 시작부터 이 속구에 타이밍을 맞춰낼 가능성이 높았다.

꾸준한 훈련.

그리고 좋은 선구안과 빠른 배트 스피드가 낯선 공의 적응 시간을 단축해주고 있었다.

'몸에 익숙해지게끔 만들어주면 내가 손해지.'

아직 확인해보지 않은 구종은 체인지업과 커브뿐이었다.

'문제는 구심이 오늘 어느 코스에 관대하게 스트라이크를 잡아주는지를 모른다는 점인데……'

쥐고 있던 로진 백을 내려놓고는 주혁이 다시 공을 던질 준비 동작을 취했다.

지금으로선 앞선 1회 초, 제이슨 바르가스가 몸쪽 애매한 코스를 던졌음에도 구심이 스트라이크 콜을 선언했던 그 장면만을 믿는 수밖에 없었다.

1 - 2의 유리한 볼 카운트.

4구 째 공으로 존 제이소가 요구한 구종은 바로 체인지업이었다.

'몸쪽 낮게 떨어져야 해.'

그의 제스처를 본 주혁이 고개를 끄덕였다.

스트라이크처럼 들어오다 볼이 되는 완벽한 위닝 샷.

존 제이소가 바라는 공은 바로 이런 무브먼트를 보여주는 체인지업이었다.

다만 스즈키 이치로의 배트가 반응을 보일지는 장담하기 어려웠다.

아무리 패스트볼을 노리고 있다고 한들, 그가 주혁의 고속 체인지업을 고려하고 있지 않을 리는 없기 때문이다.

재차 호흡을 정리한 주혁이 와인드업 동작을 가져갔다.

'가장 이상적인 공이 나와야 한다.'

설령 스즈키 이치로의 배트가 움직이지 않더라도, 그에게 이런 좋은 체인지업을 던질 수 있다는 걸 각인시켜주는 게 굉장히 중요했다.

오늘 감각이 뛰어나다는 걸 보여줘야 하는 지금.

슈웅!

주혁의 손에서 뿌려진 체인지업이 좌타자 몸쪽으로 날아가기 시작했다.

그리고 이를 확인한 스즈키 이치로의 배트가 반응을 보였다.

틱!

주혁이 생각한 그림 그대로 떨어졌던 체인지업.

그러나 스즈키 이치로는 공을 건드리는 데 성공했고, 빗맞은 타구가 큰 바운드를 튀면서 포수 마스크에 부딪혔다.

아쉽긴 하지만, 스즈키 이치로의 타격감이 좋은 이상 미련을 떨쳐낼 수밖에 없었다.

'다시 또 이런 공을 던지면 된다.'

어쨌든 실전에서도 불펜에서 몸을 풀었을 때처럼 전체적으로 공들이 좋다는 걸 확인했기에 자신감이 소폭 상승한 주혁이었다.

침착하게 사인을 기다리는 주혁에게 존 제이소가 이런 사인을 보내왔다.

'공 하나 빼보자.'

그가 요구한 구종은 바로 속구였다.

승부를 피하기는 싫지만, 지금으로서는 공 한 개 쯤 빼는 것도 좋은 방법이긴 했다.

타자의 시야에 혼란을 줄 수 있기 때문이다.

파앙!

주혁이 좌타자 바깥쪽에 벗어나는 97마일(156km)짜리 패스트볼을 하나 던졌고, 볼 카운트는 2 - 2로 바뀌었다.

스즈키 이치로도 이 공이 실투가 아니라는 걸 눈치 채고는 침을 꿀꺽 삼켰다.

그도 긴장되기는 매 한 가지였다.

3점을 내준 상황.

더군다나 개막 이후 연승 행진에 엄청난 탈삼진 퍼포먼스를 보여주는 주혁을 상대로 승리하기 위해선 빠른 시점 내에 동점 또는 역전을 만들어내야만 했다.

그리고 그러기 위해서는 지금, 이닝의 선두 타자인 자신이 출루에 성공하는 것만이 점수를 만들어낼 수 있는 가장 좋은 시나리오였다.

탬파베이 레이스의 배터리가 5구 째 공에 승부수를 띄울 것이라고 확신한 스즈키 이치로가 주혁이 사인을 확인하고는 와인드업 동작을 가져가려던 순간, 잽싸게 구심에게 타임을 요청했다.

아주 적절한 시점에서의 타임 요청인지라 구심도 이를 받아들였고, 스즈키 이치로가 장갑을 고쳐 쓰는 척하면서 어떻게 대처를 할 것인가를 놓고 고민하기 시작했다.

이윽고 시간이 다 되자 스즈키 이치로가 다시 타격폼을 취했다.

초반부터 팽팽한 긴장감이 맴도는 이 순간.

주혁이 공을 던졌다.

그런데…….

"……?"

예상했던 구종과는 정반대의 공이 날아오고 있었으니, 72마일(116km)의 스피드로 날아온 이 공의 정체는 바로 커브볼이었다.

당황한 스즈키 이치로가 큼지막한 포물선을 그리며 포수 미트로 떨어지는 커브를 맞추기 위해 배트를 휘둘렀다.

상당한 구속 차이를 보이는 이 커브의 타이밍을 잡기는 결코 쉬운 일이 아니었다.

그러나…….

틱!

밸런스가 살짝 무너진 상태였음에도 불구하고 스즈키 이치로의 배트가 공을 맞춰낸 것이었다.

큰 바운드를 보이는 이 타구는 투수 정면 쪽으로 향했고, 절대 파울이 될 리가 없다는 판단이 선 스즈키 이치로가 배트를 냅다 집어던지고는 1루로 재빨리 달려가기 시작했다.

그리고 이 타구가 마운드에 부딪히면서 불규칙 바운드가 되자, 시애틀 매리너스의 홈 관중들은 세이프가 될 거라고 생각하고는 환호성을 내지를 준비를 하기 위해 입을 열었다.

그런데…….

"……!"

놀랍게도 이 애매한 타구를 주혁이 다이빙으로 캐치를 하더니 무릎을 살짝 구부린 채로 1루에 송구를 하는 게 아닌가.

불안정한 자세에서 던진 이 송구는 1루수의 글러브로 빨려 들어갔고, 이와 거의 비슷하게 1루 베이스를 밟은 스즈키 이치로에게 1루심이 최종 결론을 내렸다.

"아웃!"

간발의 차이였으나 1루심은 공이 먼저 1루수의 글러브 안으로 들어갔다고 본 것이었다.

분개한 스즈키 이치로가 항의를 했으나 1루심은 뜻을 조금도 굽히지 않았다.

시애틀 매리너스의 에릭 웨지 감독이 1루심에게로 걸어가 방금 전 판정에 대해 말을 꺼냈으나 1루심은 단호하게 고개를 젓고는 그를 벤치로 돌려보냈다.

결과적으로는 아웃이 된 상황.

주혁의 호수비로 인해 시애틀 매리너스의 사기는 점점 더 추락하고 말았고……

파앙!

"스트라이크 아웃!"

공포에 가까운 주혁의 삼진 퍼레이드가 본격적으로 시작되었다.

◆

「윤주혁, 시애틀 매리너스 상대로 시즌 4승 달성!」

[윤주혁(21, 탬파베이 레이스)이 시즌 4번째 승리를 챙겼다.

윤주혁은 21일(이하 한국시간) 미국 워싱턴 주 시애틀에 위치한 세이프코 필드에서 열린 시애틀 매리너스와의 원정 경기에서 선발 등판, 7이닝 3피안타 2볼넷 12K 무실점 호투로 팀의 7연승을 이끌며 승리를 챙겼다.

윤주혁은 아메리칸리그 다승 부문 공동 2위인 저스틴 벌랜더(4승, 디트로이트 타이거즈), C.C. 사바시아(4승, 뉴욕 양키스), 제러드 위버(4승, LA 에인절스)와 어깨를 나란히 하게 되었다.

또한 탈삼진 부문에 있어서도 저스틴 벌랜더(50), 펠릭스 에르난데스(48, 시애틀 매리너스)에 이어 47개로 전체 3위에 올랐다.

한편 이날 경기는 초반, 주혁의 3점 홈런으로 먼저 기선 제압에 성공한 탬파베이 레이스는 주혁의 호투를 앞세우며 계속해서 점수 차이를 벌렸고 시애틀 매리너스는 이닝을 거듭할수록 무기력한 모습을 보여주며 끝내 따라잡지 못했다.

특히나 현재 타선에 있어서 가장 핵심 선수인 스즈키 이치로가 첫 타석 때 주혁의 호수비로 물러난 이후, 연타석 삼진으로 물러나면서 경기의 분위기를 바꾸지 못했다.

시애틀 매리너스의 선발 투수 제이슨 바르가스는 5이닝도 채 버티지 못한 채 4.1이닝 6실점을 기록, 강판 당하면서 시즌 3패를 끌어안게 되었다.

주혁은 7회까지 100개의 공을 던져 3안타 2볼넷만을 허용하고 삼진 12개를 솎아내 무실점 호투를 선보였고, 여기에 시즌 8호 홈런(3점 홈런, 아메리칸리그 홈런 부문 3위)까지 때려내면서 투타 모두 완벽한 모습을 보여줬다.

탬파베이 레이스는 8 - 0으로 시애틀 매리너스와의 원정 첫 경기를 승리로 가져가면서 무적의 7연승을 달성했다.

주혁은 이 날 경기를 통해 평균 자책점은 0.78에서 0.60까지 낮췄다(메이저리그 선발 투수 전체 1위).]

〈 JK스포츠 한민우 기자 〉

◈

탬파베이 레이스의 질주는 5월까지 쭉 이어졌다.

비록 연승이 깨지긴 했으나(시애틀 매리너스 원정 경기 3차전 6 - 4 패배) 시즌 초반 때처럼 지고 난 이후 계속해서 연패를 당하지 않고 다음 경기를 무조건 승리로 이끌어 이 좋은 흐름들을 꾸준히 유지해 나갔다.

그 결과, 총 55경기를 치른 탬파베이 레이스는 30승 25패로 동부지구 1위 뉴욕 양키스(31승 24패)와의 격차를 1.0게임차까지 좁히는 데 성공했다(3위 토론토 블루제이스와는 3.0게임 차).

팀 성적만 오른 게 아니었다.

선수들의 개인 성적 역시도 초반에 비해 월등히 좋아지고 있었다.

먼저 리그 최고의 선발 마운드라는 평가를 받게 된 탬파베이 레이스의 선발 투수들인 데이비드 프라이스(4승 4패

ERA 3.57), 제임스 쉴즈(5승 3패 2.69), 제프 니만(3승 2패 3.65), 제레미 헬릭슨(3승 2패 2.53)가 좋은 모습을 보여주면서 팀에 큰 보탬이 되고 있었다.

또한 불펜 투수들인 웨이드 데이비스(3승 1패 ERA 2.80 5홀드), 조엘 페랄타(0승 1패 ERA 1.74 9홀드), 후안 크루즈(1승 0패 3.33 4홀드), 브랜든 고메스(0승 0패 2.75 2홀드) 역시도 탄탄하게 경기를 지켜주었고, 마무리 투수인 카일 판스워스(1승 0패 1.04 13세이브)가 뒷문을 확실하게 책임지면서 꾸준히 좋은 경기력을 유지할 수가 있었다.

타선도 이전보다 더 좋아진 상태였다.

물론 지난 시즌과 비교한다면 다소 약해 보이긴 하지만, 나름 대체 선수들이 제 몫을 잘 해주면서 투수들의 어깨를 가볍게 만들어주고 있었다.

게다가 부상에서 돌아온 에반 롱고리아가 복귀 이후 1달 만에 홈런 9개를 몰아치면서 중심 타자로서의 역할을 톡톡히 해주고 있었다(다만 타율은 썩 좋지가 않다).

하나 무엇보다도 가장 뛰어난 활약을 선보이고 있는 선수는 당연지사 주혁이었다.

투수로서 6승 2패 ERA 2.24 73.1이닝 88K를, 타자로서 타율 0.407 13홈런 35타점 0도루 출루율 0.470 장타율 0.795를 기록하면서 모든 부문 상위에 올라와 있는(다승 2위, 방어율 3위, 탈삼진 1위, 타율 2위, 홈런 4위, 타점 5위, 출루율 1위, 장타율 1위) 주혁은 벌써부터 MVP 수상이 점쳐지고 있는 가장 유력한 후보 중 한 명이었다.

게다가 역사상 가장 최연소로 MVP를 수상한 비다 블루 (당시 만 22세)보다 2살이나 더 어린 나이에 MVP 경쟁을 하고 있다는 것은 실로 놀라운 일이 아닐 수가 없었다.

그러나 정작 이런 성적표를 본 주혁은 마냥 기뻐하지는 않았다.

초반에 그 위력적이었던 피칭이 5월에 접어들면서 다소 하락세를 보이고 있었기 때문이었다.

타자들은 점차 주혁의 피칭 스타일을 파악하고는 그에 맞춰 대응해 나가기 시작했고, 새롭게 장착한 커브가 아직 큰 성과를 보이고 있지 않은 까닭에 점차 탈삼진 개수가 낮아지고 방어율이 높아져만 가고 있었다.

타격 성적은 아메리칸리그 내 최상위권에 속해 있기는 하지만 주혁은 이를 통해 크나큰 성취감을 느끼지는 못했다.

이미 타자로서는 뛰어난 커리어들을 여럿 경험해 보기도 했을 뿐더러, 날이 갈수록 홈런 수가 줄어들고 있었기에 주혁에게는 결코 만족스럽게 다가오지는 않고 있었다.

다만 이는 주혁의 타격감이 떨어져서가 아니었다.

투수들은 자꾸만 주혁과의 승부를 피하려고 했고, 좋은 공을 절대 주지 않으면서 자연스럽게 장타성 타구가 많이 줄어들게 된 것이었다.

물론 과거에도 이처럼 매 타석마다 쉽지 않은 승부의 연속이긴 했으나 매번 잘 이겨냈던 주혁이었다.

다만 지금은 그 때처럼 하기가 힘들었다.

투수로서 뛰어야 하기 때문에 체력적으로 무리를 해서는 좋을 게 없기 때문이었다.

훈련을 소홀히 하진 않았으나 예전만큼은 아니었다.

애정이 식었다고 하기 보다도 지금 당장 급한 불부터 끄기 위함이었다.

슬럼프라고 할 수는 없지만, 마운드 위에 있어서 지금은 변화가 필요했다.

그리고 주혁은 그 해답을 커브에서 찾고자 했다.

날이 가면 갈수록 커브의 컨트롤이 제법 능숙해지고 있기는 했으나 주혁은 꺾이는 각도와 그 힘이 더 증폭되어야만 한다고 보고 있었다.

또한 커브 이후에 실투가 나오는 일 또한 방지하고자 주혁은 경기 이후에도 꾸준히 훈련에 임했고, 실전에서 행여 맞더라도 커브의 구사율을 높임으로서 그 감각을 하루빨리 익숙하게끔 만들고자 노력했다.

투수코치 애런 루이스도 이런 주혁의 노력에 조금이나마 힘이 되어주고자 많은 시간을 그에게 투자하면서 세세하게 지도를 해주었고, 타자들 역시도 점점 무서워지는 커브볼에 당하기 시작했다.

지난 시즌과 마찬가지로 주혁은 올스타 브레이크 이전까지 커브를 완성시키고자 마음을 먹었다.

타자의 타이밍을 빼앗는 피칭의 1인자가 되기 위해서

말이다.

이제는 더 이상 힘으로 밀어붙이는 피칭은 소용이 없다는 것을 주혁은 스스로도 잘 알고 있었다.

이런 위력적인 공들이 빛을 보려면 칼날 같은 제구력이 있어야 진정한 위력을 발휘할 수가 있었다.

'갈 길이 멀다.'

처음 도전하는 투수로서의 여정.

순조로웠던 초반의 항해는 조금씩 커져가는 파도를 맞고 있었다.

◆

경기장 내 불펜 안.

시즌 12번째 선발 등판을 앞두고, 최종 점검을 마친 주혁에게 애런 루이스가 다가왔다.

"아주 많이 좋아졌어, 윤."

"다행이네요."

"릴리스 포인트와 투구폼에 있어서 커브와 속구 구별하기가 힘들어졌으니 이전보다 커브의 위력이 더 좋아질 거야. 다만 아직은 지난 시즌 투심처럼 확실한 결정구로 쓰기는 조금 부족해. 너도 느끼지?"

애런 루이스의 말에 주혁이 대답 대신 묵묵히 고개만 끄덕였다.

그가 주혁의 어깨를 토닥이면서 부드럽게 말했다.

"그래도 컨트롤이나 커맨드는 좋아졌으니까 너무 실망하지는 말고. 지금 이 상태로도 너는 아메리칸리그 투수 세 손가락 안에 드는 녀석이니까."

지난 2경기에서 한 번은 6.2이닝 3실점을, 바로 전 경기에서는 막판에 홈런을 두 방 허용하면서 7이닝 5실점으로 패전의 멍에를 안았던 주혁이 오늘 선발 등판에서 행여 자신감을 잃을까봐 그에게 좋은 말들을 건네는 애런 루이스였다.

물론 주혁의 자신감은 여전히 하늘을 찌를 듯이 맹렬했다.

단지 스스로에게 만족을 느끼지 못할 뿐이었다.

애런 루이스와 주혁이 서로 이야기를 나누고 있을 때, 선글라스를 낀 채로 다른 선수들의 얼리 워크(Early Work)를 지켜보던 조 매든 감독의 시선이 그 둘에게로 향했다.

단지 보고만 있어도 입가에 흐뭇한 미소가 지어졌다.

현실에 안주하지 않고 끊임없이 발전하기 위해 더욱 피나는 노력을 하는 주혁의 모습은 대견스러울 뿐만이 아니라 나아가 팀 전체적으로도 귀감이 되고 있었다.

여타 선수들처럼 즐길 거 다 즐기면서 더 나은 성적을 바라는 게 아닌, 쉬고 싶어도 꾹 참고 성실하게 훈련에 임하는 모습은 동료 선수들에게도 자신을 스스로 돌아보게끔 만들고 있었다.

'뛰어난 재능을 가지고 있으면서도 저렇게 노력하니 잘될 수밖에.'

경기 외적으로도 팀 사기를 끌어올릴 줄 아는 주혁은 사실 상 어린 주장이나 다름없었다.

단지 입을 꾹 다문 채 별다른 말을 하지는 않지만, 주혁은 팀이 위기에 빠질 때면 귀신 같이 나타나 그 늪에서 건져내 주곤 했다.

말이 아닌 행동으로서 실질적인 주장 노릇을 해주는 주혁의 존재감은 이제 팀 내에서 에반 롱고리아나 데이비드 프라이스 못지않게 큰 비중을 차지하고 있었다.

'오랫동안 함께 했으면 좋겠다만……'

지난 시즌 신인왕에 이어 이제는 MVP까지 노리는 주혁의 행보에 몸값은 벌써부터 천정부지로 치솟고 있었다.

특히나 그의 에이전트가 악마라고 불리는 스캇 조나스이기에 어쩌면 가장 최고액을 갱신할 가능성도 높았다.

더군다나 한정적인 탬파베이 레이스의 페이롤도 따져 보았을 때, 향후 연봉 조정 자격을 얻고 나면 주혁의 연봉 때문에 데려오고 싶은 선수들을 포기해야 하는지라 팀 운영에 차질이 생길 수밖에 없었다.

물론 주혁 하나만으로도 시장에 나오는 값이 싼 일명 '로또 선수'들과 비교할 수 없을 정도로 훌륭하긴 하지만, 행여 그가 부상으로 전력에서 이탈한다면 무너지는 건 한순간이나 마찬가지였다.

'아직 트레이드 되려면 멀기는 하지만 생각하니 쓸쓸해지네……'

스몰마켓의 감독인 이상 이는 어쩔 수 없었다.

무엇보다도 단장이 앤드류 프리드먼이기에 값싸고 저렴하지만 터질 가능성이 높은 선수 위주로 팀을 꾸리고자 할게 자명했다.

'뭐 이번 시즌은 성공적이긴 하지만.'

조 매든 역시도 앤드류 프리드먼의 운영을 믿고 따랐기에 딱히 불만은 없었다.

단지 아쉬움이 남을 뿐이었다.

이내 잡생각을 내려놓은 조 매든이 주혁을 불렀다.

그리고는 입가에 미소를 머금은 채로 그에게 넌지시 물었다.

"윤. 올해 네 목표는 뭐냐?"

"목표라면 많죠. 일일이 다 말씀드릴까요?"

"아니. 정말 간절한 목표 말이다."

"다 간절한데……"

"하나만 골라봐라."

조 매든의 갑작스러운 질문에 글러브를 벗고는 잠시 휴식을 취하던 주혁이 고민에 빠져들었다.

"최연소 MVP?"

"그게 가장 간절한 목표냐?"

"음……. 아뇨, 그보다 먼저 최연소 사이영상을 수상

하고 싶습니다."

당돌하게 원대한 포부를 밝히는 주혁을 보며 조 매든이 씩 웃었다.

"정말 간절하게 원하면 그 목표는 어느 순간에 이뤄져 있을 거다. 다만 그 길까지 가는 데 결코 순탄하지만은 않 겠지. 한 해 그 리그에서 가장 뛰어났던 투수를 뽑는 거니 까 말이다."

조 매든의 말에 이번에도 주혁이 대답 대신 고개만 연신 끄덕였다.

그가 말을 이었다.

"절대 조급해하지 마라. 요새 부쩍 훈련량을 늘였던데 이걸로 내가 뭐라고 하진 않겠다만 급하게 빨리빨리 해결 하려고 하면 할수록 더 꼬일 수밖에 없다."

"알겠습니다."

"벼락치기보다 꾸준하게 공부하는 사람의 성적이 잘 나 오는 건 당연하다. 네가 지금 이런 활약을 펼쳐 보일 수 있 는 것 역시 그만큼 네가 철저한 준비를 한 덕분이지."

조 매든이 주혁의 삐뚤어진 모자를 바로 씌워 주었다.

"늘 하는 말이지만, 무리는 하지 마라. 내가 자꾸 같은 말을 반복하는 건 그만큼 중요하니까 하는 거다."

"잘 알죠."

"그래. 너처럼 착실하게 준비한 사람은 반드시 목표를 이룰 수 있다고 나는 확신한다. 그러니 지난 두 경기 동안 만족스럽지 못했던 피칭, 그 아쉬움을 오늘 경기에서 싹 다 털어버려라."

주혁이 힘차게 고개를 끄덕이자 조 매든이 피식 웃고는 말했다.

"아참. 그러고 보니 오늘 필라델피아 선발 녀석이 뭐라고 했다던데 들었나?"

조 매든의 말에 주혁이 고개를 갸웃거렸다.

'오늘 선발이 누구지?'

이름은 곧바로 기억이 났다.

제이로드.

작년에 딱히 좋지 않았던 기억이 있는 투수였던 제이크 로드리게스가 공교롭게도 인터리그 필라델피아 필리스와의 경기에서의 선발 맞대결이 예정되어 있었다.

"아. 그 친구가 뭐라고 하던가요?"

주혁이 그에게 묻자, 조 매든이 슬쩍 존 제이소에게 눈짓했다.

이를 확인한 존 제이소가 고개를 끄덕이고는 주혁을 락커룸으로 데려가면서 말했다.

"언론에 대고 그런 건 아니고, 제이로드가 얼리 워크(Early Work) 끝나고 팬한테 사인해주다가, 팬이 너에 대해서 물으니까 "개고기 먹는 나라? 나라 수준 자체도 떨어지는 데 나랑 비교해서 되나? 비교할 걸 비교해야지, 애송이 따위"라고 했다고 하더라고."

"……!"

"그 새끼는 참 한결같아. 머저리 같은 녀석."

인종 차별적인 발언을 서슴없이 공개석상에서 했다는 사실에 화가 날 법도 한데, 주혁은 오히려 피식 웃어보였다.

존 제이소가 말했다.

"너무 신경 쓰지 마. 그냥 오늘 그 새끼 상대로 가서 찢어버려."

"그래야지. 다행이네. 오늘이 필라델피아 홈구장에서 경기가 치러져서 말이야."

"설마 맞출 생각은 아니지, 윤?"

존 제이소가 순간 살짝 당황하며 묻자, 주혁은 말없이 씩 웃어보였다.

"폭력을 쓰면 되나. 깨닫게 해 줘야지. 영원히 내 발 밑이라는 걸."

그 때의 굴욕보다도 더 굴욕적이게.

'감독님이 나한테 이 말을 꺼내신 이유가 있었군.'

흥분한 건 아니었으나, 어딘지 모르게 힘이 솟구치는 듯했다.

'날 너무 잘 아신다니까.'

주혁의 두 눈동자에선 조금씩 섬뜩한 살기가 뿜어져 나오고 있었다.

필라델피아 필리스의 홈구장인 시티즌스 뱅크 파크.

탬파베이 레이스와의 경기가 시작되기에 앞서, 중계석에
선 선발 라인업을 소개하기 시작했다.

필라델피아 필리스

1번 타자 SS 지미 롤린스
2번 타자 2B 체이스 어틀리
3번 타자 3B 플라시도 폴랑코
4번 타자 1B 라이언 하워드
5번 타자 LF 라울 이바네스
6번 타자 C 카를로스 루이스
7번 타자 RF 도모닉 브라운
8번 타자 CF 존 메이버리
9번 타자 P 제이크 로드리게스

탬파베이 레이스

1번 타자 CF B.J. 업튼
2번 타자 2B 벤 조브리스트
3번 타자 LF 필립 모리스

리턴
에이스

4번 타자 3B 에반 롱고리아

5번 타자 P 윤주혁

6번 타자 SS 션 로드리게스

7번 타자 RF 맷 조이스

8번 타자 C 존 제이소

9번 타자 1B 케이시 코치맨

이윽고 1회 초, 마운드 위에 선 제이크 로드리게스를 상대하기 위해 B.J. 업튼이 타석에 들어서자 캐스터가 경기 시작을 알렸다.

포수와 사인을 주고받은 제이크 로드리게스가 이내 초구를 던졌고, 춤을 추는 듯한 무브먼트로 미트에 꽂힌 97마일 (156km)의 패스트볼은 구심의 스트라이크 콜을 받아내는 데 성공했다.

초구를 바깥쪽에다 집어 넣은 제이크 로드리게스가 B.J. 업튼을 상대로 3구 승부까지 계속해서 비슷한 코스에 빠른 공을 꽂아 넣었고…….

파앙!

"스트라이크 아웃!"

몸쪽 스트라이크 존 꽉 차게 들어간 슬라이더에 B.J. 업튼이 루킹 삼진으로 물러나면서 제이크 로드리게스가 순조롭게 경기를 출발했다.

이어지는 벤 조브리스트와의 대결도 이와 비슷했다.

왼쪽 타석에 들어선 벤 조브리스트에게 제이크 로드리게스는 또 다시 공 3개를 연속으로 바깥쪽에 찔러 넣었고…….

틱!

결정구로 몸쪽에 휘는 슬라이더를 던짐으로서 내야 땅볼로 잡아내는 데 성공했다.

제이크 로드리게스는 오늘 자신의 좋은 컨디션에 흡족해하며 포수의 사인을 기다렸다.

그리고는 이어서 타석에 들어선 3번 타자 필립 모리스를 상대로 그는 앞선 피칭 패턴과는 다르게 빠른 공 대신 슬라이더와 체인지업만을 던지기 시작했다.

그럴 만한 이유가 있었다.

최근 5경기에서 탬파베이 레이스 내 타자들 가운데 가장 좋은 성적을 보인 선수가 바로 필립 모리스였기 때문이었다.

특히나 속구에 강한 모습을 수차례 보인 바 있기에 필라델피아 필리스의 배터리가 변화구 위주의 피칭을 가져간 것이었다.

이 선택은 나름 괜찮았다.

1 - 2의 유리한 볼 카운트까지 만들기는 했으니 말이다.

그러나 타격감이 물오른 필립 모리스는 금방 적응해냈고…….

따악!

바깥쪽으로 휘어져 들어오던 슬라이더를 깔끔하게 밀어쳐서 안타를 때려낸 필립 모리스가 2아웃 이후 출루에 성공했다.

삼자 범퇴로 이닝을 마칠 수 있었던 상황에서의 안타 허용에 제이크 로드리게스가 아쉬움을 드러냈다.

하나 오늘 감이 좋았기에 그는 딱히 신경 쓰지 않고 다음 타자인 에반 롱고리아를 상대했다.

그런데…….

따악!

초구 패스트볼을 받아친 에반 롱고리아의 타구가 중견수 키를 넘어서 워닝 트랙 부근까지 날아가는 게 아닌가.

방금 전 공 역시도 분명 손에서 잘 뿌려진 공이었으나 장타를 허용하게 되자, 제이크 로드리게스의 미간이 살짝 찌푸려졌다.

하나 자신의 공에 이상은 없었기에 제이크 로드리게스는 표정을 다시 풀었다.

그리고는 다음 타자를 기다리던 제이크 로드리게스의 눈썹이 순간 꿈틀거렸다.

다음 타자가 바로 주혁이기 때문이었다.

'빌어먹을 애송이.'

그는 잊고 싶은 기억을 다시 떠올렸다.

스프링캠프에서 주혁에게 맞았던 홈런

그리고 타석에서의 굴욕적인 헛스윙 삼진.

백인 우월주의에 빠져 있는 제이크 로드리게스로서는 주혁의 눈부신 활약이 아니꼬울 수밖에 없었다.

자신보다 뛰어난 실력을 가진 선수는 인정하고 고개를 숙이는 제이크 로드리게스이지만 아시아 선수인데다 나이가 한참이나 어린 주혁을 인정하기에는 그의 그릇이 그렇게 크지는 않았다.

'이 애송이를 삼진으로 잡아내서 분위기를 가져온다.'

4할 초반의 타율, 출루율과 장타율 1위를 기록하고 있기는 하지만 근래 다소 부진하다는 걸 잘 아는 제이크 로드리게스는 주혁을 삼진으로 잡아낼 수 있다고 자신하고 있었다.

포수가 초구 사인을 보내왔고, 제이크 로드리게스가 고개를 끄덕였다.

세트 포지션 동작을 빠르게 가져간 제이크 로드리게스가 힘껏 초구를 던졌다.

파앙!

바깥쪽 낮게 걸친 초구.

"스트라이크!"

97마일(156km)의 강속구는 구심의 손을 끌어올리는 데 성공했다.

'역시 오늘 컨디션은 정말 좋다니까.'

공의 무브먼트며 스피드, 그리고 제구까지 무엇 하나 부족한 게 없었다.

단지 앞선 타자들에게 안타를 허용한 건 순전히 낮게 던지지 않았기 때문이라고 제이크 로드리게스는 생각했다.

포수가 좋은 공이었다며 침착하게 피칭을 하라는 제스처를 취했고, 제이크 로드리게스가 고개를 끄덕이고는 이어지는 2구 사인을 확인했다.

그리고는 망설임 없이 포수 미트를 향해 공을 던졌다.

파앙!

이번에도 바깥쪽 낮게 꽂히는 공.

"스트라이크!"

백도어 슬라이더(바깥쪽 스트라이크 존에서 빠지는 것처럼 날아가다 안쪽으로 휘면서 걸치듯이 꽂히는 슬라이더)가 90마일(145km)의 스피드로 날카롭게 포수 미트에 들어갔고, 유리한 볼 카운트를 만들어 내는 데 성공했다.

제이크 로드리게스가 속으로 씩 웃으면서 로진 백을 집어 들었다.

'애송아. 이런 공은 치기가 힘들지? 하긴 경험이 많이 있어봐야 이런 거 건드리기라도 하지. 무작정 재능만 가지고는 못 쳐, 이런 거.'

2구 연속으로 스트라이크를 잡아낸 제이크 로드리게스의 자신감은 하늘을 찌를 듯이 높아지고 있었다.

'유인구 하나 던져보자.'

성급하게 공격적으로 던질 필요는 전혀 없었다.

어찌 되었든 타격 센스가 좋은데다 커트도 제법 잘 해내는 편이기에 굳이 타이밍을 맞출 수 있게 도울 이유는 없었다.

포수도 낮게 떨어지는 체인지업을 요구했고, 이에 제이크 로드리게스도 기다렸다는 듯이 고개를 끄덕이고는 그립을 쥐었다.

곧이어 그가 좌타자 몸쪽 낮게 체인지업을 던졌고…….

"……."

주혁의 배트는 이에 반응하지 않았다.

'참아내네?'

아쉽게도 삼구 삼진은 날아갔으나, 제이크 로드리게스는 크게 아쉬워하지 않았다.

몇 구를 던지던 간에 삼진으로 잡아내면 그만이니까.

이어서 포수가 커브 사인을 보내왔고 제이크 로드리게스가 다시 한 번 유인구로 스트라이크 존에서 벗어나게끔 낮게 커브를 던졌다.

"……."

그러나 이번에도 주혁의 배트는 반응하지 않았고, 제이크 로드리게스도 다음 공으로 포수가 보내온 유인구 사인을 거절하고는 슬라이더 그립을 쥐었다.

2구 째 던졌던 그 환상적인 백도어 슬라이더로 삼진을 잡아내려는 생각이었다.

'벤치로 돌아가라, 애송아.'

제이크 로드리게스가 빠르게 슬라이드 스텝 동작을 가져간 후, 힘차게 슬라이더를 던졌다.

손에서 뿌려지는 바로 그 순간, 제이크 로드리게스는 삼진이라고 확신했다.

슬라이더가 손에서 절묘하게 긁혔기 때문이었다.

그런데…….

따악!

주혁이 이 공을 밀어치는 게 아닌가.

절대 들려서는 말아야 할 타격음에 화들짝 놀란 제이크 로드리게스가 좌익수 쪽으로 시선을 옮겼다.

타구를 따라 뒤로 이동하는 좌익수.

'멈춰. 멈추라고!'

넘어갈 것 같지는 않은데도 불구하고 좌익수가 펜스 근처까지 달리자 제이크 로드리게스의 표정이 점차 굳어져 가기 시작했다.

그리고…….

'빌어먹을.'

홈런은 아니었으나, 좌익수가 이 타구를 잡아내지 못하면서 안타가 되고 만 것이었다.

이미 2루 주자까지 홈으로 달리고 있었고, 포수의 뒤에서 커버 플레이를 하던 제이크 로드리게스는 눈앞에서 주자 두 명이 나란히 홈을 밟는 장면을 두 눈으로 보게 되었다.

주혁은 2루까지 서서 들어갔고, 제이크 로드리게스가 이를 뿌드득 갈면서 마운드 위로 걸어가기 시작했다.

'원래는 끝났어야 했던 이닝이었는데…….'

화가 치솟았다.

무엇보다도 이 2점이 주혁을 상대로 허용한 점수라는 게 그의 미간을 더욱 찌푸려지게끔 만들었다.

그러는 한편, 제이크 로드리게스의 표정을 2루 베이스에서 보던 주혁은 입가에서 웃음이 새어 나오는 걸 참느라 애쓰고 있었다.

'덕분에 고맙다. 타격감을 되찾았어.'

당장이라도 그에게 싱긋 웃으며 고맙다는 말을 하고 싶은 주혁은 두 발을 베이스에 묶어두느라 꽤나 고생하고 있었다.

이윽고 잠시 후.

파앙!

"스트라이크 아웃!"

6번 타자 션 로드리게스가 삼진으로 물러나면서 이렇게 1회 초가 끝이 났다.

분을 삭이면서 벤치로 돌아가는 제이크 로드리게스를 힐끗 본 주혁이 이내 동료들을 향해 씩 웃어보이고는 투수용 글러브를 집어 들었다.

'자, 그럼 이제 내가 보여줄 차례군.'

주혁이 마운드로 성큼성큼 걸어가기 시작했다.

더 이상 웃지는 않았으나, 주혁의 표정은 더할 나위 없이 밝아보였다.

◈

이런 경기는 꽤나 많았다.

1회부터 자신이 직접 점수를 뽑아내 스스로 어깨를 가볍게 만든 경기가 말이다.

그러나 오늘처럼 돋보이는 날 또한 없었다.

헌터 펜스와 셰인 빅토리노가 빠진 필라델피아 필리스의 타선을 상대로 주혁은 3회 2아웃을 잡아낼 때까지 단 한 번의 출루도 허용하지 않았으며 탈삼진 또한 8명의 타자를 상대로 무려 6개나 잡아내면서 이번 시즌 가운데 가장 좋은 피칭을 이어가고 있는 주혁이었다.

패스트볼은 최고 구속 100마일(161km)부터 최저 구속 93마일(150km)까지 다양한 스피드로 포수 미트에 꽂히고 있었고, 특히나 체인지업이 오늘 홈 플레이트 부근에서 기막히게 가라앉으면서 타자들의 배트를 연신 헛돌게끔 만드는 데 큰 역할을 하고 있었다.

로케이션도 좋고 실투도 나오지 않았던 지금까지의 피칭이었다.

그리고 마침내, 주혁이 기다리던 바로 그 타자가 타석에 들어섰으니…….

여전히 어두운 표정의 타자, 바로 제이크 로드리게스였다.

그는 조금 전 3회 초, B.J. 업튼을 상대로 솔로 홈런을 맞고 온지라 표정이 안 좋을 수밖에 없었다.

그래도 1회 초 이후 그 홈런을 제외하면 출루를 한 번도 허용하지 않는 좋은 피칭을 선보이긴 했으나 결코 만족스러울 리는 없었다.

상대 투수인 주혁이 너무도 훌륭한 피칭을 하고 있으니 말이다.

'뭐 타격은 더럽게 못하기는 하지만……'

초구 사인을 확인한 주혁이 고개를 끄덕이고는 와인드업을 시작했다.

'자, 어디 한 번 칠 수 있으면 쳐 봐.'

주혁의 손에서 뿌려진 공이 거의 정 가운데로 날아가기 시작했고…….

부웅!

파앙!

99마일(159km)의 이 포심 패스트볼에 타이밍을 맞추기는커녕 허공만 시원하게 가르는 제이크 로드리게스였다.

'맞추라고 던진 건데 줘도 못 먹으면 어떻게 하라는 건지 참……. 심지어 전력 투구도 아닌데 말이야. 싱겁게.'

주혁이 이어서 다시 포심 패스트볼 그립을 쥐었다.

그리고는 이번에는 바깥쪽 코스로 공을 찔러 넣었다.

파앙!

"스트라이크!"

꼼짝도 못하는 제이크 로드리게스.

그럴 수밖에 없는 것이, 100마일(161km)의 패스트볼이 바깥쪽 낮은 코스로 꽉차게 들어갔기 때문이었다.

'자, 다시 한 번 기회를 줄게.'

주혁의 눈빛이 일순간 달라졌다.

제이크 로드리게스가 침을 꿀꺽 삼키고는 배트를 세게 쥐었다.

이윽고 주혁의 손에서 공이 뿌려지는 그 순간.

부웅!

파앙!

"……!"

분명 비슷한 구속에 한 가운데로 날아드는 공이었음에도 불구하고 느껴지는 체감 상 구위는 더욱 위력적이었다.

헛스윙 삼진.

그것도 한 가운데로 들어오는 공을 건드리지조차 못한 채 헛스윙을 하고 만 제이크 로드리게스.

'젠장.'

제이크 로드리게스가 배트를 바닥에 내팽겨치고는 슬쩍 전광판을 바라보았다.

101마일(163km).

그의 표정은 좀처럼 밝아질 기미를 보이지 않았다.

한 번 상승세를 타고 나서부터, 주혁의 피칭은 이닝을 거듭할수록 더욱 매서워지기 시작했다.

특기인 바깥쪽 제구는 날카롭게 상하 코너에 꽂히면서 구심의 스트라이크 콜을 계속해서 받아내고 있었고, 체인지업이 이번 시즌 치른 경기들 가운데 가장 위력적인 모습을 보이면서 필라델피아 필리스의 타선을 무기력하게 만들고 있었다.

이런 피칭은 5회까지 쭉 이어졌으며, 아쉽게도 안타 하나를 내주기는 했으나 그 외의 출루는 허용하지 않았던 주혁이었다.

5이닝 동안 탈삼진 10개를 잡아낸 주혁은 투구수마저도 잘 조절하면서 시즌 내 가장 좋은 활약을 오늘 보여주고 있었고, 이를 보는 탬파베이 레이스의 팬들은 크게 기뻐하면서 응원을 멈추지 않고 있었다.

그들이 이토록 주혁의 엄청난 피칭에 환호하는 이유가 있었다.

주혁이 최근 들어 마운드 위에서 다소 부진했었기 때문이다.

그러나 오늘, 그것도 원정 경기에서 필라델피아 필리스의 타선을 틀어막는 주혁의 피칭이 팬들에게는 너무도 반가운 일이나 다름없었다.

뉴욕 양키스를 끌어내리고 동부지구 1위 자리를 차지하기 위해선 주혁의 활약이 필요한 탬파베이 레이스이기에 이는 팀 사기마저 높여주고 있었다.

다만 한 가지 아쉬운 것은, 분명 분위기를 탬파베이 레이스가 압도하고 있음에도 불구하고 제이크 로드리게스를 상대로 3점을 얻어낸 이후에 추가 득점에 계속 실패하고 있다는 점이었다.

주혁의 피칭에 다소 묻히기는 하고 있으나, 실점을 제외한 나머지 부분에 있어서 제이크 로드리게스의 오늘 피칭 역시도 무척이나 위력적이긴 했다.

예전 같았으면 화를 억제하지 못하고는 스스로 무너졌을 수도 있으나, 포수인 카를로스 루이스와 대화를 나눈 이후부터 제이크 로드리게스는 침착함을 보여주고 있었다.

이는 꽤나 놀라운 장면이었다.

성질이 더럽기로 유명한 제이크 로드리게스가 화를 참아내고 멘탈을 바로잡다니!

하나 여기에는 숨겨진 비밀이 하나 있었다.

그것은 바로 카를로스 루이스와 제이크 로드리게스가 나눈 대화였는데, 그가 제이크 로드리게스를 진정시키고 경기에 집중하도록 만든 방법은 바로 이것이었다.

조금 전, B.J. 업튼에게 홈런을 맞고 난 이후 벤치로 돌아오자마자 카를로스 루이스가 제이크 로드리게스의 소매를 붙잡고는 이렇게 말했다.

"너 지금 저 녀석한테 그나마 한 방 먹일 수 있는 방법이 뭐라고 생각 하냐? 몸에 맞추는 거? 아니야. 너 그러다 저 100마일(161km)짜리 공에 맞으면 정말이지 아작 난다고. 싸움을 붙여봤자 우리가 손해야. 너도 더 이상은 언론의 비난 듣기가 싫잖아. 안 그래?"

"……빌어먹을."

"자자, 이렇게 하자고. 지금부터 내 미트가 저 녀석 면상이라고 생각하고 힘껏 던져. 힘껏. 타자를 잡아먹겠다는 식으로 말이야. 너 오늘 감 좋잖아. 대등하게 피칭을 이어가란 말이야. 저 녀석들은 네가 스스로 무너지길 바라고 있다고. 그러니까 반대로 네가 침착하게 피칭을 하면 분명 당황할 거란 말이지. 그리고 네가 흔들릴 거라고 생각하던 저 애송이 녀석도 네가 안정적으로 피칭을 이어가면 심리적으로 약간 긴장할 수밖에 없어. 더군다나 아직 경험도 부족한 녀석이니까. 네가 더 살아나야 해. 그래야 우리가 역전을 도모할 수가 있다. 무슨 말인지 알겠냐?"

"……어."

"더군다나 저 녀석 투타 모두 지금 잘하고 있기 때문에 네가 여기서 무너지면 그냥 개망신 당하는 거야. 잘 생각하고 마음 가다듬어라."

"알았다."

다행히도 카를로스 루이스의 설득은 먹혔고, 제이크 로드리게스 역시도 오늘 이 좋은 감각으로 경기를 망치고 싶지는 않았기에 혼신의 힘을 다하고 있는 것이었다.

비록 타석에서 굴욕적인 연타석 삼진을 당하는 수모를 겪었으나, 제이크 로드리게스는 이에 흔들리지 않고 좋은 피칭을 유지해나갔다.

사실 이런 제이크 로드리게스의 모습은 주혁에게 놀라움을 안겨다 주긴 했다.

과거의 기억 속에는 제이크 로드리게스가 이처럼 침착함을 유지했다는 걸 들어본 적이 단 한 번도 없기 때문이었다.

'그만큼 나를 이기고 싶다는 거겠지.'

저 정도로 이를 악물고 피칭을 한다는 건 그만큼 더 이상 마운드에서는 굴욕을 당하지 않겠다는 각오나 다름없다고 주혁은 생각했다.

그러나 지금, 주혁은 그런 제이크 로드리게스의 노력을 속으로 비웃었다.

'뭐 그렇게 노력해도 안 되는 건 안 되는 거다.'

6회 초, 1사 1루에서 주혁이 3번째 타석을 맞이하게 된 것.

언뜻 보면 그렇게 기회라고 보이진 않았다.

득점권에 주자가 있는 것도 아니었고, 1루 베이스에는 발이 그다지 빠른 편이 아닌 필립 모리스가 주자로 서 있기 때문이었다.

하나 주혁은 이를 신경 쓰지 않았다.

'여기서 홈런이 나오면 강판 당하겠지?'

아무리 제이크 로드리게스가 마음을 다 잡았다고 해도, 여기서 홈런을 맞는다면 멘탈의 한계가 찾아올 것이 자명했다.

'산산조각을 내주마.'

이상하게 자신이 있었다.

아니, 넘쳐흘렀다.

과거에도 가령 어떤 투수를 상대로 전 경기에서 4타수 4삼진으로 물러나고 나면, 주혁은 이를 갈고 다음 경기를 준비했고 결국 한 방 제대로 먹이는 데 성공하곤 했었다.

지금은 그 때와 상황이 약간 다르기는 하지만……

'주제를 깨닫게 해 줘야지.'

주혁이 배트를 집어 들고는 타격폼을 취했다.

이윽고 초구 사인을 확인한 제이크 로드리게스가 고개를 끄덕이고는 슬라이드 스텝 동작을 가져가기 시작했다.

그리고……

파앙!

몸쪽 깊숙하게 들어온 패스트볼.

97마일(156km)의 이 패스트볼을 몸쪽에다 던진 제이크 로드리게스가 이내 로진 백을 집어들었다.

그가 몸쪽 깊숙히 초구를 던진 이유를 주혁은 눈치챘다.

'겁을 주려고 한 모양인데……'

이렇게 빠르고 위력적인 공이 네 복부를 강타할 수도

있음을 경고하려고 제이크 로드리게스가 일부러 초구 스트라이크를 포기한 채 깊숙이 찔러 넣은 것이었다.

그러나 주혁은 제이크 로드리게스가 자신을 절대 맞추지 않을 거라는 걸 잘 알고 있었다.

만약 몸에 맞추려고 했다면 2번째 타석에서 몸에 맞췄을 것이다.

하나 그는 공격적으로 승부를 걸어왔었다.

뭐 주혁이 이를 놓치지 않고 안타로 연결하기는 했으나 이후 필립 모리스에게 몸에 맞는 공으로 출루를 허용하기 전까지는 타선을 꽁꽁 틀어막았던 제이크 로드리게스였다.

즉, 그만큼 자신감이 어느 정도는 회복되어 있다는 뜻.

주혁이 슬쩍 그의 눈을 바라보았고, 그에게서 위협적인 살기를 느낄 수가 있었다.

그것은 몸에 맞춰서 복수하겠다는 것이 아닌, 마운드에서 내려가기 전에 반드시 한 번은 삼진으로 주혁을 잡아내겠다는 각오의 눈빛이었다.

'그런데 말이야…….'

제이크 로드리게스의 슬라이드 스텝을 보면서 주혁이 배트를 쥔 손에 힘을 잔뜩 실었다.

그리고 곧바로 그의 손에서 공이 뿌려지는 순간.

따악!

주혁의 배트가 또 다시 타구를 정확하게 맞추는 데 성공했다.

쭉쭉 뻗는 타구.

잠시 후, 이 타구가 중앙 담장에 만들어져 있는 배터스 아이(말 그대로 타자의 눈, 즉 시야를 돕기 위해 만든 곳으로 타석에 있는 타자들이 마운드에서 날아오는 공을 잘 볼 수 있게 뒤 다른 배경으로부터 방해 받지 않도록 만들어놓은 곳을 말한다. 보통 투수가 공을 던지는 릴리스 포인트 지점과 접점을 이루는 외야 배경을 단일 색으로 통일시키거나 담쟁이덩굴로도 많이 덮는다)에 들어가고 나자……

"Fuck!"

베이스를 돌던 주혁의 귓가에 제이크 로드리게스의 흥분한 목소리가 들려왔다.

그 소리에 주혁은 속으로 피식 웃었다.

'너만 컨디션이 좋은 게 아니야. 나도 오늘 최고로 좋거든.'

주혁이 홈 베이스를 밟고 나자, 좌측 전광판에 스코어가 5 - 0으로 바뀌었다.

그리고 예상한대로 필라델피아 필리스의 감독이 직접 마운드 위로 올라와 제이크 로드리게스를 내려 보냈고, 불펜에서 새로운 투수가 마운드 위로 달려 나오기 시작했다.

이를 확인한 주혁이 벤치 안에서 함박 미소를 지어보였고, 존 제이소 역시도 해맑게 웃으며 그에게로 다가왔다.

"네가 만든 강판이다. 잘했다. 아주 속이 뻥 뚫리는 느낌이야."

그런 그에게 주혁은 씩 웃으며 이렇게 말했다.

"이게 수준 차이지. 안 그래?"

◆

경기가 끝났다.

최종 스코어 7 - 0.

오늘은 그야말로 주혁의 날이나 다름없었다.

마운드 위에서 8이닝 무실점 4피안타 14K를 기록, 타석에선 3타수 3안타 1홈런 4타점 1볼넷으로 투타 모두 완벽한 활약을 펼쳐보인 주혁은 이로서 시즌 7승을 거두는 데성공했다.

경기 종료 이후, 그라운드로 나와 동료들과 기쁨의 하이파이브를 나누면서 주혁은 혼자서 씩씩거리는 제이크 로드리게스를 물끄러미 바라보았다.

이윽고 두 눈이 마주치자, 주혁의 입 꼬리가 위로 올라갔다.

그리고 이를 본 제이크 로드리게스가 글러브를 바닥에내팽겨쳤고, 그 즉시 대기하고 있던 카메라들이 연신 그 장면을 찍어내기 시작했다.

'하여튼 자기 스스로 무덤을 파네. 쯧쯧.'

혀를 차며 주혁이 이내 시선을 돌렸다.

하이파이브를 마친 후, 주혁이 락커룸으로 발걸음을 옮겼다.

원정 경기에서의 수훈선수이기에 따로 인터뷰는 진행되지 않았다.

하나 주혁이 락커룸 안으로 들어가자 숙소에는 예상대로 기자들이 여러 명 모여 있었다.

그리고 그 중에는 낯익은 사람도 한 명 껴 있었다.

바로 한국에서 온 기자, 최병준이었다.

"최 기자님, 오랜만입니다."

"거의 두 달 만에 뵙네요?"

"그러게요. 한국에서 언제 오셨습니까?"

"한 이틀 정도 됐습니다."

"어이고. 피곤하시겠어요."

"아닙니다. 오늘 윤주혁 선수 활약 덕분에 피로가 싹 풀립니다. 하하."

최병준이 넉살 좋게 웃었다.

주혁은 기자들 가운데서 최병준을 그나마 가장 신뢰했다.

오랜 미국 취재로 메이저리그 지식이 선수들보다도 더욱 뛰어날 뿐만 아니라 세세한 역사까지도 다 꿰뚫고 있어 질 높은 기사를 써내는 사람이 바로 최병준이었다.

게다가 나이 차이가 무려 20살 넘게 남에도 불구하고

다른 기자들과는 다르게 최병준은 절대로 말을 놓지 않았다.

깍듯하게 존댓말을 하면서 선수에게 예의를 지키는 최병준은 실제로 사석에서 카메라 없이도 같은 행동을 보일 정도로 꽤 괜찮은 사람이었다.

최병준과 인터뷰를 나누려던 그 때, 미국 현지 기자들이 주혁에게 먼저 간단한 질문들을 던졌다.

주혁이 슬쩍 최병준을 보고는 잠시 기다려달라고 하자 그가 고개를 끄덕거리고는 잠시 뒤로 물러났다.

이를 본 주혁이 그들에게 질문을 받기 전, 먼저 입을 열었다.

"질문은 짧게 부탁합니다. 다른 기자들과도 인터뷰를 해야해서요."

그의 말에 제일 선두에 있던 현지 기자가 알겠다고 대답하고는 곧바로 질문에 들어갔다.

늘 뻔한 래퍼토리의 질문들에 일일이 답변을 마친 주혁에게 기자 한 명이 제이크 로드리게스에 대해 질문했다.

"오늘 경기에서 제이크 로드리게스를 상대로 완벽한 경기력을 보였는데 지난 번 그 침 뱉는 모션을 했던 걸 의식하고 전력으로 상대한 건가요?"

그 기자의 질문에 주혁이 고개를 갸웃거리고는 대답했다.

"전력이요? 저는 오늘 전력으로 상대한 타자라고는 라이언 하워드뿐입니다만?"

"그렇다는 말씀은 전혀 의식하지 않았다는 건가요?"

"제가 의식을 왜 합니까. 전 그저 오늘 경기에 충실했을 뿐입니다. 다른 그 어떤 감정도 없었습니다."

주혁의 대답에 기자가 고개를 끄덕거리고는 수첩에다 무언가를 끄적거리기 시작했다.

주혁은 이를 신경 쓰지 않고 기다려준 최병준에게로 발걸음을 옮겼다.

"많이 기다렸죠?"

"아니에요. 괜찮습니다. 자, 그럼 인터뷰 진행해도 될까요?"

"물론입니다. 시작하시죠."

이윽고 카메라에 불이 들어오면서 본격적인 인터뷰가 시작되었다.

그리고 이 날 한 인터뷰는 곧장 한국으로 전송되어 스포츠 뉴스 TV에 편집되어 나왔다.

반응은 당연지사 뜨거웠다.

◈

필라델피아 필리스와의 원정 경기 이후, 주혁은 팬들의 기대에 보답하듯 다시 날아다니기 시작했다.

그 경기 이후로 6월 중순이 되기 전까지 3번의 선발 등판을 가진 주혁은 매 경기 두 자릿수 탈삼진을 뽑아냈을 뿐만 아니라 3경기 가운데 승리도 2승 챙기면서 시즌 9승을 기록하게 되었다.

다만 타석에서는 4할 대의 타율이 아쉽게도 떨어지기는 했으나, 이 기간 동안 5개의 홈런을 추가로 때려내면서 타율 0.380 19홈런 53타점 출루율 0.449 장타율 0.793의 성적을 보여주고 있는 주혁이었다.

이는 현재 탬파베이 레이스의 선수들 중에서도 투타 모두 최고의 성적이었는데, 특히나 타자로서 그가 지금까지 기록한 19개의 홈런은 팀 내 홈런 2위를 기록 중인 에반 롱고리아의 14홈런보다도 무려 5개나 많은 기록이었다(물론 에반 롱고리아는 부상으로 1달 간 결장을 하긴 했지만 말이다).

마운드에서도 마찬가지였다.

1선발 투수인 데이비드 프라이스가 5승 5패 ERA 3.44를, 3선발 투수인 제임스 쉴즈가 7승 4패 ERA 2.82의 성적을 기록한 지금, 주혁은 가장 많은 승수와 가장 낮은 방어율(1.91), 가장 많은 탈삼진(140)을 기록하고 있었다.

리그 전체적으로 봐도 현재까지의 성적은 매우 뛰어난 기록이나 다름없었다.

이처럼 경이로운 시즌을 보내고 있는 주혁의 활약은 탬파베이 레이스의 동부지구 1위 다툼에 큰 힘이 되어주고 있었고, 그 결과 뉴욕 양키스의 뒤를 바짝 쫓아가면서 2시즌 연속 우승의 희망을 만들어주고 있었다.

주혁의 이런 활약은 비단 팀 성적과 분위기에만 도움을 주고 있는 게 아니었다.

놀랍게도 관중 수 증가에도 주혁의 활약이 크나큰 도움을 주고 있었다.

근래 들어 탬파베이 레이스의 성적이 매우 우수함에도 불구하고, 트로피카나 필드를 찾는 팬들이 나날이 줄고 있었다.

그럴 만한 이유가 있었다.

바로 트로피카나 필드의 지리적인 위치 때문이었다.

트로피카나 필드는 플로리다 주 세인트피터스버그에 자리를 잡고 있는데, 탬파 중심지에서 약 30km 정도 떨어져 있는 트로피카나 필드에 오기 위해선 두 도시를 연결하는 하워드 프랭크랜드 다리를 건너야만 한다.

이 다리의 길이는 5km가 채 되지 않지만, 걸핏하면 생기는 심각한 교통체증 때문에 탬파 시민들의 발걸음이 뚝뚝 끊기고 있는 것이었다.

그러나 투타 겸업의 성공 신화를 써내려 가고 있는, 이제는 아메리칸리그를 대표하는 선수로 성장하고 있는 주혁을 보기 위해서 팬들이 불편을 감수하면서도 경기장을 꾸준히 찾아와주면서 점차 관중 수가 늘어나고 있었다.

이는 팀 입장에선 무척이나 환영할 만한 일이었다.

관중석이 늘어날수록, 그만큼 팀의 사기도 올라가기 때문이다.

이렇듯 주혁의 인기가 치솟기 시작하면서 본래 가장 많은 유니폼 판매 수익을 올리던 에반 롱고리아보다 주혁의 유니폼이 이번 시즌 들어 더 많이 팔리고 있었다.

특히 한국에서 불티나게 팔리고 있는 주혁의 유니폼은 미국 시장에 비교해도 손색이 없을 정도였다.

이처럼 주혁에게 뜨거운 사랑을 보내주는 탬파베이 레이스의 팬들은 주혁이 팀에 오래 남아 있어 주기를 바랬고, 에반 롱고리아처럼 장기 계약을 맺기를 원했다.

이는 탬파베이 레이스 역시도 간절히 원하는 부분이었고, 앤드류 프리드먼 단장은 꾸준히 스캇 조나스와 장기 계약에 대해 이야기를 나누고자 했다.

그러나 스캇 조나스는 탬파베이 레이스가 내건 액수는 주혁의 가치에 비해 터무니없이 적다면서 시장 최고의 금액에 달하는 액수를 제안하지 않을 거면 대화 자체를 거부하겠다고 답변했다.

이런 완강한 태도에 장기 계약에 대한 대화는 중단되고 말았고, 탬파베이 지역 언론인 '탬파베이 타임스'는 스캇 조나스와 앤드류 프리드먼의 협상이 실패했음을 기사로 발표하면서 주혁이 스스로 원해서 남아주기를 바란다는 팬들의 이야기까지 함께 실어 보내기도 했다.

하나 정작 당사자인 주혁은 딱히 장기 계약을 맺기를

원하지 않고 있었다.

사실 탬파베이 레이스가 빅마켓 구단들인 보스턴 레드삭스나 뉴욕 양키스의 틈에서 이처럼 좋은 활약을 보일 수 있는 데에는 선수들의 팀에 대한 애정이 매우 깊어 헐값에도 장기 계약을 맺기 때문이었다.

그러나 주혁은 그 정도로 애정이 깊지는 않았다.

애시 당초 최저 연봉 수준의 금액을 받아가면서 이렇게 투타 모두 활약하는 이유가 바로 메이저리그 역사상 가장 높은 액수의 계약을 맺기 위함이니 말이다.

남들이 돈을 밝힌다고 비난할 수는 있겠지만, 주혁에게 있어서 높은 액수의 연봉은 곧 자존심과 직결되는 부분이었기에 이를 포기할 수는 없었다.

즉, 돈에 대한 욕심보다도 메이저리그 최고의 선수로 우뚝 서고 싶은 목표에 있어서 높은 액수는 반드시 받아야하는 부분이나 다름없었다.

'과거로 돌아온 이상 그 때보다는 더 큰 계약을 맺어야지.'

이러한 주혁의 생각은 스티븐 킴을 통해 스캇 조나스에게까지 전해졌고, 스캇 조나스는 주혁에게 직접 전화를 걸어 이렇게 말했다.

"부상만 조심해라. 꾸준하게 좋은 활약만 거둔다면 내가 평생 먹고 사고도 남을, 아니 네 손자에 손자까지 배불리 먹어도 남을 정도로 거액의 계약을 맺어줄 테니까."

그리고 전화를 끊기 전, 스캇 조나스가 슬쩍 귀뜸해 주었다.

"지금 네 활약에 벌써부터 지갑을 열고 돈을 준비해 두고 있는 구단들이 많다는 것만 알아둬."

든든한 그 목소리.

이를 위해서 주혁에게 요구되는 건 딱 두 가지 뿐이었다.

시즌 MVP.

그리고 한 번도 수상하지 못했던 상.

바로 사이영상을 말이다.

◈

어느덧 6월이 막을 내리고 무더운 여름의 7월이 다가왔다.

벌써 시즌 중반을 향해 달려 나가고 있는 메이저리그는 곧 다가올 큰 행사, 별들의 전쟁이라고 불리는 올스타전을 위한 준비가 한창이었다.

그리고 채 1주일도 남지 않은 시점에서, 올스타전 선발 라임업이 발표되었다.

명단은 아래와 같다.

포수 부문

AL 알렉스 아빌라(디트로이트 타이거즈)

〈 타율 0.296 11홈런 50타점 〉

NL 브라이언 맥캔(애틀랜타 브레이브스)

〈 타율 0.311 15홈런 49타점 〉

1루수 부문

AL 아드리안 곤잘레스(보스턴 레드삭스)

〈 타율 0.344 15홈런 71타점 〉

NL 프린스 필더(밀워키 브루어스)

〈 타율 0.300 19홈런 65타점 〉

2루수 부문

AL 로빈슨 카노(뉴욕 양키스)

〈 타율 0.297 14홈런 51타점 〉

NL 리키 윅스(밀워키 브루어스)

〈 타율 0.280 14홈런 39타점 〉

3루수 부문

AL 알렉스 로드리게스(뉴욕 양키스)

〈 타율 0.304 12홈런 55타점 〉

NL 플라시도 폴랑코(필라델피아 필리스)
〈 타율 0.279 4홈런 42타점 〉

유격수 부문

AL 데릭 지터(뉴욕 양키스)
〈 타율 0.263 3홈런 25타점 〉
NL 호세 레이예스(뉴욕 메츠)
〈 타율 0.357 4홈런 30타점 〉

외야수 부문

AL
- 호세 바티스타(토론토 블루제이스)
〈 타율 0.327 30홈런 62타점 〉
- 커티스 그랜더슨(뉴욕 양키스)
〈 타율 0.277 20홈런 57타점 〉
- 조쉬 해밀턴(텍사스 레인저스)
〈 타율 0.301 13홈런 42타점 〉

NL
- 라이언 브라운(밀워키 브루어스)
〈 타율 0.325 17홈런 60타점 〉

– 랜스 버크만(세인트루이스 카디널스)

〈 타율 0.299 24홈런 61타점 〉

– 맷 캠프(LA 다저스)

〈 타율 0.321 23홈런 65타점 〉

지명타자 부문

AL 윤주혁(탬파베이 레이스)

〈 타율 0.361 24홈런 65타점 〉

메이저리그 팬들의 투표 결과에 따라 선정되는 탓에 다소 인기가 많은 구단 소속 선수들에게 몰리는 현상이 나타나기는 했던 올스타 투표 결과였다.

투수는 감독들이 뽑기에 따로 팬 투표가 진행되지 않았으나, 주혁은 팀 내 동료인 데이비드 프라이스, 제임스 쉴즈와 함께 명단에 포함되는 영광을 누리게 되었다.

'과거에는 정말이지 꿈도 꾸지 못했을 일이다.'

투수로 올스타전 마운드에 서는 일.

그저 부러워하긴 했을 뿐, 불가능하다는 현실의 벽 앞에 주저앉고만 주혁은 투수로서 올스타전에 출전하는 것을 그저 상상만 했었다.

그러나 지금.

그는 당당하게 감독들의 선택을 받아 올스타전의 초대를

받게 되었다.

뛸 듯이 기쁜 일이었다.

멀리 한국에서도 축하의 말들이 들려오는 듯했다.

여기까지는 좋았다.

하나 지명타자 투표 결과를 확인한 주혁의 표정은 그다지 썩 좋아보이진 않았다.

투표 결과에 대해 다소 불만을 가지고 있는 것이었다.

'아무리 인기투표라고 해도 그렇지……'

지명타자 부문에 있어서 압도적인 성적을 보여주고 있음에도 불구하고 데이비드 오티스(시즌 성적 타율 0.302 17 홈런 50타점)와의 경쟁에서 아주 근소하게 우위를 차지했기 때문이었다.

이는 자존심이 상하는 부분이긴 했다.

다른 선수도 아니고 경쟁 상대가 약물 복용 이력이 있는 데이비드 오티스였으니까.

하나 엄연히 따져 보았을 때, 그 역시도 과거로 돌아온 이후 순전히 노력만으로 만들어낸 결과는 아니었기에 주혁은 이러한 생각을 접어두기로 했다.

물론 과거, 부상 이후 타자로 다시 서기 위해 흘렸던 피와 땀들은 약물 복용과는 차원이 다르긴 하지만 말이다.

결과가 어떻게 되었든 간에, 탬파베이 레이스 소속 타자로서는 유일하게 올스타 투표 1위 자리에 올라온 주혁은 이에 나름 큰 자부심을 느끼고 있었다.

아직 시즌이 끝난 건 아니지만, 올스타 투표 1위를 그것도 가장 팬이 적은 탬파베이 레이스에서 보스턴 레드삭스의 팬들을 상대로 투표에서 이겼다는 사실은 큰 의미가 있었다.

'그만큼 많은 사람들이 나를 인정한다는 거니까.'

엄청난 타격 성적.

그리고 마운드 위에서의 최상위권 성적까지.

'사이영상은 조금 애매하긴 하지만……'

이대로 쭉 잘만 한다면 MVP 수상은 충분히 가능성이 높았다.

하나 안심할 수는 없다.

최근 마운드에서의 성적이 다시 하락세를 보이고 있는데다 이와 함께 탬파베이 레이스도 약간 주춤거리고 있었기 때문이었다.

'이번 올스타 브레이크 역시도 작년 이 맘 때처럼 정말 중요하다.'

지난 시즌, 이 시기를 잘 활용해서 투심 패스트볼을 완성시켰듯이 주혁은 이번 시즌에서도 커브 훈련에 집중하기로 결정한 상태였다.

'이번 시즌 결과는 이 커브에 달려있다.'

그리 긴 시간은 아니지만, 점차 자신의 피칭 패턴에 적응해 나가고 있는 타자들을 상대로 시즌이 끝날 때까지 지금처럼 위력적인 피칭을 하기 위해서는 보다 커브의 숙련도를 높일 필요성이 있었다.

지금도 나쁘지는 않지만 아직 완성되었다고 하기는 부족한 점이 없지 않아 있었고, 이따금씩 실투가 나오면서 실점을 허용하는 경우도 더러 있었다.

이를 반드시 없애야만 했다.

언제 어떤 상황에서 무슨 구종을 던지든 늘 완벽하게 던져야 진정한 정상급 투수라고 불릴 만한 자격이 있는 셈이다.

빈틈을 허용하지 않는 투수.

'내가 봤던 사이영상 수상자들은 그 시즌 정말이지 완벽했었다.'

지적할 것이 하나도 없는 피칭.

그 해만큼은 사이영상 수상자들의 피칭은 마치 투수들에게 있어서 교과서와도 같았다.

명예로운 상인만큼, 수상자로 선정되기 위해서는 그만한 자격이 필요한 셈이다.

그리고 그런 투수들을 숱하게 보았던 주혁으로서는 지금 자신의 피칭에는 부족함이 있다는 걸 너무도 잘 알고 있었다.

하나 여기까지 온 이상, 최연소 사이영상이 욕심나지 않을 수가 없었다.

방법은 하나다.

'최선을 다해 노력하는 것 뿐.'

주혁이 두 주먹을 불끈 쥐었다.

'완벽을 위해서!'

올스타전을 기다리는 주혁의 의지는 여느 때보다도 더욱
불타오르고 있었다.

19. 2011 올스타전

리턴 에이스
Return Ace

2011시즌 메이저리그 올스타전이 하루 앞으로 다가온 지금.

올해 올스타전이 열리게 될 애리조나 다이아몬드백스의 홈구장인 이곳 체이스 필드에선 이미 그 뜨거운 열기로 후끈 달아오르고 있었다.

특히나 올스타 경기 전 날인 오늘, 수많은 팬들이 행사를 보기 위해 경기장을 찾아주었다.

수많은 관중들로 빼곡하게 들어찬 관중석.

이윽고 잠시 후, 오늘 장 큰 행사가 시작되었다.

팬들이 기다리던 바로 그 행사.

바로 홈런 더비를 말이다.

선수들이 그라운드에 모습을 드러내자 열렬한 환호 소리가 울려 퍼지기 시작했다.

그러나 이 함성도 잠시 뿐이었다.

어디선가 들여오는 야유 소리.

이 소리의 주인공들은 바로 홈구장 팀인 애리조나 다이아몬드백스의 팬들이었다.

그들이 야유를 퍼붓는 이유가 있었다.

이번 시즌부터 달라진 홈런 더비 규정 상, 양 팀 주장이 자신을 제외한 나머지 3명을 뽑아서 홈런 더비에 출전하게 되는데, 내셔널리그 올스타팀 주장인 프린스 필더가 애리조나 다이아몬드백스의 저스틴 업튼을 뽑지 않았기 때문이었다.

아무래도 홈구장에서 열리는 홈런 더비에 정작 홈팀 선수가 등장하지 않다보니 비난이 쏟아지고 있는 것이었다.

다만 홈팬들은 프린스 필더가 잠시 벤치로 들어가고나자, 그 이후로부터는 홈런 더비를 방해하지 않고자 더 이상 야유를 보내지는 않았다.

잠시 후.

홈런 더비의 시작을 알리는 캐스터의 목소리가 경기장 안에 울려퍼지자 환호성이 곳곳에서 터져 나오기 시작했다.

곧이어 홈런 더비에 출전하게 된 타자 총 8명이 모습을 드러냈고, 전광판 화면에는 다음과 같은 출전 선수 명단이 나타났다.

AL

로빈슨 카노(뉴욕 양키스) 〈14홈런〉
호세 바티스타(토론토 블루제이스) 〈30홈런〉
아드리안 곤잘레스(보스턴 레드삭스) 〈15홈런〉
윤주혁(탬파베이 레이스) 〈24홈런〉

NL

프린스 필더(밀워키 브루어스) 〈19홈런〉
리키 윅스(밀워키 브루어스) 〈14홈런〉
맷 할리데이(세인트루이스 카디널스) 〈14홈런〉
맷 캠프(LA 다저스) 〈23홈런〉

그리고 곧바로 홈런 더비 1라운드가 시작되었다.

홈런 더비의 규칙은 이렇다.

홈런 더비는 총 3라운드에 걸쳐 치러진다.

먼저 1라운드의 경기방식은 8명의 참가선수가 '10아웃'이 될 때까지 공을 때리게 되는데, '10아웃'은 파울이든 안타든 홈런이 아니면 무조건 아웃으로 처리해 10번 아웃될 때까지 타격을 하는 것이다.

이렇게 1라운드 8명의 선수 중 가장 좋은 성적을 기록한 4명이 2라운드 출전자격을 얻게 된다.

이어지는 2라운드에서는 1라운드에서 진출한 4명이 각각 10아웃이 될 때까지 타격 기회를 갖게 되고, 가장 좋은 성적을 지닌 선수와 가장 나쁜 성적을 지닌 선수, 나머지 2명의 선수가 각각 1대1 토너먼트를 벌여 승자가 결승에 진출하게 된다.

결승전인 3라운드는 2라운드에서 진출한 2명이 각각 10아웃이 될 때까지 타격 기회를 갖게 되고, 이 맞대결에서 더 많은 홈런을 때려낸 선수가 홈런 더비에서 우승하게 된다.

각 리그의 출전 선수들은 홈런 더비 이전에 서로 의논을 해서 순서를 정하게 되는데, 최종 결정된 순서는 아래와 같다.

1. NL 맷 할리데이
2. AL 윤주혁
3. NL 리키 웍스
4. AL 로빈슨 카노
5. NL 프린스 필더
6. AL 아드리안 곤잘레스
7. NL 맷 캠프
8. AL 호세 바티스타

곧이어 캐스터가 마이크에 대고 큰 목소리로 말했다.

"먼저 이 홈런 더비의 첫 타자로 타석에 들어서는 맷 할리데이가 시작을 알리겠습니다!"

그리고 이 목소리가 쩌렁쩌렁하게 울려 퍼짐과 동시에 맷 할리데이가 타석에 들어섰다.

본격적으로 시작되는 홈런 더비.

그라운드에선 이미 홈런 더비의 출발로 후끈 달아오르고 있는 지금, 다음 타자로 홈런 더비에 참여하게 된 주혁은 실내 배팅 케이지에서 그가 직접 선택한 배팅볼러인 필립 모리스와 함께 호흡을 맞추고 있었다.

'홈런 더비는 진짜 오랜만이다.'

입가에 연신 웃음을 띤 채, 주혁은 필립 모리스가 던져주는 공들을 호쾌한 스윙으로 맞추는 연습을 했다.

오늘 나름 컨디션이 좋은 터라 주혁은 홈런 더비 우승도 충분히 노려볼 수 있겠다는 생각을 가진 채로 연습에 임하고 있었다.

사실 이번 시즌 홈런 더비에 출전할거라고는 미처 예상하지 못했던 주혁이었다.

하나 아메리칸리그 올스타팀 주장인 로빈슨 카노가 탬파베이 레이스 선수들 가운데 친분이 있는 자니 데이먼을 통해 주혁에게 홈런 더비에 나설 생각이 있냐고 물어왔고, 이에 주혁은 흔쾌히 수락하면서 홈런 더비에 나서게 된 것이었다.

처음 이 제안을 수락했을 당시에 탬파베이 레이스 구단 측은 이를 적극적으로 만류했었다.

그들이 이렇게 말린 이유가 있었다.

과거 사례들로 미루어 보았을 때, 홈런 더비에 출전한 선수들이 하반기에 접어들면서 하락세를 보이는 경우가 굉장히 많았기 때문이었다.

일명 '홈런 더비 후유증'을 겪는 선수들이 늘어남에 따라, 지금처럼 좋은 타격을 해줘야 할 주혁이 행여 이 후유증을 겪을까봐 걱정한 탬파베이 레이스가 주혁을 말린 것이었다.

실제로 이런 후유증 때문에 일부 스타급 선수들은 대부분 홈런 더비에 참여하지 않으려고 했다.

이처럼 타자들이 홈런 더비를 기피하는 이유는 바로 자칫 홈런을 노리는 큰 스윙을 하다가 타격 매커니즘이 무너질 수도 있다고 생각하기 때문이었다.

그러나 주혁은 이에 동의하지 않았다.

'고작 홈런 더비 때 하는 스윙 때문에 타격 매커니즘이 무너진다는 건 애초에 매커니즘이 완성되지 않았다는 거지.'

그저 체력이 많이 소진되어 힘이 떨어진 것이라고 주혁은 판단했다.

'내가 몇 번씩이나 나갔는데도 타격감은 절대 안 떨어지던데, 뭘.'

실제 경험이 있는 주혁이기에 이러한 후유증에 대해 조금도 걱정하지 않는 것이었다.

이러한 이유로 주혁은 홈런 더비에 적극 참가하겠다는 의사를 밝힌 것이었다.

'뭐 다른 베테랑 타자들이 동의했으면 내 차례가 안 올 수도 있었겠지만……'

사실 이번 시즌 현재까지 홈런과 장타율에 있어 뛰어난 모습을 보여주고 있기는 하지만, 본래 이벤트 느낌이 짙은 홈런 더비 특성 상 프랜차이즈 스타들이 참여하는 경우가 많다.

물론 주혁도 탬파베이 레이스 구단 내에선 프랜차이즈 스타이기는 하지만 아직 리그 전체적으로 보았을 때 유명세가 다소 떨어지기는 했다.

하나 주혁은 왜 다른 베테랑급 선수들을 제쳐두고 본인이 뽑힌 지에 대한 제일 큰 이유를 이미 눈치 채고 있었다.

'그야 내가 투타 겸업 선수이니까.'

메이저리그 역사상 최연소로 지명타자 자리에 선발 출전을 하게 된데다(미국 나이로 20세) 뉴욕 양키스의 1루수 마크 테세이라와 함께 아메리칸리그 홈런 부문 공동 2위(24개)에 올라와 있기는 하지만, 정작 홈런 더비 우승을 기대하는 것보다도 일종의 이벤트 느낌이 다분히 짙다는 사실을 알고 있는 주혁이었다.

하나 필립 모리스와의 호흡이 너무도 잘 맞고 있는데다 이미 홈런 더비 경험이 많은 주혁에게는 이 큰 행사가 결코 부담스럽지 않았기에 홈런 더비 우승을 노리고 있는 것이었다.

'확신할 수는 없지만……'

하나 정말 오랜만에 나서는 홈런 더비이기에 막상 실전에서 터질지는 장담할 수는 없었다.

다만 긴장하지 않고 충분히 자기 스윙을 가져갈 자신은 있는 주혁이었다.

대체적으로 첫 홈런 더비에 나서는 타자들은 긴장감 때문에 자기 스윙을 제대로 가져가지 못해 기대 이하의 성적을 보여주는 경우가 많았다.

'분명 이걸 아는 선수들은 나에 대한 기대가 별로 없겠지만……'

그들이 모르는 한 가지 사실이 하나 있었으니…….

'이래 봬도 홈런 더비 우승만 3번한 타자가 바로 나였지. 언제인지는 기억이 나질 않지만.'

지금 홈런 더비에 나서는 타자들 중에는 단 한 명도 주혁보다 많은 경험을 가진 선수가 없었다.

'깜짝 놀라게 해주자. 내 전문 분야이기도 하니까.'

때마침 맷 할리데이가 홈런 2개로 초라하게 타석에서 내려왔고, 주혁과 필립 모리스는 이내 발걸음을 옮겼다.

그리고 그라운드로 나서기 직전, 자신보다 더 긴장하고 있는 필립 모리스에게 주혁이 한 마디 던졌다.

"마음 편하게 던져. 어디로 날아오든 내가 알아서 다 넘길 테니까. 부담 안 가져도 돼."

이 말에 필립 모리스의 긴장이 풀리지는 않았으나, 막상 홈런 더비가 시작되고 난 이후부터 그의 표정에 생기가 돌기 시작했으니…….

따악!

"……!"

아직 아웃을 하나도 내주지 않은 채로 주혁은 연달아 4개의 타구를 담장 밖으로 날려 보내고 있었고, 필립 모리스 역시도 점차 자신감 있게 공을 던져주기 시작했다.

그리고…….

따악!

따악!

따악!

무자비한 홈런쇼에 팬들과 선수들마저도 경악을 금치 못했으며…….

틱!

10아웃을 모두 채운 순간.

"Holy……."

전광판에는 주혁의 이름 옆에 숫자 '16'이 띄워져 있었다.

◈

사실 홈런 더비는 타자의 실력보다도 배팅볼을 던져주는 사람이 얼마나 좋은 공을 던져 주느냐에 의해 좌우된다.

1라운드를 시작하기 전, 주혁이 필립 모리스에게 했던 말은 그저 그의 긴장을 덜어주기 위함일 뿐, 속내는 그가 잘 던져주기를 바라는 마음이 더 크긴 했다.

그런데 막상 주혁이 홈런으로 때려내기 힘든 배팅볼을 2개나 넘기자 필립 모리스가 정말 좋은 배팅볼들을 던져주기 시작했고, 그 결과 주혁은 1라운드 통합 1위로 2라운드에 진출할 수 있게 되었다.

앞선 1라운드 결과는 다음과 같다.

1. AL 윤주혁 〈 16개 〉

2. AL 아드리안 곤잘레스 〈 10개 〉

3. NL 프린스 필더 〈 8개 〉

4. AL 로빈슨 카노 〈 6개 〉

5. AL 호세 바티스타 〈 5개 〉

6. NL 리키 웍스 〈 5개 〉

7. NL 맷 캠프 〈 3개 〉

8. NL 맷 할리데이 〈 2개 〉

이로서 주혁은 2라운드 4위를 차지한 로빈슨 카노와 결승행을 놓고 맞붙게 되었으며, 2위와 3위를 차지한 아드리안 곤잘레스와 프린스 필더가 서로 자웅을 겨루게 되었다.

팬들의 예상과는 달리, 양 대 리그 통합 홈런 1위인 호세 바티스타가 떨어지고 주혁이 무려 16개를 때려내면서 1위에 올라오자 열기가 더욱 뜨거워지기 시작했다.

그리고 곧바로 2라운드가 이어졌고, 프린스 필더가 먼저 타석에 들어섰다.

지난 2009시즌 홈런 더비 때 우승을 차지했던 프린스 필더는 오늘 그다지 위력적인 타구를 많이 날리지 못했고 결국 2라운드에서 총 4개를 기록하고는 물러나게 되었다.

반면에 이어서 타석에 들어선 아드리안 곤잘레스는 1라운드 때와 마찬가지로 큼지막한 타구를 여럿 날려 보내면서 또 다시 10개를 기록, 결승행을 확정지었다.

이윽고 로빈슨 카노가 타석에 들어섰고, 주혁이 배팅 케이지에서 연습을 하면서 유심히 지켜보기 시작했다.

그런데…….

따악!

따악!

따악!

"……!"

1라운드 때와는 다르게 로빈슨 카노가 매섭게 홈런을 때려내는 게 아닌가!

약간 당황한 주혁이 이내 피식 웃었다.

'이거 생각보다 재밌게 흘러가는데?'

그리고 잠시 후.

틱!

빗맞은 타구를 때려내면서 10아웃을 채운 로빈슨 카노가 해맑게 웃으며 타석에서 물러났다.

그가 이번 2라운드에서 때려낸 홈런 수는 무려 12개.

주혁이 결승행에 진출하기 위해선 12개 이상을 때려야만 했다.

호흡을 정리한 주혁이 다시 필립 모리스와 함께 타석으로 걸어가기 시작했다.

'카노가 1라운드의 2배를 때려냈으니…….'

배트를 집어든 주혁이 타격폼을 취했다.

'나도 2배로 응수한다.'

의지를 굳힌 주혁에게 필립 모리스가 첫 공을 던졌고, 주혁의 배트가 반응을 보였다.

그리고…….

따악!

정확히 맞은 타구는 어느새 담장을 훌쩍 넘어가고 있었다.

◆

홈런 더비 2라운드의 마지막.

주혁의 배팅볼러로 그라운드에 나와 배팅볼을 던져주고 있는 필립 모리스의 이마에선 연신 땀방울들이 주르륵 흘러내리고 있었다.

딱히 더워서가 아니었다.

이곳 체이스 필드에는 에이컨이 설치되어 있었기에 나름 쾌적한 환경인지라 배팅볼을 던지기만 하는 필립 모리스가 땀이 날 이유가 딱히 없었다.

사실 진짜 이유는 바로 조금 전, 홈런 더비 2라운드의 상대인 로빈슨 카노가 무려 12개의 홈런을 때려냈기 때문이었다.

'정작 치는 건 윤인데 왜 내가 더 떨리는 거지?'

필립 모리스가 소매로 땀을 닦아내고는 곧바로 다시 배팅볼을 던져주기 시작했다.

그러나 1라운드 때처럼 공이 정확히 한 가운데로 날아가지 않고 있었고, 필립 모리스의 불안함은 더욱 커져만 가고 있었다.

'부담된다.'

배팅볼러의 중요성을 정말 잘 아는 필립 모리스이기에 이런 긴장감은 주혁의 홈런이 3번 연속으로 나오지 않게 되면서 더욱 커지고 있었다.

'아무래도 1라운드 때 힘을 많이 쓰기도 했었으니까……'

누구도 예상하지 못한 로빈슨 카노의 12홈런 기록 탓에 졸지에 그 이상을 때려내야 하는 주혁으로서는 오히려 불리해져 버린 상황이나 다름없었다.

더군다나 지금 배팅볼마저도 제대로 던져주지 못하고

있는지라 긴장을 하지 않을 수가 없는 것이었다.

무엇보다도 구장을 가득 채운 팬들의 응원 열기 역시도 그에게 큰 영향을 미치고 있었다.

'내가 잘 던져줘야 한다.'

주혁이 끌어안고 있을 부담감을 필립 모리스는 자신이 조금이라도 더 짊어지려고 했다.

오직 이 홈런 더비에 그가 집중할 수 있게끔, 필립 모리스는 떨림을 최대한 진정시키면서 안정적인 배팅볼을 던져주려고 많은 노력을 기울였다.

그러나 하필이면 실투성 공에 주혁의 배트가 반응을 보였고, 빗맞은 타구가 내야에 높게 뜨면서 어느새 7아웃까지 오고야 말았다.

현재까지 쳐낸 홈런 수는 고작 5개.

초반에 4개를 몰아친 이후부터 타구는 좀처럼 멀리 뻗어가지 않고 있는 지금 상황이었다.

결국 주혁이 잠시 타임을 요청했고 곧바로 귀여운 꼬마 아이가 손에 수건과 이온 음료를 가져다주자 그걸 받아 마시고는 이내 숨을 돌렸다.

그리고는 씩 웃으며 꼬마 아이의 머리를 쓰다듬어 준 주혁이 다시 배트를 집어 들었다.

애써 웃고 있었으나, 주혁의 속도 답답하기는 마찬가지였다.

'아니 1라운드 때는 완벽하게 던져주더니 왜 이제 와서

다시 긴장하는 거야……'

점점 공들이 마치 체인지업처럼 홈 플레이트 부근에서 착 가라앉고 있어 자꾸만 배트에 빗맞는 일이 발생하기 시작했고, 이것이 홈런 수를 줄이는 계기가 되고 있었다.

주혁이 침착하게 배팅볼을 던질 준비를 하고 있는 필립 모리스에게 눈빛을 보냈다.

'나를 믿어, 모리스!'

필립 모리스의 예상과는 정 반대로, 주혁의 힘은 아직도 넘쳐흐르고 있는 상태였다.

단지 1라운드 때와는 다르게 공이 자꾸만 낮게 들어가고 있다는 게 문제였다.

'내가 이 홈런 더비 때에도 낮은 공을 퍼 올려서 담장을 넘겨야 한다니……'

이런 생각을 하자, 주혁이 황급히 고개를 절레절레 흔들었다.

그리고는 필립 모리스에게 외쳤다.

"헤이, 모리스! 높게 던져, 높게!"

이 외침을 들은 필립 모리스가 고개를 끄덕이고는 다시 배팅볼을 던져주었다.

잠깐의 휴식이 득이 됐던 것일까.

따악!

드디어 기다리던 홈런이 다시 터졌다.

비거리 139m짜리 홈런.

주혁이 그제야 필립 모리스를 보며 씩 웃은 채 방금 전처럼 그대로만 던지라는 신호를 보냈다.

'높게 던지니까 딱 알맞게 들어오네.'

이윽고 필립 모리스가 다시 비슷한 코스로 공을 던져주었고…….

따악!

이번에는 타구가 더 멀리 날아가면서 중앙 전광판을 맞추는 데 성공했다.

모두들 주혁의 이러한 장타력에 경악을 금치 못했고, 이를 지켜보던 선수들 역시도 입을 떡하니 벌린 채 놀라워하면서 동료 선수들과 이야기를 나누기 시작했다.

"20살짜리 맞아?"

"이 정도일 줄은 몰랐는데……. 가볍게 스윙해도 쭉쭉 뻗어나갈 줄이야."

"1라운드 때 힘 다 쓴 줄 알았는데 아직 한참 남았구만!"

"긴장을 안 하네. 분명 부담이 엄청 클 텐데 말이지."

"오히려 저 배팅볼러가 더 긴장한 것 같은데?"

"이러다 기록이라도 하나 쓰겠는 걸?"

기대는 점점 더 높아져 가고 있었고…….

따악!

따악!

따악!

연이어 추가로 3개의 홈런이 터지자, 분위기는 더욱 뜨거워지기 시작했다.

중계 카메라가 곧바로 로빈슨 카노를 비췄고, 그가 미소를 지은 채 고개를 저으면서 커티스 그랜더슨과 대화를 나누는 장면이 포착되었다.

사실 상 12개를 넘길 가능성이 높다는 걸 로빈슨 카노도 알고 있던 것이었다.

그리고 이러한 열기 속에서, 주혁은 침착한 표정으로 필립 모리스의 공을 골라냈고 한 번의 실패 이후 다시 홈런을 쏘아 올리면서 단 한 개만을 남겨놓는 데 성공했다.

8아웃 11홈런.

이윽고 필립 모리스가 다시 정 가운데로 공을 던져주었고…….

따악!

묵직한 타격음이 들리는 순간.

결승행의 주인공이 확정되었다.

◈

배팅 케이지 안.

결승전 그 마지막 대미를 장식하기 위해서 주혁은 필립 모리스와 호흡을 맞춰가면서 타격 연습을 하고 있었고, 그 라운드에선 주혁의 상대로 결승전에 진출하게 된 보스턴 레드삭스의 아드리안 곤잘레스가 타석에서 배팅볼러의 공을 골라내고 있었다.

주혁은 신경 쓰지 않는 척하면서 슬쩍슬쩍 현재 상황을 생중계해주고 있는 실내 모니터를 확인했다.

'10개 이하로만 치면 100% 내가 우승할 수 있다.'

우승을 목표로 하고 있는 주혁으로선 아드리안 곤잘레스가 최대한으로 적게 홈런을 때려주기를 바랄 뿐이었다.

그런데…….

틱!

틱!

틱!

"엥?"

아드리안 곤잘레스가 3번 모두 빗맞은 타구를 때려내는 게 아닌가.

'뭐야, 이거.'

설마 했다.

그래도 나름 한 방이 있는 타자이기에 주혁은 그가 어느 순간부터 몰아칠 것이라고 보고 있었다.

그러나 마치 무언가에 홀린 듯이 아드리안 곤잘레스는 좀처럼 타구를 담장 밖으로 날려 보내지 못하고 있었고…….

따악!

겨우 한 개를 넘겼을 때는 이미 아웃만 6개를 채운 뒤였다.

아드리안 곤잘레스가 기대 이하의 홈런쇼를 보여주자, 입 꼬리가 슬며시 올라가는 사람이 한 명 있었으니 바로 필립 모리스였다.

"윤! 우리가 우승할 수 있을 거 같아!"

이제는 긴장감을 완전히 털어버렸는지, 필립 모리스는 해맑은 얼굴로 이 말을 했으나 정작 주혁의 표정은 그다지 밝아보이지는 않았다.

'옛날 생각 나네……'

어렴풋이 떠오르는 잊고 싶은 기억 하나.

과거, 이 홈런 더비 결승전에서 5개 밖에 때리지 못한 채 물러났던 상대 타자를 상대로 너무 자만하는 바람에 그만 4개를 기록하면서 1개 차이로 우승을 놓쳤던 그 기억이 머릿속에 점차 생생하게 떠오르고 있었다.

'자만하지 말자.'

주혁이 고개를 휘휘 저으면서 그 기억들을 다시 꾹꾹 아래로 내려 보내기 시작했다.

어차피 사라진 기록들 아닌가.

필립 모리스가 고개를 갸웃거리면서 주혁에게 다시 한마디 건넸다.

"어디 아파?"

"아냐, 그런 거."

"그런데 왜 고개를 그렇게 저어?"

"그냥. 시시해서."

대충 얼버무린 주혁이 다시금 타격폼을 취했다.

"이제 신경 쓰지 말고 마무리만 하자."

"알았어."

필립 모리스도 다시 신중하게 배팅볼을 던져주었고, 주혁은 이제 점차 익숙해져가는 이 배팅볼에 타이밍을 완벽히 잡아가고 있었다.

그리고 잠시 후.

"끝났습니다. 이제 나가시면 됩니다."

안내원의 말이 들리자, 주혁이 천천히 발걸음을 옮겼다.

필립 모리스가 그를 대신해서 먼저 아드리안 곤잘레스가 기록한 홈런 개수를 확인했다.

AL 아드리안 곤잘레스 5개

곧이어 이를 확인한 주혁이 씁쓸하게 웃었다.

'그 때랑 어째 상황이 똑같은 거냐……'

아주 약간의 불안함이 엄습하기는 했으나, 주혁은 이내 이런 사소한 걱정들을 모조리 지워버렸다.

'집중하기만 하면 된다.'

그 때처럼 가벼운 마음으로 임하지 않는다면 충분히 6개 이상은 때려낼 수 있다고 주혁은 굳게 믿었다.

5개로 홈런 수가 같으면 안 된다.

기존의 1, 2라운드와는 다르게, 결승전에서는 팬들의 흥미를 높이고 보다 정당한 챔피언을 가리기 위해 1, 2라운드 와는 다른 방식인 이른바 '홈런 더비 쇼다운(Home Run Derby Showdown)'으로 승자를 가리기 때문이다.

방식은 이렇다.

양 선수는 챔피언십에서 타석에 들어선 순서대로 1차례 씩 타격 기회를 가지게 되고, 여기에서 한 선수만 홈런을 쳤을 경우 그 선수가 우승을 차지하게 된다.

양 선수가 모두 홈런을 쳤을 경우는 한 선수가 실패할 때 까지 '쇼다운'이 반복된다.

즉, 보는 팬들 입장에서는 짜릿할 수 있어도 선수 입장에 서는 살 떨리는 일이나 다름없는 셈이다.

뭐 홈런 더비 우승이 그렇게 중요한 커리어는 아니지만, 그래도 나름 자존심이 걸린 문제이기도 하므로 결승전까지 온 이상 우승은 무조건 가져가고자 하는 주혁이었다.

어느새 타석까지 도착한 주혁이 호흡을 정리하고는 타격 폼을 취했다.

'자, 어디 한 번 끝까지 가보자!'

캐스터가 시작하라는 말을 하자마자 곧바로 필립 모리스 가 첫 배팅볼을 던졌다.

그리고……

따악!

첫 공부터 바로 맞춰낸 주혁의 타구가 담장을 향해 쭉쭉 뻗어나가기 시작했다.

이윽고 타구가 어딘가로 떨어졌고, 이를 확인한 팬들의 함성 소리가 체이스 필드를 가득 채웠다.

이 타구의 종착점은 바로……

"넘어갔습니다! 홈런!"

펜스 너머였다.

◆

「윤주혁, 홈런 더비 역사를 새로 쓰다!」

[기나긴 메이저리그 역사상 최초로 아시아 선수가 이번 2011시즌 올스타 홈런 더비에서 우승을 차지했다. 단순한 우승이 아니다. 홈런 더비 기록들을 모조리 갈아치웠다. 주인공은 바로 '괴물' 윤주혁(21, 탬파베이 레이스)이다.

윤주혁은 12일(이하 한국시간) 미국 애리조나주 피닉스에 위치한 애리조나 다이아몬드백스의 홈구장 체이스 필드에서 열린 2011 메이저리그 올스타 홈런 더비 결승전에서 아드리안 곤잘레스(30, 보스턴 레드삭스)를 14 대 5로 꺾었다.

윤주혁의 홈런쇼는 1라운드부터 시작됐다. 8명이 참가한 이번 홈런 더비에서 윤주혁은 16개의 홈런을 때려내면서 1라운드 1위로 2라운드에 진출했고, 2라운드에서 로빈슨 카노를 만나 14 대 12로 꺾고 결승전에 진출, 결승전에서 또다시 14개를 때려내면서 우승을 차지했다.

이 날, 윤주혁은 490피트(약 149m)짜리 대형 홈런도 기록하면서 거포들을 상대로 압도적인 결과를 만들어냈다.

이로서 아시아 선수로서는 사상 최초로 메이저리그 홈런 더비에서 우승을 한 선수로 역사에 남게 됐다.

윤주혁이 쓴 역사는 이 뿐만이 아니다.

1라운드 16개, 2라운드 14개, 3라운드 14개를 때려낸 윤주혁은 총합 44개의 홈런을 때려내면서 메이저리그 홈런 더비 최다 홈런 기록(41개, 바비 어브레이유)을 갈아치웠다.

게다가 만 20세의 나이로 메이저리그 홈런 더비의 우승을 차지하면서 역대 최연소 홈런 더비 우승자로 역사에 남게 됐다.

윤주혁은 홈런 더비 우승으로 상금 $445,00달러를 받게 되었으며 이는 주장 로빈슨 카노의 이름으로 지역 커뮤니티 발전을 위해 전액 기부된다.

윤주혁 이외에 한국인으로서 메이저리그 올스타 홈런 더비에 참여했던 선수로는 2005년 당시 최희성(33, 당시 LA 다저스)이 있다. 그는 2006 WBC 개최 홍보 목적으로 올스타에 뽑히진 않았으나 홈런 더비에는 참여했었고, 1라운드 5개로 2라운드 진출에 실패했었다.

한편 내일 13일, 2011 메이저리그 올스타전이 체이스 필드에서 펼쳐지게 된다. 윤주혁은 아메리칸리그 지명타자로 타석에 나선다. 과연 홈런 더비를 통해 엄청난 장타력

을 선보인 그가 내일 경기에선 어떤 활약을 펼칠 지에 많
은 관심이 쏠리고 있다.]

〈 KS미디어 임건욱 기자 〉

◈

　메이저리그 팬들이 고대하던 바로 그 날이 왔다.
　2011시즌 메이저리그 올스타전.
　어제 있었던 홈런 더비보다도 더 많은 관중들이 이곳 체
이스 필드를 찾았고, 경기장 관중석을 가득 채울 정도로 엄
청난 팬들의 방문은 마치 월드시리즈를 연상케끔 하고 있
었다.
　다양한 행사들이 경기에 앞서 먼저 진행되었고, 이윽고
모든 행사가 끝이 나자 비로소 올스타 선수들이 그라운드
에 모습을 보이기 시작했다.
　선수 한 명씩 나올 때마다 박수갈채와 함성이 쏟아져 나
왔고 선수들은 모두 밝은 표정을 지으면서 그라운드에 섰
다.
　이윽고 선수 소개가 끝이 나자, 비로소 선발 라인업이 발
표되었다.
　선발 라인업은 아래와 같다.

AL

1번 타자 CF 커티스 그랜더슨
2번 타자 SS 아스드루발 카브레라
3번 타자 1B 아드리안 곤잘레스
4번 타자 RF 호세 바티스타
5번 타자 DH 윤주혁
6번 타자 LF 조시 해밀턴
7번 타자 3B 아드리안 벨트레
8번 타자 2B 로빈슨 카노
9번 타자 C 알렉스 아빌라

선발 투수 제러드 위버

NL

1번 타자 2B 리키 윅스
2번 타자 DH 카를로스 벨트란
3번 타자 CF 맷 캠프
4번 타자 1B 프린스 필더
5번 타자 C 브라이언 맥캔
6번 타자 RF 랜스 버크만
7번 타자 CF 맷 할리데이

8번 타자 SS 트로이 툴로위츠키

9번 타자 3B 스캇 롤렌

선발 투수 로이 할러데이

　당초 개막 2주 전에 발표되었던 선발 라인업과는 달라지긴 했으나 어찌 되었든 큰 기대를 갖게 만드는 것에는 변함이 없었다.

　특히나 올스타전은 내셔널리그 올스타팀도 지명타자를 쓸 수 있게 변경되면서 더욱 큰 기대를 모으고 있었다.

　곧이어 라인업 발표가 끝이 나자, 마운드 위로 제러드 위버가 올라왔고 타석에는 1번 타자 리키 윅스가 들어섰다.

　1회 초, 내셔널리그의 선제공격으로 출발하는 올스타전 경기.

　열기가 더욱 뜨거워지고 있는 지금.

　파앙!

　"스트라이크!"

　구심의 굵직한 목소리가 본격적인 올스타전의 시작을 알렸다.

◆

　1회 초 경기가 진행되는 동안, 주혁은 아메리칸리그 올스타팀 벤치에 앉아 선발 투수 제러드 위버의 피칭을 감상하고 있었다.

'원래는 저 자리에 내가 서 있어야 하는데…….'

올스타전 선발 투수.

이것만큼 영예로운 자리가 또 있을까.

소속된 리그에서 뛰는 투수를 가운데 올스타 브레이크 전까지 가장 최고의 활약을 펼친 선수가 얻게 되는 이 올스타 선발 등판 기회는 분명 탐이 나는 자리임에는 틀림없었다.

물론 긴 이닝을 소화하지 않기에 초반부터 승패가 확실하게 갈리지 않는 이상 승리 투수가 되기는 힘들지만, 리그를 대표하는 투수로 인정받는다는 장점은 상당히 매력적인 부분이기는 했다.

사실 주혁에게도 기회는 있었다.

시즌 성적으로 볼 때, 결코 제러드 위버에게 밀리지 않는 뛰어난 기록(특히 압도적인 탈삼진 개수)들은 올스타전 선발 투수 자격 조건으로 더할 나위 없이 충분했다.

그러나 주혁은 이를 끝내 포기했다.

그럴 만한 이유가 있었다.

바로 지명타자 자리 때문이었다.

투수로 마운드를 내려가고 나면 더 이상 타석에 설 수 없게 되고, 기껏해야 최대 2이닝 정도 밖에 던지지 않을 선발투수 기회 때문에 경기 초반 만에 타석에서 물러나야 하기에

론 워싱턴 감독과 대화를 나눈 끝에 결국 이를 포기한 것이었다.

대신 론 워싱턴 감독은 주혁에게 한 가지를 약속해주었다.

"네게 9회를 마무리할 기회를 주마."

이는 실로 놀라운 제안이었다.

아메리칸리그 최고의 마무리 투수인 뉴욕 양키스의 마리아노 리베라를 놔두고 9회에 등판시키겠다는 뜻이기 때문이었다.

약간 부담스러운 제안이기는 했으나, 알고 보니 마리아노 리베라의 컨디션 상 등판이 어려울 수도 있는데다 또 다른 마무리 투수인 호세 발베르데가 주혁의 9회 등판에 이견이 없음을 말해주면서 그의 등판은 이렇게 확정되었다.

본래 한 타자가 올스타전에서 경기가 끝날 때까지 뛰는 일은 없으나 지명타자 자리에 본래 뛰기로 한 데이비드 오티스가 타박상으로 출전이 어렵게 되면서 가능해진 것이었다.

물론 체력적인 소모가 매우 클 수밖에 없기는 했다.

그렇기에 론 워싱턴 감독은 한 가지 조건(?)을 걸었다.

"6회까지 우리가 이기고 있지 않다면 그 때는 부득이하게 마운드에 설 수는 없을 것 같다."

아무래도 다른 타자들에게 이 지명타자 자리를 내어줌으로써 기회를 주어야 하기 때문에 이 같은 조건을 내건 것이었다.

주혁으로서는 자칫 잘못하다간 마운드에 설 수 없게 되는 일이 벌어질 수도 있긴 했으나, 팬들이 투표를 통해 지명타자 올스타에 뽑아준 것에 보답하고자 주혁은 타자로서의 출전을 하기로 최종 결정을 내렸다.

합의점을 도출한 이후, 론 워싱턴 감독은 언론을 통해 주혁이 아시아인이라서 올스타전 선발투수에 누락한 게 아니라 이러한 이유가 있었음을 공개적으로 발표했다.

제러드 위버의 선발 등판에 의문을 갖는 팬들이 다소 많았기 때문이었다.

'어찌 되었든 6회까지 이기고 있어야 한다는 건데……'

주혁이 다시 현재 그라운드 상황에 집중하기 시작했다.

그리고 얼마 지나지 않아, 타격음이 귓가에 들려왔다.

따악!

제법 큼지막한 타구는 중견수 커티스 그랜더슨의 뒤로 날아갔고, 담장을 넘어가지는 못했으나 누상에 있던 주자 한 명이 여유롭게 홈에 들어올 수 있을 정도의 시간을 벌어 주는 데는 성공했다.

1회부터 내셔널리그 올스타팀에게 선취점을 내주고 만 제러드 위버가 모자를 고쳐 썼다.

표정에는 딱히 변화가 없었다.

'뭐 기록에도 안 남는 경기에서 멘탈에 금이 갈리는 없겠지만……'

최정상급 투수들의 공통점은 바로 강철 멘탈의 소유자들이라는 점이다.

그렇기에 지금 이 실점 하나가 제러드 위버의 멘탈에 그어떤 영향도 미치지 않는다는 것은 어쩌면 너무도 당연한 것일수도 있었다.

져도 딱히 문제될 건 없는 경기.

하나 주혁은 생각이 달랐다.

'이겨야 된다.'

이 경기를 반드시 이겨야 하는 이유.

그것은 바로 이 경기에서의 승리한 리그의 월드시리즈 진출팀이 7전 4승제로 치러지는 이번 시즌 월드시리즈에서 1, 2, 6, 7차전 경기를 홈에서 치를 수 있기 때문이었다.

다만 이게 꼭 득이 된다고는 할 수 없었다.

아무리 홈구장에서 상대한다고 한들, 1, 2차전을 제외하고 나면 3, 4, 5차전은 모두 원정 경기를 뛰어야 하기 때문에 자칫 잘못하면 5차전 안에 우승을 내놓을 수도 있으니 말이다.

하나 주혁은 탬파베이 레이스가 홈에서 무척이나 강했고, 또 본인 역시도 트로피카나 필드의 마운드 위에서의 성적이 더 좋았기에 이 어드밴티지를 가져가고 싶어 했다.

물론 탬파베이 레이스가 월드시리즈에 무조건 진출한다는 보장은 없었다.

괜히 다른 팀에게 이러한 이점을 넘겨줄 가능성도 충분

하긴 했다.

그러나 주혁은 올해 탬파베이 레이스의 월드시리즈 진출을 지난 시즌보다 좀 더 긍정적으로 보고 있었다.

그 이유는 바로 지난 시즌에는 오로지 주혁 혼자서 위기를 바꾸는 결정적인 역할을 했다면, 이번 시즌은 초반을 제외하고는 여러 선수들이 이런 역할을 잘 수행해 주고 있기 때문이었다.

즉, 주혁이 경기에서 침묵하더라도 다른 누군가가 상황을 역전시킬 수 있다는 뜻이었다.

'문제는 아직도 우리가 2위라는 점인데…….'

최근 들어 보스턴 레드삭스가 무섭게 치고 올라오기 시작하면서 어느새 뉴욕 양키스와 탬파베이 레이스의 자리를 위협하고 있는 상황인 만큼, 100% 장담하기는 조금 힘들기는 했다.

'어찌 되었든, 이기는 게 제일 좋다.'

생각을 마무리하던 그 때.

파앙!

"스트라이크 아웃!"

제러드 위버가 추가 실점을 내주지 않은 채 1실점으로 1회 초를 마무리 짓고 마운드를 내려왔다.

그리고 이어지는 1회 말.

로이 할러데이를 상대로 1번 타자 커티스 그랜더슨이 타석에 들어섰다.

주혁은 자신의 차례가 올 거라고는 딱히 생각하진 않았다.

상대가 로이 할러데이니까.

그러나 예상 밖으로 로이 할러데이가 2번 타자 아스드루발 카브레라에게 안타를 허용하더니 4번 타자 호세 바티스타에게 또 다시 안타를 내주면서 주혁에게도 기회가 찾아오게 되었다.

'과거에 맞붙은 적도 없고, 현재까지 딱 1번 상대했었다만……'

아예 경험은 없는 게 아니었기에 주혁은 자신감을 가지고 타석에 들어섰다.

2사 1, 3루의 찬스.

어느새 승부가 4구 째 볼 카운트 1 - 2로 바뀐 상황에서, 로이 할러데이가 침착하게 5구를 던졌다.

그가 던진 5구는 바로 매섭게 포수 미트로 날아오다가 타자의 스윙 궤적 바로 아래로 절묘하게 떨어지는 싱커볼이었다.

좌타자 바깥쪽 무릎 라인으로 떨어지는 이 공에 내셔널리그 올스타팀 포수 브라이언 맥캔은 확신했다.

'땅볼 아니면 삼진이다!'

그러나…….

따악!

주혁은 마치 기다렸다는 듯이 이 공을 낮은 자세로 때려내버렸고, 타구는 좌익수와 중견수 사이에 떨어지면서 동점 적시타로 이어지게 되었다.

다소 불안정 자세에서도 정확히 맞춰낸 주혁의 타격 실력에 또 한 번 선수들과 코칭스태프들, 그리고 팬들은 놀라움을 감추지 못했다.

"이럴 땐 이치로를 연상케 하는구만."

"교타며 장타며…… 만약에 내가 투수였으면 진짜 때렸을 거야."

"괴물이다. 진짜 괴물이야."

"20살이라는 게 믿겨지지가 않는다, 정말. 몸도 그렇고 센스도 그렇고……"

그들이 대화를 나누고 있을 즈음, 주혁은 어느새 2루 베이스를 밟았고 송구는 그 뒤에야 유격수의 글러브에 도착했다.

1 - 1.

올스타전은 초반부터 흥미진진하게 펼쳐지고 있었다.

◆

체이스 필드 상층에 위치한 중계석 안.

오늘 올스타전의 중계를 맡은 해설자와 캐스터는 격앙된 목소리로 시청자들에게 생동감 넘치는 경기를 보여주고 있었다.

그럴 만도 했다.

경기 양상이 5회가 될 때까지 팽팽하게 펼쳐지고 있었으니 말이다.

어떤 이닝은 양 팀 투수들의 피칭 대결로 긴장감을, 어떤 이닝은 양 팀 타자들의 타격 대결로 짜릿함을 주고 있는 지금 이 올스타전의 열기는 그 어느 때보다도 뜨겁게 달아오르고 있었다.

5회 말 현재 스코어는 5 - 5.

이어지는 6회 초, 아메리칸리그 올스타팀 투수 C.J. 윌슨이 내셔널리그의 타자들을 잠재우고자 마운드에 올라왔다.

해설자가 말했다.

"지금 이닝부터가 서서히 승패가 갈릴 시점입니다. 그만큼 투수들이 잘 막아줘야 할 겁니다."

"과연 어떤 팀이 중반 이후부터 리드를 먼저 잡고 앞서 나갈지!"

연습구를 모두 던진 C.J. 윌슨이 곧바로 피칭을 시작했다.

첫 타자를 잡아내는 것까지는 매우 순조롭게 진행되었다.

그러나 문제는 이어지는 다음 타자를 상대로 몸에 맞는 공이 나오면서부터였다.

갑작스럽게 제구에 난조를 보이던 C.J. 윌슨을 상대로 내셔널리그의 타자들이 이를 틈타 연이어 안타를 때려내기 시작했고, 그 결과 아웃카운트 2개를 잡아내는 데까지 무려 3점을 헌납하면서 분위기를 다시 내셔널리그쪽으로 넘겨주고 말았다.

급히 교체된 투수 브랜든 리그가 이어 한 점을 더 내준 채로 이닝을 마무리 지었고, 스코어는 9 – 5로 바뀌고 말았다.

그리고 이를 지켜보던 주혁의 표정도 점차 굳어가기 시작했다.

바라던 그림이 아니었으니까.

더군다나 7회 등판이 예정되어 있는 그로서는 이렇게 벌어진 점수 차이가 마냥 아쉬울 따름이었다.

사실 상 이어지는 6회 말, 타석에 들어서기 위해서는 최소한 4명의 타자가 출루를 해야만 하기 때문이었다.

2번째 타석에서는 내야 뜬공으로, 3번째 타석에서는 1타점 희생 플라이로 물러났었던 주혁에겐 더 이상 타석에서의 기회란 없어보이는 듯했다.

6회 말.

마운드 위로 우완 투수 타일러 클리파드가 올라왔고, 8번 타자 로빈슨 카노를 상대로 삼진을 잡아내면서 더 이상 팽팽하던 흐름이 끊어질 것만 같았다.

그러나 타일러 클리파드를 상대로 9번 타자 알렉스 아빌라가 무려 공 11개를 골라낸 끝에 볼넷으로 출루에 성공하면서 희망이 보이기 시작했다.

게다가 1번 타자로 교체되어 타석에 들어선 제이코비 엘스버리가 6구 째 공에 안타를 때려내면서 아메리칸리그의 분위기가 다시 살아났고, 결국 타일러 클리파드가 마운드를 내려가게 되었다.

하나 내셔널리그의 마운드에는 100마일(161km)의 무시무시한 강속구를 던지는 투수, 크레이그 킴브렐이 올라왔고 아메리칸리그 올스타팀 팬들이 약간 불안한 표정을 지으며 교체된 2번 타자인 자니 페랄타와의 승부를 지켜보았다.

불길한 예감은 결코 빗나가질 않았다.

파앙!

파앙!

파앙!

단 공 3개만에 자니 페랄타가 삼진으로 물러나고 만 것.

이를 본 주혁이 깊은 한숨을 내쉬었다.

2사 1, 2루의 찬스이긴 하지만, 느낌 상 주혁은 자신에게까지 그 기회가 찾아올거라고 생각하지는 않았다.

아무리 교체된 3, 4번 타자들인 미겔 카브레라와 카를로스 쿠엔틴이 잘한다고 해도, 정상급 마무리 투수인 크레이그 킴브렐이 이 두 선수 모두에게 출루를 내줄 것 같지는 않았기 때문이었다.

하나 반전은 바로 지금부터였으니…….

따악!

따악!

미겔 카브레라가 99마일(159km)의 패스트볼을 때려내 중견수 앞에 떨어지는 안타로 1타점을 만들어내더니 카를로스 쿠엔틴이 슬라이더를 툭 밀어때려 또 다시 1타점을 만들어내는 게 아닌가!

'둘 다 빠른 볼에 이렇게 강할 줄이야.'

9 - 7로 바뀐 스코어.

다시 2사 1, 2루의 찬스가 오자 주혁이 다소 굳어있던 표정을 풀고는 이내 타석으로 천천히 걸어가기 시작했다.

팀 내 타자들 가운데 아직까지 교체되지 않은 유일한 선수인 주혁의 등장에 내셔널리그 올스타팀 감독이자 지난 시즌 샌프란시스코 자이언츠의 월드시리즈 우승을 이끌었던 브루스 보치 감독이 우완 투수인 크레이그 킴브렐을 내리고 좌완 투수 조니 벤터스를 마운드 위에 올렸다.

긴장되는 이 순간.

승부처라고 봐도 무방한 지금.

이를 지켜보던 캐스터가 입을 열었다.

"내셔널리그가 여기서 윤을 잡아내고 승리를 굳히는 쪽으로 갈지, 아니면 다시 팽팽한 흐름으로 이어질지!"

이윽고 연습구를 모두 던진 조니 벤터스의 손에서 초구가 뿌려졌고…….

따악!

초구 패스트볼을 노리고 있던 주혁이 이를 놓치지 않고 제대로 맞춰내는 데 성공했다.

외야로 날아가는 타구를 보며 캐스터가 흥분한 목소리로 말했다.

"쭉쭉 뻗어 나갑니다! 이 타구가 담장을……."

그가 그 뒷말을 잇기 전.

"Yeah!"

관중석에서 먼저 웅장한 함성 소리가 터져나오기 시작했다.

이 반응이 나온 이유는 단 한 가지 뿐이었으니…….

"넘어갑니다!"

이 홈런으로 경기의 흐름은 또 다시 바뀌었고, 스코어는 10 – 9가 되었다.

이후 추가적인 득점은 없었으나 이어지는 7회 초, 마운드 위로 크리스 페레즈가 올라왔고 그는 실점 없이 이닝을 마무리 지었다.

8회 초, 호세 발베르데도 안타 2개를 맞기는 했으나 병살타 유도에 성공하면서 10 – 9의 스코어를 유지시켰다.

그렇게 대망의 9회 초가 찾아왔다

팬들이 모두 기다리던 바로 이 순간.

탬파베이 레이스의 유니폼을 입은 투수 한 명이 마운드 위로 올라가기 시작했다.

그리고 이 투수의 손 끝에서…….

"아메리칸리그가 내셔널리그를 꺾고 승리합니다!"

비로소 올스타전이 막을 내렸다.

그의 등번호 위로 적힌 이름.

YOON.

바로 주혁이었다.

◈

「윤주혁, 2011 메이저리그 올스타전 MVP(종합)」

[2011 메이저리그 올스타전이 끝났다. 이 올스타전의 주인공은 윤주혁(21, 탬파베이 레이스)이었다.

13일(이하 한국시간) 미국 애리조나주 체이스 필드에서 펼쳐진 2011시즌 메이저리그 올스타게임에서 윤주혁이 속한 아메리칸리그가 내셔널리그를 10 - 9로 꺾고 승리했다.

이 날 윤주혁의 활약은 실로 엄청났다. 타석에서 4타수 2안타 1홈런 5타점 1희생을 기록한 윤주혁은 아메리칸리그 득점의 절반을 책임졌고, 9회에 마무리 투수로 등판하여 1이닝 무실점 2K의 퍼펙트 피칭으로 경기를 마무리 지었다.

이로서 당당하게 올스타전 MVP를 수상하게 된 윤주혁은 아시아 선수 역사상 최초이자 한국인 최초, 나아가 역대 최연소(만 20세) MVP 수상자로 역사에 남게 됐다.

이틀 연속으로 메이저리그 올스타 역사의 여러 페이지에 이름을 올리게 된 윤주혁은 탬파베이 레이스 구단 역사에도 2번째로 올스타 MVP를 차지한 선수로 기록됐다. 첫 번

째는 2009시즌 메이저리그 올스타 MVP인 칼 크로포드다.

윤주혁의 대활약으로 승리를 거두게 된 아메리칸리그는 이번 월드시리즈에서 1, 2,6,7차전 홈 어드밴티지를 가져가게 됐다.]

코멘트(Comment)

- 걍 미친거지···걍 미친거여···
- 만찢남 인정합니다.
- 달랑 이틀만에 메이저리그 역사를 다시 쓰네. 지린다.
- 윤주혁의 재능을 보고 만 19세에 빅 리그에 데뷔시킨 조 매든의 선수보는 안목은 정말 대단한듯···
- 와···이건 뭐 할 말이 없네.
- 한국 사람 맞음?
- 올스타에서도 먹히는 투타 재능. 아, 이젠 재능이라고 하면 안 될듯. 그냥 천재임. 야구 천재.
- 윤주혁 선수는 대한민국의 자랑입니다.

20. 치열한 1위 싸움

리턴 에이스
Return Ace

20. 치열한 1위 싸움

이틀에 걸쳐 메이저리그 올스타 역사를 새로 쓰면서 체력이 많이 소진되어 있을 텐데도 불구하고, 주혁은 올스타 브레이크 휴식을 반납하고 훈련에 매진했다.

커브를 더욱 다듬고, 전체적인 점검 및 문제점들을 조금이나마 고치기 위함이었다.

대부분의 선수들은 이 기간 동안 조금이나마 휴식을 취하기 위해 훈련장을 찾지는 않았으나 경기 내용이 만족스럽지 못하다고 느낀 일부 선수들은 부족한 부분에 대한 훈련을 하고자 훈련장을 방문했다.

그리고 그들 중에는 필립 모리스도 있었다.

"윤? 훈련하러 온 거야, 설마?"

마치 여기에 있으면 안 되는 사람을 보는 듯이, 필립 모리스가 주혁을 보자마자 당혹스러움을 감추지 못했다.

"너는 무조건 휴식을 취해야 해. 이제 우리 팀 최고의 에이스잖아. 만약에 부상이라도 당하면 어떻게 하려고……."

걱정스러워하는 필립 모리스를 보며 주혁이 싱긋 웃었다.

"괜찮아. 내가 내 몸은 제일 잘 알아."

"그래도……."

"그나저나 선물은 잘 받았어?"

주혁이 필립 모리스의 말을 짜르고는 묻자 그가 미소를 지으면서 대답했다.

"어. 덕분에 잘 마셨어."

"벌써 마신거야?"

"그게……. 이거 사실은 비밀인데 나 어제 올스타전 보면서 레이첼이랑 마셨어."

"오호?"

레이첼이라는 이름만 언급했을 뿐인데도 필립 모리스의 얼굴은 붉게 물들기 시작했다.

'아주 사랑꾼이야.'

주혁이 피식 웃으며 축하한다는 말을 전했다.

"그래서 올스타전 관전도 안하고 집으로 내려간 거구만?"

"아, 그런 건 아니었어. 그냥……. 네 배팅볼러까지는 좋았는데 내가 올스타전에 뛰지도 않는데 경기장 안에 있기는 좀 그렇더라고. 그냥 그 올스타전 경기장 안은 내가 당당하게 뽑힌 이후에 입장하고 싶더라. 그래서 밤 비행기 타고 탬파에 왔지."

필립 모리스의 말에 주혁이 묵묵히 고개를 끄덕였다.

"그나저나 어떻게 만난거야?"

분위기가 가라앉는 걸 막기 위해 주혁이 먼저 질문을 던졌다.

그러자 필립 모리스가 살짝 고민하더니 이내 천천히 입을 열었다.

"실은 꾸준히 연락하다가 내가 올스타전 때 바쁘냐고 하니까 엄청 바쁘다고 하더라고. 리포터니까 그럴 수 있겠거니 했는데 당일 날 전화오더라. 만나자고."

남의 연애사를 듣는 건 언제나 흥미진진한 법이다.

주혁이 계속 이어나가라고 손짓하자 필립 모리스가 작게 깔린 목소리로 뒷이야기를 들려주었다.

"알고 보니까 구장 근처에 살더라? 아무튼, 그렇게 만나서 같이 밥 먹었지. 물어보니까 사실은 그 날 원래 휴가를 내기로 했었나봐. 뭐 운이 좋았지. 그러다가 올스타전 시작할 시간이 됐을 때, 내가 슬쩍 물어봤어."

"뭐를?"

"올스타전 우리 집에서 보지 않겠냐고. 솔직히 그냥 레이첼이랑 같이 보고 싶었을 뿐, 사심은 없었는데 그녀가 나를 이상한 사람 보듯 하더라고. 그 때서야 내가 너무 성급

했구나 했지."

필립 모리스의 말에 주혁이 고개를 갸웃거렸다.

'레이첼이 그럴리가 없는데?'

그녀를 아주 잘 알지는 않지만, 그래도 나름 알만큼은 아
는 주혁이었다.

'애초에 관심이 없었으면 모리스한테 연락도 안 했을 거
고, 의외로 개방적인 여자인데……. 모리스가 별로 마음에
안 들었나?'

좋은 뜻에서의 개방적이라는 것이지 문란한 생활을 한다
는 건 절대 아니었다.

어찌 되었든, 주혁은 그의 이어지는 이야기에 더욱 집중
을 할 수밖에 없었다.

필립 모리스가 말을 이어 나갔다.

"그래서 내가 해명했어. 절대 다른 뜻은 없다고. 그리고
거기서 내가 실수로 집에 콘돔 하나도 없다고 해버렸지.
아, 지금 생각해도 창피하다."

역시나 필립 모리스다.

'미국인 중에 이렇게 순수한 사람은 참 둘도 없긴 하지.'

주혁이 흐뭇하게 웃으며 두 귀를 쫑긋 세웠다.

"근데 갑자기 레이첼이 막 웃더라? 그냥 장난쳐본건데
내가 너무 당황해서 귀여웠대. 헤헤."

"……."

"그래서 집에 데려왔지. 근사하지는 않지만 내가 직접

요리도 하고 분위기 좀 띄울려고 네가 준 와인도 테이블 위에 꺼내뒀지."

배팅볼러로 나서준 것에 대해 고마운 마음을 전하고자 주혁은 꽤 값이 나가는 와인 몇 병을 클러비 케빈 마이클스에게 부탁하여 필립 모리스에게 선물했었다.

아직 술을 살 수 없는 나이이기에 어쩔 수 없는 부탁이었다.

물론 어떤 술이, 특히 와인 중에서도 어떤 브랜드의 어떤 제품이 맛이 좋은지만큼은 잘 아는 주혁이기에 선물을 고르는 것에 있어서는 별다른 문제가 없었다.

단지 소수의 와인 애호가들만이 즐겨 찾는다는 와인을 부탁했다는 게 약간의 의심을 살 뻔하긴 했다.

뭐랄까, 마치 안 마시는 척하면서 이미지를 만들더니 정작 뒤에서는 마실 거 다 마시는 그런 사람으로 말이다.

'이래 봬도 법은 잘 지키는 사람이야, 내가.'

오해는 잘 풀리긴 했다.

이 정도로 꾸준한 경기력을 보인다는 자체가 그만큼 몸 관리를 잘한다는 뜻이기도 했으니까.

주혁이 필립 모리스에게 슬쩍 물었다.

"그거 진짜 괜찮지?"

"정말 맛있더라. 내가 여태껏 마셔본 와인하고는 질이 다르더라. 그 덕분에 레이첼한테 점수 좀 땄지. 네 덕분이야, 윤."

"무슨 내 덕분까지……."

"아냐. 그 때 용기 내보라고 안 했으면 정말 짝사랑만 하다 죽었을지도 몰라."

필립 모리스의 말에 주혁이 천천히 고개를 끄덕거렸다.

'과거에 두 사람 만난 것도 정말 운명이 아니었으면 힘들었지.'

다만 그 운명이 하필이면 교통 사고였다는 게 흠이긴 하지만 말이다.

주혁이 기대하고 있는 바로 그 뒷이야기, 술을 마신 이후에 대해 필립 모리스에게 물었다.

그러자 필립 모리스가 뜬금없이 침을 꿀꺽 삼키더니 이야기를 이어나갔다.

"처음에는 그냥 딱히 대화 없이 올스타전만 봤어. 정말 짧게 몇 마디만 나눴는데, 내 요리 솜씨 칭찬이 대부분이었지. 그러다 네가 눈부신 활약을 펼치면서부터 대화가 다시 이어졌어."

그의 말에 주혁이 피식 웃었다. 여러 모로 내가 도움이 되었구만, 이거!

"네 칭찬을 엄청 했지. 성실하고 착하고 배려심도 많고 어린 나이답지 않게 노련하고 뭐 등등……. 그런데 갑자기 묻더라고. 그럼 내 장점은 뭐냐고 말이야."

"오호. 그래서?"

"솔직히 내가 너보다 낫다고는 차마 말 못하겠더라.

그래서 다른 건 몰라도 성실함을 몸에 배여 있다고 말했지. 그리고 내 곁에 있어주는 사람은 절대 배신하지 않는다고. 의리 말이야."

"레이첼이 그거 듣고 뭐래?"

"그러면 어떤 일이 있더라도 자기를 배신하지 않을 거냐고 묻더라. 만약에 연인이라면."

"헐……."

역시나.

개방적이고 털털한 레이첼다운 말이었다.

"들어보니까 아픔이 있더라고. 그러면서 나한테 슬쩍 말했어. 자기를 끝까지 사랑해줄 수 있는 남자를 만나고 싶다고……. 따뜻한 남자……."

그게 너잖아!

이 말이 하마터면 튀어나올 뻔했다.

"문득 이건 기회라는 생각이 들더라. 그래서 술김에 그냥 확 말했지. 내 이상형이라고. 내가 딱히 보여준 건 별로 없지만 나 한 번 믿어보겠냐고."

"그래, 바로 그거야!"

주혁이 손뼉을 치면서 기뻐했다.

우려했던 답답한 전개가 아니었기 때문이었다.

"그래서 그 다음은? 레이첼이 뭐라고 하던데?"

"음……. 그, 그냥……. 와인 향기가 참 좋더라고……. 역시 비싼 와인은 다르더라고. 하하."

어색하게 웃는 필립 모리스.

이미 그의 귀는 빨갛게 달아오르고 있었다.

'제일 중요한 걸 묻고 싶지만……. 참자. 어련히 알아서 잘 했겠지.'

주혁이 입맛을 다셨다.

"그래서 이제 사귀는 거야?"

"응. 헤헤."

"축하해, 모리스!"

주혁의 말에 필립 모리스가 머리를 긁적이며 미소를 지었다.

"연락만 거의 1년은 한 거 같아. 사석에서 만난 건 그리 많지 않지만. 그래도 나를 좋게 봐주더라고. 사랑스럽더라."

"그랬구나……."

한 가지를 제외하고는 더 이상 궁금한 게 없는 주혁이 서서히 시작되는 필립 모리스의 레이첼 자랑에 얼굴이 굳어만 갔다.

"여신이야, 그녀는. 주님께서 내게 내려주신 게 틀림없다고!"

"……알았어. 이제 그만……."

"웃을 때 보조개는 어쩜 그렇게 사랑스러운지……."

귀가 따갑도록 레이첼 칭찬을 아끼지 않는 필립 모리스에게서 주혁은 조금씩 떨어지기 시작했다.

'더 듣다간 미칠 것 같다.'

연애사는 듣기 좋지만, 연인 자랑은 듣기가 싫은 법이다. 그게 설령 절친이라고 하더라도 말이다.

'이거 원 솔로는 서러워서 살겠나.'

필립 모리스의 연애사를 듣다보니 문득 잊고 있던 연애에 대한 것들이 떠올랐다.

딱히 간절한 건 아니지만 외로운 것은 사실이었다.

'과거에도 부인 있는 동료들이 부럽긴 했지.'

진정한 자기 편이 있다는 것.

주혁은 그게 얼마나 감사한 것인지를 뒤늦게 깨달았었다.

하나 시간은 너무도 흘러버렸었고, 마음이 맞는 반려자를 찾기란 불가능에 가까웠었다.

'혼자서 버티느라 힘들긴 했다만……'

그래도 경험은 있어서 이번에도 버틸 자신은 있었다.

그러나 주혁은 고개를 저었다.

'이번 생은 그렇게 보내지 않으리라.'

외롭게 사는 것도 이제는 질렸다.

그렇다고 예전처럼 문란하게 살고 싶지도 않았다.

속 빈 여자들은 싫었다.

'그냥 내 편이 한 명 있었으면……'

만나기는 힘들겠지만 주혁은 필시 기회가 있을 거라고 믿었다.

하나 기약 없는 기다림을 해야 한다는 사실은 절망에 가
까웠다.

'그래도 내가 문란하게만 살지 않는다면 금방 만날 수도
있다.'

사람은 어떤 사람들과 어울리는가에 따라 만나는 사람도
다 달라진다.

과거 젊었을 때는 유흥에 푹 빠져 살았기에 진정한 자기
편을 만나지 못 했을 뿐, 지금은 또 다른 인연이 있을 거라
고 굳게 믿었다.

하지만 외로움을 쉽게 떨쳐낼 수는 없었다.

해맑게 웃으며 실내 배팅 케이지로 발걸음을 옮기는 필
립 모리스를 보며 주혁이 씁쓸하게 불펜 포수 로비 타일러
와 함께 불펜으로 향했다.

이를 해소할 수 있는 방법은 지금으로선 오직 하나 뿐이
었으니…….

"후읍!"

파앙!

파앙!

파앙!

굵직한 포구음 만이 한동안 이곳을 가득 메우고 있었
다.

올스타 브레이크 기간이 끝났다.

며칠 동안 휴식을 취한 선수들은 비교적 밝은 표정으로 경기를 치르기 위해 구장으로 향하고 있었다.

주혁도 이들과 같이 밝은 미소를 머금으며 트로피카나 필드에 출근했다.

그에게 휴가란 없었으나, 컨디션과 몸 관리를 잘한 덕분에 피로를 느끼지 않는 것이었다.

물론 일반인들과는 차원이 다른 체력과 육체가 있기에 가능한 일이긴 하지만 말이다.

선수단 분위기는 무척이나 좋았다.

선수들은 얼리 워크(Early Work)를 하는 동안 모두들 입가에 미소를 지으며 즐겁게 훈련에 임하고 있었다.

언뜻 보면 그렇게 보였다.

하나 선수들 마음속에선 열정이 이글이글 타오르고 있는 중이었다.

이유는 오직 하나 뿐이었다.

바로 지구 우승 때문이었다.

보스턴 레드삭스가 어느새 3위로 치고 올라와 무섭게 몰아붙이고 있는 상황 속에서 탬파베이 레이스가 2년 연속 동부지구 우승을 차지하기 위해선 한시라도 빨리 1위에 진입하는 수밖에 없었다.

이는 주혁도 마찬가지였다.

우승을 향한 강한 의지.

지난 시즌, 아쉽게 챔피언십 시리즈 진출에 실패했었던 아픈 기억들이 떠올랐다.

'올해는 다르다.'

타선은 다소 약해졌을 지라도, 마운드는 더욱 탄탄해진 탬파베이 레이스다.

단기전은 마운드가 강한 팀일수록 유리하다.

'일단 우승을 위해선⋯⋯.'

이제는 팀의 중심이 된 선수.

바로 주혁 자신의 활약이 가장 중요했다.

'더 이상 지난 경기들처럼 마운드에서 무너지면 안 된다.'

여기까지 잘 와놓고 막판에 무너진다면 그것만큼 우스운 것 또한 없을 터.

'뭐든 첫 시작이 중요한 법.'

주혁이 주먹을 꽉 쥐었다.

이윽고 잠시 후.

경기가 시작되었다.

그리고 이 날 탬파베이 레이스의 선발 투수는 바로⋯⋯.

"윤! 윤! 윤! 윤!"

주혁이었다.

투타를 겸업해야 했기에, 지난 시즌처럼 피칭 훈련에 많은 시간을 할애하지는 못했다.

그러나 주혁은 주어진 시간을 알뜰하게 잘 활용하여 엄청난 집중력을 바탕으로 부족한 부분에 대한 훈련을 진행했다.

그리고 그 결과.

부웅!

"스트라이크 아웃!"

눈에 띄게 좋아지진 않았으나, 주혁의 손에서 뿌려진 커브볼은 제법 헛스윙을 많이 유도하고 있었다.

기본적으로 스피드 자체가 패스트볼과 최대 30마일(48km)까지 날 정도로 주혁의 커브는 타자가 타이밍을 잡기 까다롭게 만들고 있었다.

게다가 약간의 차이는 있지만 패스트볼을 던질 때와 투구폼이며 릴리스 포인트까지 거의 일치했기에 타자들은 그저 속을 수밖에 없었다.

다만 이따금씩 꺾이는 각도가 다소 무뎌지는 바람에 안타나 장타를 허용할 때도 있기는 했으나 현재까지는 나름 쏠쏠한 재미를 보고 있는 주혁이었다.

실전에서 구사할 수 있는 구종이 늘어난다는 것은 투수에게 있어 크나큰 장점과도 같다.

더 다양한 볼 배합을 가져갈 수 있을 뿐만 아니라, 상대하는 타자들마다 제각기 다른 구종으로 아웃을 잡아낼 수 있기 때문이다.

여기에 타자가 어떤 구종이 날아올지 예측하기 힘들어한다면 이 효과는 배가 된다.

바로 지금처럼 말이다.

파앙!

"스트라이크 아웃!"

다시 삼진.

이번에는 루킹 삼진으로 잡아낸 주혁이 아웃카운트 3개를 채우자 벤치로 발걸음을 옮기기 시작했다.

그리고 그런 그를 바라보는 타자는 혀를 내둘렀다.

침착한 포커페이스.

무엇보다도 구속 차이를 이용하여 타이밍을 빼앗는 노련한 피칭은 당혹스럽지 않을 수가 없었다.

마치 타자의 마음을 읽기라도 한 듯, 주혁과 존 제이소가 만들어가는 볼 배합은 타자들에게 공포를 안겨다 주기 충분했다.

다만 한 가지 단점은 있었다.

제구력이 매우 뛰어난 편은 아닌지라 다른 최정상급 투수들에 비해 스트라이크 존을 넓게 활용하지 못한다는 점이었다.

바깥쪽 제구와 낮게 깔리는 제구는 지난 시즌에 비해 좋아지긴 했으나 특출 난 수준은 아니었다.

그렇다보니 강속구를 바탕으로 공격적인 피칭을 할 수밖에 없었고, 수준 높은 메이저리그 타자들은 예전처럼 마냥 당하지만은 않고 있었다.

다만 안타를 자주 허용하는 건 아니었으나 맞는다면 거의 대부분 장타로 이어진다는 게 다소 치명적이었다.

그러나 이를 신경 썼던 주혁과 존 제이소는 올스타 브레이크 이후, 더 이상 이 부분에 대해 신경 쓰지 않기로 입을 맞췄다.

차라리 맞더라도 지금보다 더 공격적으로 피칭을 하기로 했기 때문이었다.

위험한 선택이기는 했다.

하나 이런 방법을 택한 나름의 이유가 있었으니…….

파앙!

"스트라이크 아웃!"

"……."

주혁이 마음먹고 던진 공을 칠 수 있는 타자는 이곳 메이저리그에서도 현재로선 극히 제한적이었으니까.

◈

올스타 브레이크 이후 첫 경기를 치르고 있는 지금.

주혁을 상대하는 캔자스시티 로열스 타자들은 6회가

될 때까지 꽤나 애를 먹고 있었다.

분명 패스트볼 위주로 이전보다 더 공격적인 승부를 펼치고 있었으나, 캔자스시티 로열스의 타자들은 좀처럼 공을 제대로 맞추질 못하고 있었다.

이러한 현상을 해설자 댄 오브라이언은 이렇게 설명했다.

"그저 빠르고 위력적인 속구만 던질 줄 아는 투수였다면 이렇게 고속 성장을 이루기는 결코 쉽지 않았을 겁니다. 지금 타자들이 공략을 제대로 하지 못하는 이유는 단 한 가지 때문입니다. 바로 완급 조절이죠. 이 완급 조절이 지난 시즌보다도 더 정밀해졌습니다. 아니, 근래 실점이 많아지면서 특히 많은 변화를 이뤄냈죠. 이 짧은 시간에 말입니다."

"어떤 변화가 있었나요?"

캐스터 래리 허드슨의 물음에 댄 오브라이언이 대답했다.

"기존의 완급 조절은 구속의 차이를 주면서 힘을 비축했다가 막판에 전력을 다해 쏟아내는 식이었습니다. 이 자체로도 매우 위력적이었죠. 그러나 타자들이 점차 이 두 가지 속구의 패턴에 익숙해지면서 이도저도 아닌 상황이 만들어지고 말았습니다."

"그렇군요."

"결국 윤이 스타일을 바꿨는데, 그게 바로 오늘 현재까지의 피칭입니다."

댄 오브라이언의 말이 끝나자마자 클립 영상이 나타났다.

"보시다시피, 95마일(153km) 이하의 패스트볼들은 대부분 스트라이크 존을 살짝 벗어나고 있는 게 보입니다. 반면에 95마일(153km) 이상의 패스트볼은 묵직하게 스트라이크 안으로 파고들죠. 즉, 기존의 결정구를 초구 스트라이크로 잡는 데 쓰고, 윤의 장점 중 하나인 우타자 바깥쪽 코스를 이용해서 완급 조절을 통해 카운트를 잡았다가 이후 다시 결정구로 아웃을 잡아내는 방식인 겁니다."

"한데 이런 방식이면 투구수가 제법 많아져야 할 텐데 오히려 윤의 현재 투구수는 적절한 편이네요. 이건 어떻게 된 거죠?"

"그게 바로 포인트입니다. 모든 타자들을 상대로 다 그렇게 피칭을 하지 않는 거죠. 타자가 강속구에 타이밍을 잡지 못하면 아슬아슬한 줄타기를 하지 않고 과감히 승부를 하고, 강속구를 맞춰내는 타자들에게는 이처럼 절묘하게 완급 조절을 활용함으로서 다시 강속구의 위력을 높이는 겁니다."

이어서 자료가 하나 더 나타났다.

"오늘 98마일(158km) 이상의 빠른 공을 맞춰낸 타자들은 총 3명뿐입니다. 알렉스 고든, 에릭 호스머, 그리고 멜키 카브레라. 이 세 선수의 공통점이 있는 데 바로 좌타자라는 겁니다. 이 세 선수가 강속구에 제법 반응을 보이자 윤은 피칭을 달리하죠. 체인지업과 투심 패스트볼, 그리고 커브로 말입니다. 특히 알렉스 고든을 상대로 첫 타석에서 안타를 허용한 윤이 두 번째 대결부터 스타일에 약간 변화를 줬습니다. 보시죠."

자료 화면이 내려가고 또 다른 클립 영상 하나가 나타났다.

댄 오브라이언이 말을 이었다.

"다른 타자들을 상대로는 강속구를 바탕으로 다른 3가지 구종을 섞어서 대부분 4구 안에 빠른 처리를 해 냈던 윤입니다. 뭐 안타가 나오긴 했습니다만 그게 점수로 이어지진 않았습니다. 다만 윤이 알렉스 고든을 상대로는 굉장히 신중하게 피칭을 이어가죠."

그의 말과 함께 화면에선 주혁이 두 번째 타석에서 알렉스 고든을 상대로 던진 7구를 차례대로 보여주기 시작했다.

"달라진 걸 느꼈나요, 래리?"

"속구가 존에서 살짝 벗어나네요."

"정확합니다. 그것도 강속구가 아닌 그냥 속구가 말이죠. 이렇게 몸쪽 낮게 그리고 바깥쪽 낮게 93마일(150km) 이하의 패스트볼을 찔러 넣죠. 그런데 알렉스 고든이 반응이 없자 대뜸 커브를 던져 스트라이크를 잡아내죠. 이 공에 타이밍이 무너진 순간, 윤은 몸쪽에 98마일(158km)의 강속구를 꽂아 넣어 2스트라이크 카운트를 채웁니다. 알렉스 고든이 당황해하죠. 그리고 그 다음 공으로, 윤은 91마일 (146km)의 고속 체인지업으로 삼진을 잡아냅니다."

"타이밍이 제대로 무너진 거군요."

"그렇죠. 그리고 이어지는 3번째 타석에서, 윤은 다시 공격적인 피칭을 이어갑니다. 분명 초반에는 강속구에 타이밍을 맞추던 알렉스 고든이 갑자기 헛스윙을 연발하더니 물러나죠."

"대단하네요."

"이건 오로지 윤만이 가능한 피칭입니다. 다른 투수가 했다가는 속구와 변화구 모두 다 타자에게 얻어맞고 말겠죠. 하나 윤은 자신의 무기를 더 빛나게 만드는 방법을 터득한 겁니다. 그리고 여기에는 커브도 큰 몫 했다고 볼 수 있죠. 타이밍을 무너뜨리는 데 가장 좋은 구종이니까요."

"이 노련함을 20살짜리 투수가 갖추고 있는 거군요."

"그러니까 괴물인거죠. 아마 이런 재능을 갖춘 어린 선수는 앞으로 미국에서도 좀처럼 보기 힘들 겁니다. 투수로서 말이죠."

댄 오브라이언의 극찬.

이에 반발하는 사람은 아무도 없었다.

"분명 더 나아진 건 없습니다. 단지, 윤은 자기가 가진 공의 위력을 증가시키는 방법을 사용한 것뿐이죠."

"그렇다면 여기서 더 나아진다면……?"

"사이영상은 그의 손에 쥐어지겠죠."

"완벽한 투수로 우뚝 서게 되는 거군요."

"그렇습니다. 구종의 추가와 커맨드의 발전만 이뤄낸다면 윤은 비단 아시아뿐만 아니라 전 세계적으로 이름을 남기는 투수가 될 겁니다. 아직 나이가 한참 어리니까요."

댄 오브라이언의 말에 갑자기 래리 허드슨이 피식 웃었다.

"그런데 이 선수가 타자로서도 엄청나지 않습니까?"

이 말을 들은 댄 오브라이언의 목소리에도 웃음이 퍼졌다.

"뭐 타자로서는 글쎄요……. 이미 완성된 선수라고 봅니다. 타율, 출루율, 장타율 독보적인 1위니까요. 더 할 말이 있겠습니까?"

그의 말에 래리 허드슨은 그저 말없이 씩 웃어 보일 뿐이었다.

◆

「윤주혁 시즌 13승, 또 다시 신기록 달성!」

[올스타게임 후유증은 윤주혁(21, 탬파베이 레이스)의 사전에는 없는 단어였다. 그리고 그의 역사 다시 쓰기는 올스타전 이후에도 계속 됐다.

18일(이하 한국시간) 미국 플로리다주 트로피카나 필드에서 열린 캔자스시티 로열스와의 맞대결에서 탬파베이 레이스가 7 - 0으로 꺾고 기분 좋은 출발을 시작했다.

이 날 선발 투수로 등판한 윤주혁은 전매특허인 불같은 강속구를 앞세워 캔자스시티 로열스의 타자들을 요리했고, 7이닝 무실점 5피안타 11K의 호투를 선보였다. 다만 타석에서는 4타수 1안타 1삼진으로 평소보다는 다소 아쉬운 모습을 보인 바 있다.

위기는 딱히 없었다. 안타를 맞기는 했으나 캔자스시티 로열스의 타자들은 홈 베이스를 밟지 못했다.

최고 구속 100마일(161km)의 포심 패스트볼과 70마일 (113km)의 커브를 바탕으로 윤주혁은 캔자스시티 로열스의 타자들을 꼼짝 못하게 만들었고, 벤 조브리스트의 3점 홈런 등 총 5점을 등에 업은 채 7회까지 실점 없이 이닝을 마무리 지었다.

윤주혁이 던진 투구수는 총 96구.

더 던질 수 있었으나 탬파베이 레이스의 조 매든 감독은 그를 마운드에서 내림으로서 무리하지 않게끔 했고, 결과적으로 경기를 승리로 끝내면서 윤주혁은 시즌 13승 달성에 성공했다.

이로서 윤주혁은 베이브 루스가 기록했던 단일 시즌 13승 11홈런의 기록을 넘어서게 됐다(현재까지 13승, 24홈런). 이는 메이저리그 역사상 투타 겸업 선수 가운데 한 시즌 최고

기록으로 역사에 남는다.

게다가 아직 잔여 경기가 61경기 남았기에 지금부터 쌓이는 승수와 홈런들은 새로운 역사를 쓰는 일이 된다.

불가능하다던 현대 야구에서의 투타 겸업을 보란 듯이 성공으로 이끄는 윤주혁의 행보에 앞으로가 더 주목된다.]

〈 KS미디어 임건욱 기자 〉

코멘트(Comment)

– 베이브 루스를 뛰어넘다니…

– 대충 시즌 성적을 예상해보면, 앞으로 남은 11번의 등판 기회에서 절반의 승리만 따낸다고 가정했을 때 18~19승을, 뭐 하루는 쉬니까 앞으로 약 50경기는 타자로 출전하게 될꺼고 5경기마다 홈런 한 개씩만 쳐도 10개니까 대략 34개는 거뜬히 치겠네. 와…최소한 15승에 30홈런 이상…제발 탬파베이 올해 지구 우승하자. MVP 감이잖냐 ㅠㅠ

– 다른 건 안 바랍니다. 그저 부상만 없이 쭉 지금처럼 이어가주시길…

– 전대미문 20 – 20 클럽 갑시다! 물론 승리 – 홈런이요ㅋㅋㅋ

– 진짜 지금보다도 미래가 더 기대된다. 이 정도면 20승 40홈런 거뜬하겠는데?

─ 누가 더 사기적인 만화 좀 그려라. 윤 선수 만화 찢고 나오실 수 있도록.

─ 진짜 국보급이다.

─ 여러분 윤주혁 선수 MVP 받으려면 탬파베이가 지구 우승은 해야 합니다. 고로 이제부터 탬파베이 응원합시다. 탬파베이 = 국민 구단.

─ 만약에 섬나라 출신이었으면 나 배아파 죽었을 듯. 지금은 저 놈들이 부러워하겠지?ㅋㅋㅋ

─ 한국인이어서 감사합니다, 윤주혁 선수ㅎㅎ

◆

탬파베이 레이스의 최근 분위기는 무척이나 좋았다.

연패를 당하더라도 시리즈 스윕을 내주는 경기는 없었으며, 2연패를 당한 이후에는 곧바로 연승 행진을 달리면서 게임 차를 줄여나갔다.

그리고 그 결과, 흔들리던 뉴욕 양키스가 끝내 1위 자리를 내려놓게 되었다.

여기까지는 좋았다.

하나 그 1위 자리의 주인공은 탬파베이 레이스가 아니었다.

11연승으로 압도적인 경기력을 펼쳐 보이고 있는 팀.

바로 보스턴 레드삭스였다.

이는 그 어느 누구도 예상치 못한 일이었다.

초반 시즌 때만 해도 탬파베이 레이스에게 밀려 하위권을 전전하던 보스턴 레드삭스였다.

그러나 점차 날씨가 풀리기 시작하면서, 침체된 타선이 살아나기 시작했고 이어서 마운드까지 탄탄함을 갖추기 시작했다.

한 번 물꼬를 튼 보스턴 레드삭스의 질주는 이후 멈추지를 않았다.

그들은 단숨에 게임 차를 줄여나갔고, 곧바로 뉴욕 양키스와 탬파베이 레이스의 자리를 위협하더니 결국 11연승으로 1위 자리에 안착하는 데 성공했다.

가뜩이나 뉴욕 양키스와 탬파베이 레이스 간의 1위 싸움이 치열하던 동부지구에 돌풍의 보스턴 레드삭스까지 가세하자, 긴장감과 열기는 더욱 뜨거워지고 있었다.

팬들 입장에서는 보는 맛이 있겠지만, 정작 1위를 빼앗긴 뉴욕 양키스와 탬파베이 레이스는 다소 불안함에 떨고 있었다.

올스타 브레이크 이전까지만 해도 예상하지조차 못했던 보스턴 레드삭스의 이른 우승 경쟁 합류는 동부지구에 신선한 피바람을 불러일으키고 있었다.

여기서 뒤쳐지는 팀은 우승을 사실 상 포기해야 하는 상황이나 다름없었기에 조금이라도 격차가 벌어지지 않게 하고자 세 팀 선수단 모두 의지를 불태웠다.

목표는 오직 하나.

우승.

시즌 종료까지 이제 1달 반으로 다가온 지금.

우승으로 이끌어 줄 각 팀의 에이스들에게 시선은 더욱 집중되고 있었다.

◆

주혁의 하루 일과는 변함이 없었다.

아침 일찍 일어나 동이 트는 아침을 맞이하면서 간단히 배를 채우고 과일과 각종 채소들을 갈아 만든 음료를 마신 후 그가 살고 있는 레지던스 호텔 안에 있는 짐에서 유산소 운동을 한 후 점심을 먹고 휴식을 취하다가 경기장에 출근을 했다.

원정경기 때도 이와 비슷했다.

단지 동료들과 함께하는 시간이 추가된다는 것 뿐.

하나 주혁은 혼자 있는 걸 좀 더 선호했다.

호텔 방 안에서 흐르는 고요한 적막은 경기를 치르기 전, 마음을 평온하게 해주기 때문이었다.

점심 이전까지의 스케줄을 마친 주혁이 간단하게 샤워를 마치고는 토스트를 구웠다.

설탕이 거의 첨가되지 않은 유기농 잼을 발라 한 모금 베어 물면서, 주혁은 태블릿 PC의 전원을 켰다.

먼저 주혁이 접속한 사이트는 바로 한국 최대 규모의 포털 사이트 '네이브'였다.

그가 이곳에 접속한 이유는 한국 시사에 관심이 있어서가 아니었다.

그저 스포츠 뉴스를 보기 위함이었다.

본래 모니터링을 잘 하지는 않는 주혁이지만, 좋은 활약을 펼친 경기들에 대한 기사는 꼼꼼하게 읽어보곤 했다.

가장 먼저 주혁이 클릭한 기사의 제목은 이랬다.

「'괴물' 윤주혁, 시즌 27, 28호 홈런 작렬!」

그리고 이 기사의 본문까지 다 읽은 주혁의 입가에는 잔잔한 미소가 퍼져 있었다.

무엇보다도 센스 넘치는 댓글들을 읽다보면 웃음이 새어나오기도 했다.

묵묵히 30분 간 여러 기사들을 정독한 주혁이 잠시 태블릿 PC를 내려놓았다.

그리고는 고개를 들어 하얀 천장을 바라보았다.

여러 생각들이 교차했다.

가장 근본적인 궁금증인 왜 과거로 돌아왔는지가 먼저 떠올랐다.

하나 이에 대해 주혁이 알 수 있는 건 아무것도 없었다.

그 어떤 사소한 이유조차도 없었으니까.

'내가 과거에 기부를 좀 하긴 했다만……'

고작 이거 하나로 신이 그에게 과거로 돌아와 포기할 수밖에 없었던 꿈을 이루게 해줬다는 건 그로서도 납득이 가지 않는 일이었다.

물론 그 액수는 제법 컸다.

연간 2천만 달러가 넘는 장기 계약을 맺고 난 이후로 직접 재단을 만들고 두 발 벗고 나서서 선행을 베풀면서 상당한 액수를 사회에 환원하기도 했었다.

그러나 그래봤자 대기업 발끝에는 미치지도 못하는 액수였다.

'뭐 마음가짐은 전혀 달랐겠지만.'

고개를 휘휘 저은 주혁이 두 눈을 질끈 감았다.

의문점들이 많기는 했으나, 엄연히 지금 이 상황은 현실이었고 그는 이미 받아들인 채 열심히 살아가고 있는 중이었다.

'언젠가는 그 이유를 알 수도 있겠지.'

주혁은 잡다한 생각들을 정리하고는 지금 눈앞에 처해진 가장 중요한 것들에 대해 생각하기 시작했다.

우선 현재까지의 성적을 먼저 상기시켰다.

올스타전 이후 첫 등판 경기에서 시즌 13승을 기록하면서 베이브 루스의 기록까지 넘어서는 데는 성공했으나 그 뒤로 2번의 등판에서 한 번은 득점 지원의 부족으로, 한 번은 불펜이 무너지면서 승수를 더 챙기는 데 실패했었던 주혁은 아직까지도 시즌 13승에 머물러 있었다.

다행히도 패전은 그대로 2패에서 더 쌓이진 않았으나 주혁은 경쟁 상대들이 이보다 더 많은 승수를 쌓아올리고 있다는 게 마음에 걸렸다.

본래 시즌 목표는 아니었으나 상승세를 쭉쭉 이어가면서부터 주혁은 이번 시즌 사이영 수상에 관심을 가지기 시작했다.

하나 18승의 저스틴 벌랜더와 1.97의 방어율을 기록중인 제러드 위버에게 다소 뒤쳐지고 있는 주혁이었다.

'아쉽긴 하지만…….'

가능성이 완전히 닫힌 건 아니었기에 주혁은 끝까지 도전하고자 의지를 굳건히 다졌다.

희망은 충분히 있었다.

탈삼진 부문에 있어서만큼은 가히 압도적이라고 할 수 있었으니까.

이와는 반대로 타석에서의 성적은 군더더기가 없을 정도로 훌륭했다.

도루를 제외한 모든 부문 상위권에는 주혁의 이름이 빠지지 않고 있었다.

더군다나 그와 기록 경쟁을 이어가는 타자들은 오로지 타자로만 뛰는 선수들 아닌가.

그들과는 반대로 투수까지 겸업하는 주혁의 이러한 성적은 그저 입이 다물어지지 않을 만큼 뛰어난 활약이나 다름없었다.

그러나 정작 이 성적표의 주인인 주혁은 이 성적에 대해 크게 기뻐하지는 않았다.

물론 좋은 성적임에는 틀림없었다.

단지 이보다도 더 대단한 기록을 쌓았던 주혁에게는 그다지 큰 감흥을 느끼게끔 만들지 못할 뿐이었다.

'원래는 투수 쪽에서 모든 기록들을 다 내가 독식하는 게 목표였는데……'

졸지에 지금은 타격 부문 1위를 손에 쥘 것만 같은 상황에 놓여 있었다.

'좋기는 하다만……. 과거의 내 타격 실력을 그대로 가져온 이상 이 정도는 해줘야 명예의 전당 타자답지.'

타율 0.349(아메리칸리그 1위).

28홈런(아메리칸리그 3위).

77타점(아메리칸리그 2위).

출루율 0.437(아메리칸리그 2위).

장타율 0.690(아메리칸리그 1위).

환상적인 타자 성적표.

굳이 투수가 아니더라도 홈런만 1위를 기록한다면 리그 MVP는 따 놓은 당상이나 마찬가지였다.

하나 여기에 투수로서도 상위권에 이름을 올리고 있는 주혁이니 주변에서 확정된 MVP 수상자라는 이야기가 나오지 않을 수 없었다.

시즌 MVP.

이는 주혁도 무척이나 바라던 것 중 하나였다.

다만 여기에는 딱 한 가지 문제점이 존재했다.

바로 팀 성적이었다.

MVP의 특성 상 소속 팀이 최소한 포스트 시즌에 진출을 해야 가능성이 높아진다.

일례로 알렉스 로드리게스가 2002시즌 당시 57홈런 142타점으로 맹활약했으나 소속 팀인 텍사스 레인저스는 약체 가운데 약체였고, 결국 이 해 MVP는 오클랜드 어슬 레틱스를 포스트 시즌으로 이끈 미구엘 테하다(당시 타율 0.308 34홈런 131타점)가 수상한 바 있었다.

그만큼 팀 성적이 MVP 수상에 있어 중요한 부분이나 마찬가지였다.

물론 지금의 타격 성적과 투수 성적으로 볼 때, MVP 후 보들 가운데 가장 유력한 후보임에는 틀림없었다.

하나 여기에 대항하는 선수가 한 명 있었으니…….

'저스틴 벌랜더.'

시즌 18승 4패 ERA 2.28을 기록 중인 디트로이트 타이 거즈의 특급 에이스 투수.

페이스로만 놓고 보면 족히 25승은 기록할 것으로 보이는 저스틴 벌랜더는 주혁과 탈삼진에서는 차이가 나긴 했으나 비슷한 이닝에 방어율만 약간 높을 뿐, 승수에서는 5 승이나 먼저 앞서고 있는 상태였다.

게다가 디트로이트 타이거즈가 중부지구 2위를 6.0게임 차로 벌려두고 1위 자리에서 내려오지를 않고 있었기에 만일 이대로 우승을 한다면 MVP의 주인공이 바뀔 가능성도 농후했다.

'최소한 와일드카드는 얻어서 포스트 시즌에는 나가야 한다.'

메이저리그 역사 상 최연소 MVP 수상을 두고 욕심이 나지 않을 수는 없었다.

우승이 힘들다면 최소한 포스트 시즌에는 팀을 올려둬야만 했다.

주혁이 쇼파에서 벌떡 일어났다.

불과 1시간 전만 해도 그냥 푹 쉬었으면 좋겠다는 생각이 머릿속에 가득 들어 차 있었으나 지금은 온데간데없이 말끔하게 사라져있었다.

그리고 그 빈 공간 속으로 오늘 홈에서 맞이하게 될 상대 팀이 불현듯 떠올랐다.

'보스턴 레드삭스.'

이렇게 한가하게 있을 때가 아니었다.

주혁이 즉시 차키를 집어 들고는 호텔 방을 나섰다.

'시즌 초반에도 우리가 보스턴 레드삭스를 상대로 이기면서 상승세를 탔었지.'

상황은 달라졌으나, 주혁은 지금이 기회라고 여겼다.

'보스턴만 잡으면 1위로 올라선다.'

오늘부터 치러질 3경기.

주혁은 이 중 3번째 경기에서 선발 등판이 예정되어 있었다.

즉, 앞선 두 경기 모두 타자로 나설 수 있다는 뜻.

'뉴욕 양키스에게까지 혜택을 주고 싶지는 않다만……'

지금 급한 쪽은 탬파베이 레이스였다.

'이건 기회다.'

부릉!

차가 재빠르게 경기장으로 향하기 시작했다.

운전대를 잡고 있던 주혁은 가슴 깊숙한 곳에서부터 느껴지는 뜨거운 설렘을 끌어안은 채로 트로피카나 필드에 들어섰다.

그리고 곧바로 내려서 훈련장 안으로 들어서자마자 그 설렘을 풀어 헤쳤다.

비교적 이른 시간의 출근.

그럼에도 불구하고 주혁의 발걸음은 더욱 빨라지고 있었다.

◈

얼리 워크(Early Work)가 모두 끝났다.

이제 남은 건 오로지 실전에서 얼마만큼의 활약을 펼쳐 보이냐 뿐.

경기에 앞서, 주혁을 따로 부른 조 매든 감독은 그에게 4번 타자 자리를 부탁했다.

그 역시도 이 경기가 얼마나 중요한지를 너무도 잘 알고 있었기에, 근래 타격감이 에반 롱고리아보다 좋은 주혁에게 타선의 중심을 맡기고자 했다.

이에 대해 주혁도 군말 없이 고개를 끄덕였다.

부담감이 조금은 어깨를 짓누르는 듯했다.

'뭐 한 두번 있는 건 아니니까.'

주혁은 이를 금방 떨쳐내고는 곧이어 발표된 양 팀의 선발 라인업을 확인했다.

탬파베이 레이스(H)

1번 타자 LF 맷 조이스

2번 타자 CF B.J. 업튼

3번 타자 3B 에반 롱고리아

4번 타자 DH 윤주혁

5번 타자 2B 벤 조브리스트

6번 타자 RF 필립 모리스

7번 타자 SS 션 로드리게스

8번 타자 C 켈리 숍패치

9번 타자 1B 케이시 코치맨

선발 투수 제레미 헬릭슨

보스턴 레드삭스(A)

1번 타자 CF 제이코비 엘스버리

2번 타자 2B 더스틴 페드로이어

3번 타자 1B 아드리안 곤잘레스

4번 타자 3B 케빈 유킬리스

5번 타자 DH 데이비드 오티스

6번 타자 LF 칼 크로포드

7번 타자 RF 다넬 맥도날드

8번 타자 C 제이슨 베리텍

9번 타자 SS 마르코 스쿠타로

선발 투수 팀 웨이크필드

말없이 쭉 확인하던 그 순간.

주혁의 얼굴이 살짝 굳어졌다.

'……젠장.'

보스턴 레드삭스의 선발 예정 투수가 바뀐 것이었다.

그리고 그 자리를 대신한 건 당초 부상으로 빠졌던 너클볼러 팀 웨이크필드였다.

'하필이면 너클볼이라니…….'

이번 시즌 성적이 그다지 좋지 않긴 하지만, 선수 시절 주혁이 가장 까다로워하던 너클볼을 던지는 투수가 바로 팀 웨이크필드였다.

더군다나 이 너클볼에 있어서는 경험이 많은 투수이기도 했다.

사실 상 주혁의 천적이나 다름없는 셈.

'살면서 한 번도 상대해 본 적이 없는데……'

팀 웨이크필드.

너클볼러로서 보스턴 레드삭스에서만 현재까지 통산 184승(첫 두 시즌은 피츠버그 파이어리츠에서 뜀, 통산 198승)을 기록중인 전설적인 투수.

보스턴 레드삭스의 유니폼을 입었던 수많은 투수들 가운데 보스턴 레드삭스에서 그보다 더 많은 승수를 기록한 투수가 고작 두 명, 그것도 사이 영과 로저 클레멘스일 정도로 대단한 업적을 쌓은 투수가 바로 팀 웨이크필드였다.

가히 사기적인 무브먼트를 자랑하는 너클볼로 숱한 타자들을 울렸던 팀 웨이크필드와의 승부. 이걸 영광으로 생각해야하나?

주혁이 한숨을 푹 내쉬었다.

이미 4번 타자 자리는 확정되었고, 경기는 무조건 이겨야만 했다.

'목숨 걸고 덤벼드는 수밖에.'

주혁이 이를 악물었다.

잠시 움츠려진 자신감은 그 의지로 인해 조금씩 펴지고 있었다.

◆

너클볼이 무서운 진짜 이유는 공이 정해진 궤적 없이 멋대로 떠다니다가 포수 미트에 꽂히기 때문이다.

즉, 투수조차도 공이 어디로 튈지를 모른다는 것.

이는 공을 잡아야 하는 포수에게도 두려움을 안겨주기도 한다.

행여 누상에 주자가 있는 상황에서 공을 놓치기라도 한다면?

너클볼 투수는 포수에게 믿음을 잃을 것이고, 자신감의 하락으로 인해 경기 결과는 더욱 나빠지고 말 것이다.

전 LA 다저스 감독이자 현재 메이저리그 사무국 부사장 자리에 있는 조 토리는 "너클볼은 잡는 게 아니라 막는 것이다"라고 말하기도 했었다.

포수에게 있어 포구에 어려움을 주는 구종이자 회전이 없는 공.

너클볼.

던지는 투수 역시도 이를 컨트롤하기가 굉장히 어려운데다 익히는 데도 시간이 많이 걸릴 뿐더러 실수로 공에 회전이 걸리기라도 한다면 느린 배팅볼이 되기에 정말이지 위험한 구종이나 다름없었다.

100년을 훌쩍 넘는 메이저리그의 역사 속에도 극히 일부의 투수만이 너클볼을 구사하여 겨우 명맥을 이어오고 있다는 것만 봐도 얼마나 위험성이 높은 지를 잘 알 수가 있다.

그럼에도 불구하고 이 너클볼을 구사하는 이유.

그것은 바로 잘만 던진다면 이 모든 단점들을 상쇄시킬 만큼 대단히 위력적이기 때문이다.

너클볼은 다른 구종과는 다르게 공을 밀듯이 던지기 때문에 회전이 걸리지 않게 되고, 기압의 변화, 바람, 혹은 공에 생긴 작은 흠집에도 반응하여 예측을 불가능하게끔 만든다.

타자는 어디로 날아올지 모르는 이 너클볼을 맞추는 것 자체를 힘들어하며, 설령 공을 맞추는 데 성공하더라도 대부분 빗맞거나 회전이 없기 때문에 반발력이 생기지 않아 타구가 멀리 날아가지 않는 경우가 태반이다.

게다가 투구할 때 무리하게 꺾거나 비트는 동작이 없고 패스트볼처럼 많은 힘을 들이지 않기에 부상 위험이 적다는 장점도 있다.

즉, 이 진정한 마구(魔球)를 잘 다루고 실수 없이 던지기만 한다면 메이저리그 타자들이 가장 증오하는 투수가 될 수 있다는 것이다.

이것이 바로 그토록 익히기 어렵고 위험성도 높은데다 숱한 단점들이 있음에도 너클볼을 던지는 이유다.

물론 그 날의 컨디션에 따라 너클볼도 영향을 받기에 제 아무리 컨트롤을 잘해도 생각처럼 잘 되지 않을 때도 있다.

그러나 무브먼트가 기대했던 것과 비슷하게 포수 미트로 날아간다면?

투수가 실수를 연발하지 않는 이상, 게임은 거의 끝났다고 봐도 무방하다.

예측 불허한 너클볼을 완벽하게 때려내는 타자는 지구상에 존재하지 않으니까.

◆

천재성을 두루 갖추고 있다는 평가를 받는 주혁에게도 너클볼은 무척이나 까다롭고도 어려운 공이었다.

사실 정확하게 따지자면 천재성보다도 전성기 시절의 타격 실력을 그대로 가져왔기에 전성기 때의 약점은 곧 지금도 약점이 되는 셈이나 마찬가지였다.

'내가 너클볼 상대로 안타를 때린 게 언제였더라?'

기억을 더듬고 봐도 고작 한 두 장면 밖에 떠오르지가 않았다.

그만큼 위력적이라는 뜻.

첫 타석에 들어서서 팀 웨이크필드의 너클볼을 체감한 주혁의 표정은 어두워지기 시작했다.

예상보다 오늘 팀 웨이크필드의 컨디션이 무척이나 좋았기 때문이었다.

분명 변화무쌍한 궤적을 자랑하는 너클볼이지만 이상하게도 종착점은 스트라이크 존 안이었다.

'빌어먹을.'

최대한 침착하게 마음을 정리하면서 주혁이 배트를 가볍게 쥐었다.

애초에 장타는 나오기가 힘들다.

안타만 때려도 충분하다.

이번 시즌 현재까지 도루를 한 번도 시도하지 않았던 주혁이지만 만일 출루를 한다면 도루를 시도하려고 마음을 먹고 있었다.

공 자체의 구속이 굉장히 느리기 때문이다.

'이따금씩 폭투가 나올 수도 있고.'

팀 웨이크필드를 무너뜨리기 위해선 출루를 하는 게 지금으로서는 가장 이상적인 방법이었다.

그러나 문제는…….

부웅!

이 너클볼이 교묘하게 스트라이크 존 안으로 들어오고 있다는 점이었다.

헛돌고만 주혁의 배트.

공 2개 만에 0 - 2의 볼카운트를 내주게 된 주혁의 입술이 바짝 마르기 시작했다.

'한 번 꼬이고 나면 그 이후로도 주구장창 헛스윙만 하다 끝날 가능성이 높다.'

일찍이 감을 잡지 못하는 순간, 그 날 너클볼을 때려낼 생각은 하지 않는 게 정답이다.

이기기 위해선.

틱!

'오케이.'

이렇게라도 파울 타구를 만드는 게 중요했다.

바깥쪽으로 춤을 추듯 날아오던 3구 째 너클볼을 겨우 맞춰낸 주혁이 그제야 볼을 타고 흘러내리던 식은땀을 소매로 닦아냈다.

일단 삼구 삼진의 굴욕은 벗어나는 데 성공했다.

'공을 골라내서 볼넷으로 출루하는 게 가장 깔끔하지만……'

0 - 2의 볼카운트에서 볼넷을 얻어내기는 힘들어보였다.

'무조건 맞추는 수밖에.'

주혁이 이어지는 4구를 기다렸다.

간결한 투구폼 동작 이후 곧바로 공을 던진 팀 웨이크필드.

파앙!

이번에는 좌타자의 바깥쪽에다 73마일(117km)의 패스트볼을 던져본 팀 웨이크필드였으나 스트라이크 존에서 빠지는 공이었고, 뛰어난 선구안을 갖춘 주혁은 이를 잘 골라냈다.

'또 빠른 공일까, 아니면 너클볼일까……'

주혁이 타격폼을 취하면서 팀 웨이크필드를 응시했다.

어떤 공이 날아올지 솔직히 감이 전혀 안 잡혔다.

너클볼은 통틀어서 하나의 구종으로 보는 거지, 매 순간마다 다른 궤적으로 날아오니까.

틱!

5구 째 다시 던진 다소 높은 너클볼을 또 다시 맞춰낸 주혁이 숨을 돌렸다.

'큰일날 뻔했다.'

조금이라도 타이밍이 맞지 않았더라면 꼼짝 없이 삼진을 당했을 게 분명했다.

주혁이 장갑을 고쳐 쓰면서 속으로 기도했다.

'딱 하나만 회전이 조금 걸리게끔 날아오기를……. 제발……'

그 공 하나를 놓치지 않고 안타로 연결시킬 자신은 있었다.

단지 그런 배팅볼 수준의 공이 날아올지 장담할 수는 없었다.

'그저 바라는 수밖에……'

이어지는 6구 째 승부.

그러나 이번 공은 포수 미트에 꽂히기 전, 지면에 먼저 닿으면서 폭투가 되고 말았다.

주혁으로서는 다행스러운 일이었다.

진즉에 끝났을 수도 있는 이 승부가 주혁의 운 좋은 커트로 인해 길어지자 팀 웨이크필드도 살짝 이맛살을 찌푸렸다.

승부를 길게 끌고 싶은 생각은 추호에도 없는 팀 웨이크필드였다.

2 - 2의 볼카운트.

'이거 잘하면 볼넷 출루 가능하겠는데?'

여기서 하나만 더 스트라이크 존에서 벗어난다면 가능성은 충분했다.

하나 주혁은 팀 웨이크필드의 두 눈동자에서 뿜어지는 눈빛을 읽고는 이내 생각을 접었다.

그리고는 배트에 쥔 손에 힘을 실어 넣었다.

'이제 들어오겠구나.'

어차피 던지는 구종은 기껏해야 두 개다.

패스트볼.

아니면 너클볼.

그러나 승부를 보려는 팀 웨이크필드가 패스트볼을 던질리는 만무하다.

'알고는 있지만……'

그저 승리의 여신이 누구의 편에 손을 들어주느냐가

지금으로선 가장 큰 관건이라고 해도 과언은 아니었다.

두 선수 모두 완벽한 플레이를 한다는 가정 하에 말이다.

사인 교환을 마친 팀 웨이크필드가 특유의 간결한 투구 동작을 가져갔다.

글러브를 낀 왼 팔이 쭉 펴졌고, 그 뒤로 오른손에 쥐어진 공이 포수 미트를 향해 뿌려졌다.

아니, 정확하게는 밀었다고 해야 할 거 같다.

그가 지금 던진 공은 바로 너클볼이었으니까.

마치 외줄타기를 하는 곡예사의 아슬아슬한 춤사위처럼, 너클볼은 바람 속에 휘청거리며 포수 미트로 향해 날아오기 시작했다.

그리고 동시에 주혁의 배트도 반응을 보였다.

이 승부를 승리의 여신은 이 선수의 손을 잡아주었으니…….

따악!

바로 근래 타격감이 물오른 주혁에게로 말이다.

◆

솔직하게 그 안타는 행운의 안타였다.

부정할 수가 없었다.

반응이 다소 늦어졌음에도 공이 마치 자석처럼 스윙 궤적으로 떨어졌기 때문이었다.

타구는 예상대로 멀리 뻗지는 않았으나, 외야수의 수비 범위에 포함되지는 않았다.

2회 말.

선두 타자 주혁의 출루는 이후 경기 내용에 지대한 영향을 미치기 시작했으니…….

주혁에 이어 타석에 들어선 5번 타자 벤 조브리스트를 상대로 팀 웨이크필드가 실투로 연속 안타를 허용하더니 6번 타자 필립 모리스에게는 아예 폭투를 던지면서 주혁을 홈으로 불러들인 것이었다.

탬파베이 레이스의 타자도 아니고 다름 아닌 팀 웨이크필드 자신이 1점을 탬파베이 레이스에게 갖다 바친 꼴이 되고 만 지금.

방금 전 그 폭투는 누구 탓을 할 수가 없었다.

팀 웨이크필드의 손에서 벗어날 때부터 공은 이미 포수의 영역을 벗어났으니까.

하나 그는 베테랑이었다.

1점을 자기 실수로 내줬으나 곧바로 멘탈을 부여잡은 그는 흔들리지 않고 누상에 주자들이 있음에도 불구하고 평소처럼 피칭을 이어갔고, 결과적으로는 병살타를 만들어내면서 위기를 벗어나는 데 성공했다.

이를 벤치에서 지켜본 주혁은 쓸쓸한 미소를 지어보였다.

'오늘은 진짜 컨디션이 좋은가보네.'

하락세에 접어든 팀 웨이크필드이지만, 오늘은 그에게서 조금도 부족함을 느낄 수가 없었다.

비록 그의 전성기 시절을 보지는 못했으나 어쩌면 이와 비슷하지는 않았을까 하는 생각이 들었다.

위험성이 짙은 너클볼을 이 위기에서도 망설임 없이 완벽하게 구사할 수 있다는 것.

하루 종일 삼진으로 물러난 데다 마지막 타석에서 불리한 볼카운트를 맞이함에도 불구하고 끝까지 자기 스윙을 가져간 끝에 결승 홈런을 때려냈던 지난 과거가 문뜩 떠올랐다.

베테랑의 노련함.

주혁은 이를 '흔들리지 않는 강인한 정신력'이라고 생각했다.

이어지는 3회는 딱히 이렇다 할 만 한 장면이 없었다.

그러나 4회 초.

3회까지 실점 없이 좋은 피칭을 했던 제레미 헬릭슨은 결국 보스턴 레드삭스의 강타선 앞에서 점수를 내주고 말았다.

1사 1루 찬스에서 때려낸 데이비드 오티스의 투런 홈런.

메이저리그 팀들 가운데 가장 분위기가 좋은 보스턴 레드삭스답게 단번에 역전에 성공한 그들을 상대로 신인 선수인 제레미 헬릭슨은 땀을 뻘뻘 흘리면서 막아내느라 힘을 쏟아부었다.

다행히도 2사 1, 3루의 위기에서 벗어나기는 했으나 안정적인 팀 웨이크필드에 비하면 다소 불안하긴 했다.

하나 믿을 건 오로지 제레미 헬릭슨 뿐이었다.

탄탄한 불펜진을 가동하기 위해선 제레미 헬릭슨이 최소한 퀄리티 스타트는 기록해줘야만 했다.

'시리즈 첫 경기를 내주면 위험하다.'

상대는 무적의 11연승을 달리는 보스턴 레드삭스 아닌가.

뭐 그들이 하루를 쉬고 경기를 치른다고는 하지만, 그 사기가 그렇다고 해서 떨어져 있을 리가 없다.

'기선 제압을 해야 돼.'

연승을 끊는 것.

다른 팀들은 실패로 끝이 났지만, 주혁은 충분히 가능하다고 보고 있었다.

그들에게 11승을 챙겨준 팀들 가운데 탬파베이 레이스보다 성적이 좋은 팀은 없었으니까.

보스턴 레드삭스의 11연승 제물이 된 팀들은 아래와 같다.

캔자스시티 로열스(AL 중부지구 4위) 상대 2승.

볼티모어 오리올스(AL 동부지구 5위) 상대 3승.

오클랜드 어슬레틱스(AL 서부지구 4위) 상대 3승.

워싱턴 내셔널스(NL 동부지구 4위) 상대 3승.

강팀을 상대로 쌓은 11연승은 결코 아니었다.

'즉 우리가 여기서 연승을 끊어주면 분위기도 싹 가라앉게 되겠지.'

물론 많이 침체되지는 않을 게 분명했다.

그러나 이 연승을 끊음으로서 탬파베이 레이스가 얻게 될 선수단 사기 상승효과를 생각해본다면 더 이상 연승팀을 상대한다는 느낌을 받지 않게 만들어 줄 거라고 주혁은 보고 있었다.

'그러기 위해선……'

지금 두 어깨가 누구보다 무거울 제레미 헬릭슨에게로 주혁의 시선이 향했다.

'네 역할이 가장 중요해.'

신인이 짊어지기에는 그 무게가 너무도 힘겹겠지만…….

'그걸 이겨내야 비로소 한 층 더 성장하게 될거다.'

지난 시즌의 자신처럼 말이다.

말없이 주혁은 그를 지긋이 바라보았다.

올해 신인왕 수상 가능성이 높은 투수.

데뷔 첫 해임에도 2점대의 방어율을 기록 중인 뛰어난 재능.

'믿어볼 만 해.'

신인의 패기.

주혁은 지난 시즌 자신의 모습을 그에게서 볼 수 있기를 기대했다.

그리고 잠시 후.

4회 말.

어느새 두 번째 타석이 다가왔다.

◈

사람은 누구나 실수를 한다.

그러나 티가 나지 않는 경우도 있는 반면, 이 실수 하나가 치명적인 결과를 낳을 때도 있다.

아무리 그 전까지 정말 잘해왔다고 해도 그 실수 한 번은 모든 걸 무너뜨리기도 한다.

따악!

트로피카나 필드 안.

굵직한 타격음이 경기장 안에 가득 울려 퍼졌다.

멀리 뻗어나가는 타구.

좌익수가 자신의 수비 범위 위쪽으로 날아오는 이 공을 잡아내기 위해 분주하게 달리기 시작했다.

그러나 타구는 좀처럼 힘을 잃지 않았고, 그렇게 펜스를 넘겨버렸다.

홈런.

팬들의 환호성이 여기저기에서 터져 나왔고 누상에 있던 주자 한 명과 타자 주자가 그 어떤 방해도 받지 않고 홈 베이스를 밟았다.

그리고 이와 동시에 전광판의 스코어가 바뀌었다.

3 - 2.

방금 전 홈런을 치고 벤치로 들어가는 타자를 향해 팬들이 외쳤다.

"윤! 윤! 윤! 윤!"

다소 투박하지만 이제는 정겨워진 응원 소리.

벤치 안에서도 칭찬은 끊이질 않았다.

"역시 윤이다."

"그걸 바로 넘겨버리네."

"살짝 회전이 걸린 거지?"

"실투를 놓치지 않는구만!"

단 2년 만에 선수들의 대하는 태도가 달라졌다.

무시는 데뷔 때부터 없었으나, 지난 시즌은 엄연히 신인이라는 잣대가 존재했었다.

하나 지금은 말끔히 사라져있었다.

더 이상 탬파베이 레이스 선수들에겐 신인이 아니었다.

나이만 어릴 뿐, 그들의 눈빛에선 존경심이 물씬 풍기고 있었다.

명실상부 에이스로 자리를 잡게 된 선수, 주혁의 존재감은 실로 엄청났으니까.

경기의 흐름을 바꿀 줄 아는 것.

베테랑 선수들에게 바라는 이 부분들을 데뷔 2년차인 주혁이 해내고 있었다.

동료들의 칭찬이 끝나자 주혁이 그제야 이온음료가 든 잔을 집어 들고는 자리에 앉았다.

목을 살짝 축인 주혁이 잔을 옆에 내려두고는 조금 전 상황을 회상했다.

'스윙하길 잘했다.'

3 - 0의 유리한 볼카운트.

4구 째 들어온 공도 사실 상 볼이나 다름없었다.

골라냈으면 무난하게 1루로 갈 수 있었다.

그러나 주혁의 본능은 이를 허락하지 않았다.

팀 웨이크필드가 던진 4구 째 너클볼은 앞선 공들과는 다르게 회전이 걸린 채로 들어왔기 때문이었다.

거의 회전 없이 들어오는 너클볼은 맞춰도 그 반발력이 거의 없지만, 조금이라도 회전이 걸린 상태로 들어오는 너클볼은 60마일(96km) 수준의 배팅볼이나 마찬가지다.

제대로 힘을 실어 맞추기만 한다면 장타로 연결될 가능성이 높은 셈이다.

하나 엄연히 너클볼의 특성을 가지고 있기 때문에 빗맞으면 기회는 날아가 버리고 만다.

이 공을 참아내기만 하면 볼넷으로 출루를 할 수 있다.

그러나 주혁은 이 공에 배트를 휘둘렀다.

전 타석 때 안타를 때려내서인지 조금은 자신감이 붙어 있던 것이 스윙에 힘을 실어주었다.

그리고 바깥쪽 공을 제대로 밀어 친 결과.

'홈런이 될 줄은 몰랐는데…….'

젊음의 힘 덕분일까

생각보다 타구는 더 멀리 뻗어나갔고 펜스 너머로 떨어졌다.

다시 1점 차 앞서는 상황을 만들어준 귀중한 투런 홈런포.

'고작 1점이긴 해도 없는 것 보단 100배 낫지.'

주혁이 다시 잔을 집었다.

마운드에선 제레미 헬릭슨이 1사 1, 2루의 위기를 벗어나기 위해 침착하게 포수의 사인을 확인하고 있었다.

'병살 하나면 된다.'

그라운드에 집중을 하고 있을 때.

"시즌 29호인가?"

씩 웃으며 누군가 주혁의 곁으로 다가왔다.

"아, 네. 이제 30홈런까지 한 개 남았네요."

"대단하다. 대단해. 나도 지금까지 16년을 뛰면서 한 번도 기록하지 못한 30홈런인데……. 그것도 투수로 30홈런이라니, 허허."

털털한 웃음소리를 내며 주혁의 옆자리에 앉은 이 남자는 바로 팀의 최고참 선수인 자니 데이먼이었다.

최근 들어 기량 저하로 선발 명단에서 자주 제외되고 있는 자니 데이먼의 얼굴은 썩 밝아보이진 않았다.

'내가 없었으면 이 지명타자 자리는 자니 데이먼이 차지

했겠지, 아마.'

탬파베이 레이스의 유니폼을 입으면서 자신이 벤치로 밀려날 거라고 생각은 했었을까.

그것도 525만 달러라는 연봉을 받고 있음에도 말이다.

그러나 자니 데이먼은 자신이 주전으로 뛰지 못한다는 사실에 큰 불만은 가지지는 않았다.

그만큼 주혁이 자신보다도 더 지명타자 자리에서 좋은 활약을 보여주고 있었기에 이를 순순히 인정한 것이었다.

아무리 경력을 우대하는 메이저리그라고 해도, 월등한 실력 차이를 보인다면 경쟁에서 밀리는 건 당연한 일이기 때문이었다.

"너클볼까지 홈런으로 넘길 줄은 몰랐다만……. 여하튼 메이저리그 역사 상 아마 네가 최연소 에이스가 되는 것에는 변함이 없을 거 같다. 아마 영원히."

자니 데이먼이 주혁을 보며 흐뭇하게 웃었다.

"누군가 깨줘야 재밌는 거죠."

"그러냐? 내 생각에는 네가 죽기 전까지는 안 나타날 거 같다만?"

그의 말에 주혁이 피식거렸다.

"솔직히 선수 생활하면서 너처럼 괴물 같은 어린 선수는 처음이다. 더군다나 마이너리그 경험도 없는데 말이야."

자니 데이먼의 계속되는 칭찬에 주혁은 잠시 동안 입을 다물었다.

"대신 지금처럼 그 열정하고 의지는 잃지 마라. 너라면 뭐 일찍이 거액을 손에 쥘 수 있겠지만, 돈보다도 중요한 건 네 커리어다. 그건 시간이 지나고 나면 영원히 바꿀 수 없게 되니까."

그의 말에 주혁이 천천히 고개를 끄덕였다.

"다른 같잖은 애송이가 지명타자 자리에서 깝죽댔으면 당장이라도 보스한테 항의를 했겠지만 너는 뭐 나를 가뿐히 뛰어넘는 녀석이라 그런지 납득이 되네."

그의 입가에 잔잔한 미소가 걸렸다.

"대견해. 너와 함께한 시간은 매우 짧은데도 말이야."

"칭찬 고마워요, 데이먼."

"더 자신감을 가지라는 뜻에서 하는 말이야."

자니 데이먼이 씩 웃으며 주혁의 어깨를 토닥여주었다.

"뭐 내가 전성기 때 몸담았던 팀이 보스턴 레드삭스이기는 하지만 오늘은 좀 갈기갈기 찢겼으면 좋겠다."

"……."

"그래야 우리가 우승하니까. 그리고 MVP도 네 것이 될 거고."

농담이 조금 섞여 있기는 했지만, 주혁은 그만큼 자신을 응원해주는 자니 데이먼이 고마웠다.

지금은 비록 벤치로 물러나 있기는 해도 과거 자신이 기록한 통산 안타 개수보다 더 많은 통산 안타를 기록하고 있는 타자 아닌가.

"그러려면 일단 제레미가 여기서 실점 없이 마운드를 끝내야 할 텐데……."

말이 끝나던 바로 그 순간.

틱!

제레미 헬릭슨의 체인지업을 때린 타자의 타구가 유격수에게로 떼굴떼굴 굴러가기 시작했다.

완벽한 타이밍의 병살 코스.

이 기회를 최고의 수비를 자랑하는 탬파베이 레이스의 내야수들은 놓치지 않았다.

단숨에 위기를 벗어난 제레미 헬릭슨.

마운드를 내려오는 그를 보며 자니 데이먼이 말했다.

"이거 MVP하고 신인왕이 같은 팀에서 나올 수도 있겠구만."

분위기는 조금씩 탬파베이 레이스에게로 기울고 있었다.

◆

보스턴 레드삭스의 벤치 안.

경기를 지켜보는 테리 프랑코나 감독의 표정은 좀처럼 밝아지지 않고 있었다.

5회 초에 이어서 6회 초에도 누상에 주자 2명을 내보내 놓고도 타선이 막판에 병살로 허무하게 기회를 날려버리면서 3 - 2의 스코어가 변하지 않고 있었기 때문이었다.

앞으로 공격 찬스가 3번 더 남기는 했으나 테리 프랑코나 감독은 이를 그다지 긍정적으로 보고 있지는 않았다.

'분명 오늘 웨이드 데이비스, 조엘 페랄타, 카일 판스워스를 차례로 등판시키겠지.'

올스타 브레이크 이후 더욱 무서워진 이 세 선수를 상대로 점수를 뽑아내기란 쉽지 않아 보였다.

분명 막강한 타선에 11연승 행진을 이어가고 있다는 점에서 팀 사기로는 충분히 역전을 가능케 할 수는 있었다.

다만 근래 2주 동안 이 세 선수들의 방어율이 모두 0점대라는 점은 마냥 긍정적으로 바라볼 수 없게 만들고 있었다.

테리 프랑코나는 이번 시즌 초반 탬파베이 레이스와의 첫 시리즈 경기를 떠올렸다.

'그 때도 우리를 제물 삼아서 반등에 성공했었는데……'

이상하게도 지금, 그 때와 비슷한 느낌이 물씬 풍기는 듯했다.

테리 프랑코나 감독이 고개를 절레절레 흔들었다.

'이대로 우리 페이스를 잃을 수는 없지.'

시즌 초반 때만 해도 실패한 시즌이라는 평가를 받았던 보스턴 레드삭스를 지금 동부지구 1위까지 끌어올린 그 노력을 결코 헛되게 하고 싶지 않았다.

'올 해 우승하려면 탬파베이 레이스까지 이겨야 한다.'

계속되는 연승.

그것도 이번 시즌 상대 전적이 그다지 좋지 못했던 탬파베이 레이스에게 시리즈 스윕을 성공시킨다면 2위인 뉴욕 양키스와 격차를 더욱 벌릴 수 있다고 테리 프랑코나는 확신했다.

'그러기 위해서는 무조건 실점을 내줘서는 안 된다.'

이어지는 6회 말.

팀 웨이크필드가 다시 마운드 위로 올라갔고, 이에 맞서 탬파베이 레이스의 선두 타자인 에반 롱고리아 역시도 타석에 섰다.

테리 프랑코나 감독이 불펜에 2명의 투수를 준비시키고는 팔짱을 낀 채 이 승부를 지켜보았다.

'다음 타자가 윤이다.'

이제는 보스턴 레드삭스의 천적이 된 탬파베이 레이스 최고의 에이스, 주혁이 대기 타석으로 향하는 걸 보면서 테리 프랑코나 감독이 팀 웨이크필드에게 다시 시선을 돌렸다.

'에반까지만 막아보자.'

오늘 주혁을 상대로는 그다지 좋지 못했지만 전체적으로 보았을 때 기대 이상의 활약을 펼쳤던 팀 웨이크필드였다.

그렇기에 에반 롱고리아까지는 그에게 맡긴 후, 그를 마운드에서 내리고 주혁을 상대하기 위해 좌완 투수인 프랭클린·모랄레스를 등판시키고자 계획을 짠 테리 프랑코나 감독이었다.

주혁이 좌완, 우완 가리지 않고 모두 잘 친다는 것은 잘 알지만 2푼의 차이는 결코 무시할 수 없는 데이터였다.

테리 프랑코나 감독이 그라운드에 집중했다.

사인 교환을 마친 팀 웨이크필드가 간결한 투구폼 동작 이후 곧바로 초구를 던졌다.

너클볼 특유의 무브먼트가 포수 미트로 향해 날아갔고, 아래로 떨어지기 시작하는 이 너클볼은 그대로 포수 미트에 꽂힐 것 같았다.

그런데…….

틱!

낮게 떨어지는 이 너클볼을 에반 롱고리아가 때려내는 게 아닌가.

타구는 우익수 쪽으로 날아갔고, 재빠르게 달려 나오기는 했으나 공은 절묘하게 우익수 바로 앞에 뚝 떨어졌다.

'젠장.'

테리 프랑코나 감독이 결국은 벤치를 나섰다.

팀 웨이크필드에게 그저 수고했다는 말만 건넨 그는 좌완 투수 프랭클린 모랄레스를 마운드로 부르고는 이렇게 말했다.

"차라리 볼넷을 내주더라도 무조건 낮게 던져라. 상대는 2경기 연속 홈런을 때려낸 가장 감 좋은 타자라는 걸 명심하고."

"네, 보스."

테리 프랑코나 감독은 살짝 긴장을 한 듯한 프랭클린 모랄레스의 어깨를 다독이고는 다시 벤치로 돌아왔다.

무사 1, 2루의 위기는 분명 위험하기는 했다.

그러나 주혁에게 정면 승부를 거는 것은 더욱 위험한 일이라고 테리 프랑코나 감독은 판단했다.

가장 이상적인 그림.

병살타.

이것이 지금 테리 프랑코나 감독의 가장 큰 바람이었다.

연습구를 모두 던진 프랭클린 모랄레스가 주혁이 타석에 들어서자 들고 있던 로진 백을 내려놓았다.

그리고는 사인을 확인한 후, 세트 포지션 동작을 취하기 시작했다.

이윽고 그의 손에서 뿌려진 공이 포수 미트로 날아갔고…….

파앙!

낮게 꽂힌 94마일(151km)의 이 공에 주혁의 배트는 조금도 반응하지 않았다.

이어지는 2구 역시도 낮게 공을 던졌으나 이번에도 주혁은 공을 흘려보냈다.

2 - 0의 볼 카운트가 되자, 포수가 좌타자의 바깥쪽으로 자리를 이동했고 프랭클린 모랄레스가 3구 째 공을 던졌다.

그리고…….

부웅!

드디어 기다리던 바로 그 헛스윙이 나온 것.

바깥쪽으로 휘어지는 슬라이더에 주혁의 배트는 허공을 완벽하게 갈라버렸고, 그제야 프랭클린 모랄레스의 표정이 조금 밝아졌다.

다시 한 번 포수는 비슷한 코스로 슬라이더를 낮게 던지라고 사인을 보냈고……

부웅!

주혁의 배트는 또 한 번 크게 허공을 갈랐다.

헛스윙 두 번으로 만들어진 2 - 2의 볼카운트.

포수는 공 한 개의 여유가 있으므로 다시 낮게 패스트볼을 던질 것을 주문했다.

이에 고개를 끄덕인 프랭클린 모랄레스가 그립을 쥐고는 다시 세트 포지션 동작을 취했다.

그리고 그의 손에서 공이 뿌려지는 순간.

이번에도 주혁의 배트가 반응했다.

그런데…….

따악!

"……!"

몸쪽으로 날아오던 이 공을 주혁이 퍼 올리는 게 아닌가.

빠른 스피드로 중견수와 우익수 사이 담장 쪽으로 날아가기 시작하는 타구.

'설마…….'

잡힐 듯 말 듯 날아가는 타구.

이 타구의 종착점은 다행히도 펜스 너머는 아니었다.

그러나 그렇다고 해서 외야수의 글러브 안도 아니었다.

바로 워닝 트랙으로 떨어진 것이었다.

외야수가 공을 집어 들어 유격수에게로 공이 도달할 때는 이미 에반 롱고리아는 3루 베이스를, 주혁은 2루 베이스를 밟은 후였다.

무사 2,3루.

볼넷을 내준 것보다 더 최악의 결과가 나오고 말았다.

테리 프랑코나 감독이 이를 뿌드득 갈았다.

'저 애송이가 끝까지……'

더 나빠지고 만 상황.

머리가 더욱 복잡해진 테리 프랑코나 감독이 결국 투수를 다시 교체했다.

그러나…….

따악!

결국 터진 안타.

투수 교체는 소용이 없었고, 점수는 점점 더 벌어져만 갔다.

12연승의 꿈도 조금씩 형체를 잃어가기 시작했다.

'빌어먹을.'

승패의 윤곽이 벌써부터 조금씩 드러나고 있었다.

21. 노히트 게임

리턴
왕이스
Return Ace

21. 노히트 게임

「윤주혁, 2경기 연속 홈런 포함 5안타 게임!」

[윤주혁(21, 탬파베이 레이스)이 메이저리그 데뷔 첫 5안타 게임을 기록했다.

30일(이하 한국시간) 미국 플로리다주 트로피카나 필드에서 열린 탬파베이 레이스와 보스턴 레드삭스 간의 시리즈 첫 맞대결에서 4번 타자로 선발 출전한 윤주혁은 무려 5개의 안타를 때려내면서 팀의 8 - 3 승리를 이끌었다.

이 날 보스턴 레드삭스의 선발 투수인 팀 웨이크필드를 상대로 3타수 3안타 1홈런 2타점을 기록한 윤주혁은 뒤이어 올라온 불펜 투수들을 상대로도 2타수 2안타를 기록하면서 만점짜리 활약을 펼쳤다.

11연승으로 동부지구 1위까지 올라왔던 보스턴 레드삭스는 탬파베이 레이스에게 패배하면서 연승 행진을 마감하게 됐다.

 경기 후 인터뷰에서 보스턴 레드삭스의 감독 테리 프랑코나는 "우리는 오늘 윤주혁에게 패배한 것"이라는 말을 남기기도 했다.

 오늘 때려낸 29호 홈런으로 30홈런까지 단 한 개만을 남겨 놓고 있는 윤주혁은 이로서 마크 테세이라(28개)를 제치고 아메리칸리그 홈런 부문 2위로 올라섰다. 올스타전 이후 다소 잠잠해진 호세 바티스타가 32개로 현재 1위를 지키고 있다.

 여기에 출루율 1위였던 미겔 카브레라(0.438)를 제치고 1위를 다시 차지한 윤주혁은 이로서 타율, 출루율, 장타율 부문 1위, 홈런, 타점 부문 2위, 안타, 득점 부문 3위에 오르게 됐다.]

 〈케이스포츠 백성일 기자 〉

 코멘트(Comment)
 – 너클볼을 홈런으로 때려내다니…
 – 데뷔 두 시즌만에 타격 부문 7개 모두 3위 이상이네…
 ㄷㄷ;;
 – 한국 스포츠 선수 역사 상 최고의 선수가 될 듯.
 – 이런 선수가 연봉이 고작 50만 달러 수준ㅋㅋㅋㅋㅋㅋㅋ

날로 먹네, 탬파베이.

　- 이제는 이런 활약이 너무도 당연시 여겨지는 내가 무섭다…

◈

시리즈 두 번째 경기에선 아쉽게도 주혁의 활약을 볼 수가 없었다.

어제와 동일하게 4번 타자로 선발 출전하기는 했으나, 보스턴 레드삭스 투수들이 승부를 계속 피하면서 볼넷으로만 무려 3번씩이나 출루를 했기 때문이었다.

조 매든 감독은 8 - 2로 앞서 있는 상황에서, 내일 선발 등판이 예정되어 있는 주혁에게 조금이나마 체력적으로 휴식을 주고자 전문 대주자와 교체를 시켜주었다.

벤치로 돌아온 주혁은 자신이 뛰어도 문제가 없다고 약간 투덜거리긴 했으나 그 의중을 알기에 그냥 씩 웃어넘기고는 묵묵히 자리에 앉아 경기를 관전했다.

드라마틱한 역전 따위는 없었다.

벌어진 점수 차이를 보스턴 레드삭스는 끝내 좁히지 못했고, 이틀 연속으로 7회부터 9회까지 각자 한 이닝씩을 책임진 웨이드 데이비스, 조엘 페랄타, 카일 판스워스는 무실점 호투를 선보이면서 추격 의지를 확실히 꺾어내고 승리를 굳히는 데 크게 일조했다.

그리고 그 결과 보스턴 레드삭스는 끝내 동부지구 1위 자리를 지키지 못했고 결국 그 자리를 탬파베이 레이스에게 넘겨주고 말았다.

다만 기껏해야 1.0 게임차인지라 언제든 순위가 뒤바뀔 수 있는 여지는 충분했다.

하나 이번 시즌 들어와서 처음으로 동부지구 1위에 올라온 탬파베이 레이스이기에 그들에게 있어서 그 의미는 꽤나 컸다.

게임차가 아무리 적다고 해도, 여기서 도망가기만 하면 1위 자리를 굳히는 쪽으로 나아갈 수 있으니까.

비록 돌풍을 일으켰던 보스턴 레드삭스가 채 3일도 버티지 못하고 내려오기는 했으나, 탬파베이 레이스의 선수들은 충분히 가능하다고 여기면서 의지를 다지고 있었다.

비록 올해 경쟁이 무척이나 치열하다고는 해도 지난 시즌 우승 팀 아닌가.

해가 저물고 다음 날 아침이 밝자 선수들은 전날보다 더 일찍 경기장에 출근했다.

모두들 각자 부족한 훈련들을 하면서 연습에 몰두했고, 시리즈 스윕이라는 목표를 이루기 위해 이른 시간부터 땀을 흘리고 있었다.

노력은 결코 배신하지 않는다는 말.

지금 선수들은 이 말을 전적으로 신뢰하고 있었다.

이기겠다는 강한 열망은 선수단 분위기를 더욱 뜨겁게

만들었으니…….

'이래야 야구 하는 맛이 나지.'

주혁이 흡족한 미소를 지으면서 불펜으로 발걸음을 옮겼다.

'이 분위기를 쭉 이어나가게 하기 위해선…….'

오늘 선발 등판이 예정되어 있는 주혁, 자신의 활약이 가장 중요하다고 해도 결코 과언은 아니었다.

약간의 부담감이 어깨를 짓누르고 있기는 했으나 주혁은 오히려 이를 즐겼다.

한 치 앞을 내다볼 수 없는 게 야구라고는 하지만, 오늘처럼 중요한 경기를 승리로 이끌 경우에는 다르다.

격차가 벌어지면 벌어질수록 그 끝은 더욱 선명하게 보이니까.

'그래서 오늘 경기가 정말 중요하다.'

몸을 이미 다 풀어둔 주혁이 글러브를 끼고는 호흡을 정리했다.

심장의 미세한 떨림소리가 귓가를 간지럽히고 있는 지금.

"후읍!"

파앙!

가볍게 공을 던지기 시작한 주혁이 이윽고 자세를 잡아가면서 불펜 피칭에 임했다.

파앙!

그리고 마지막으로 전력 투구까지 마친 주혁이 그제야 미소를 지으면서 고개를 끄덕거렸다.

이는 만족의 의미였다.

'컨디션 좋다.'

문제될 건 하나도 없었다.

제구도 마찬가지였다.

다만 체인지업의 무브먼트가 생각보다 별로이긴 했으나 그렇다고 심각한 수준은 아니었다.

여전히 그 스피드는 일반적인 체인지업에 비해 월등히 빠른 편에 속했고, 적절히 섞어 던진다면 나름 제 몫을 해 줄 수 있으리라 주혁은 보고 있었다.

포수 마스크를 벗으면서 주혁에게로 다가온 존 제이소의 얼굴에도 웃음꽃이 피어있었다.

"오늘 커브 좋은데? 전보다 꺾이는 무브먼트가 더 날렵해졌어."

"체인지업은 좀 별로지?"

"전보다는 조금……. 뭐 그래도 전반적으로 아주 훌륭해. 아마 오늘 경기도 무난하게 실점 없이 마운드를 내려가지 않을까 싶다."

존 제이소가 씩 웃으며 말을 이었다.

"네 패스트볼만 잡아 봐도 알아. 그 진동. 손이 다 아플 지경이거든. 오늘도 마찬가지야."

"다행이군."

둘이서 대화를 나누는 사이, 애런 루이스 투수 코치가 다가왔다.

"굳이 불펜 피칭 안 보고 너희들 표정만 봐도 오늘 네 컨디션이 어떤지 알 수 있을 거 같다."

그의 농담에 주혁과 존 제이소가 피식거렸다.

"그래도 오늘 경기가 정말 중요하다는 건 두 사람 모두 알거다. 분명 보스턴이 좌타자 위주로 라인업을 내놓을 가능성이 높아."

애런 루이스의 말에 두 사람 모두 고개를 끄덕이며 그의 말에 집중했다.

두 사람의 눈빛에 애런 루이스가 살짝 당황해하며 말을 이었다.

"뭐 문제가 있다는 건 아니고 투심 패스트볼 비중을 높게 잡아야 하는 데 생각보다 오늘 무브먼트가 좋다고."

"아……."

그제야 긴장의 끈을 놓는 두 사람.

"다만 알다시피 마운드 위에선 얼마든지 상황이 바뀔 수도 있다. 그러니까 무조건 침착하게 경기를 풀어가야 해. 아무리 2연패를 하고 있다고 해도 몰아치기 시작하면 무서운 팀이 보스턴 레드삭스이니까."

애런 루이스가 말을 마치고는 주혁의 어깨에 손을 얹었다.

"그런 그림이 안 나오겠지만, 뭐."

주혁이 피식 웃고는 글러브를 잠시 벗었다.

애런 루이스가 조 매든 감독에게로 향하자 이어 두 사람도 발걸음을 옮겼다.

비디오 분석실에서 스카우팅 리포트를 다시 꼼꼼히 읽은 주혁은 남은 영상 분석을 존 제이소에게 맡기고는 배팅 케이지로 걸어간 후 타격 훈련까지 마쳤다.

모든 준비가 끝나갈 즈음.

양 팀 최종 라인업이 공개되었다.

탬파베이 레이스의 타선에는 변함이 없었다.

그러나 보스턴 레드삭스의 타선은 이전과 달라져 있었으니……

1번 타자 CF 제이코비 엘스버리

2번 타자 2B 더스틴 페드로이아

3번 타자 1B 아드리안 곤잘레스

4번 타자 DH 데이비드 오티스

5번 타자 LF 칼 크로포드

6번 타자 RF 조쉬 레딕

7번 타자 3B 크레이그 헨더슨

8번 타자 C 제이슨 베리텍

9번 타자 SS 마르코 스쿠타로

근래 타격감이 나빠진 3루수 케빈 유킬리스를 빼고 마이

너리그에서 콜업해 온 좌타자 크레이그 헨더슨을 투입시킨 테리 프랑코나 감독은 우익수까지 좌타자인 조쉬 레딕을 선발 출전시킨 것이었다.

좌타자만 무려 6명.

이는 우타자의 바깥쪽 코스를 잘 활용하는 주혁에게 있어서 조금은 상대하기 어려운 타선이기도 했다.

장점을 살리기 쉽지 않으니까.

하나 이 라인업을 확인한 주혁의 표정에는 그 어떤 변화도 없었다.

'좌타자를 잔뜩 세우면 뭐가 달라질 거라고 생각하는 건가?'

물론 우완 투수의 약점이 바로 좌타자이긴 하지만, 애초에 이를 예상하고 있던 주혁에게는 큰 문제가 되질 않았다.

'어제는 단순히 나를 피하기만 하면 되지만……'

선발 투수인 자신을 상대로 승부를 피한다는 건 아예 경기를 이길 생각이 없다는 뜻이나 다름없다.

주혁의 두 눈동자가 번뜩였다.

'뭘 어떻게 해도 이기는 건 우리다.'

이윽고 잠시 후.

기다리던 경기가 시작되었다.

1회 초.

마운드 위로 주혁이 올라오자, 캐스터 래리 허드슨이 눈앞에 놓인 보스턴 레드삭스의 타선을 살펴보고는 입을 열었다.

"더스틴 페드로이아를 제외하고는 1번부터 7번까지 모두 좌타자를 상대해야 하는 윤입니다."

"아무래도 우완 투수이다보니 우타자보다는 좌타자를 더 껄끄러워 할 겁니다."

"실제로 윤의 피안타율을 보면 우타자가 0.207, 좌타자가 0.239로 차이를 보이고 있습니다."

"아무래도 바깥쪽 코스의 커맨드가 좋은 윤이다 보니 좌타자에게는 조금 불리하겠죠. 다만 좌타자의 바깥쪽으로 휘는 투심 패스트볼이 있기에 테리 프랑코나 감독의 이 선택이 옳다고 하기에는 아직 이르다고 봅니다."

"그렇군요. 타석에 1번 타자 제이코비 엘스버리가 들어섭니다. 시즌 타율 0.325, 출루율 0.380을 기록중인 제이코비 엘스버리입니다."

래리 허드슨의 말이 끝나자마자 사인 교환을 마친 주혁이 와인드업을 시작했다.

부드럽게 투구폼을 가져간 주혁이 이내 포수 미트를 향해 힘껏 공을 뿌렸다.

이와 동시에 제이코비 엘스버리의 배트도 초구부터 즉각 반응을 보였다.

그리고 그 순간.

부웅!

파앙!

제이코비 엘스버리의 배트가 허공을 크게 갈랐다.

래리 허드슨이 말했다.

"초구를 노린 제이코비 엘스버리입니다만 94마일 (151km)의 투심 패스트볼에 헛스윙을 하고 말았습니다."

"투심 패스트볼의 무브먼트가 아주 좋네요."

제이코비 엘스버리가 다시 침착하게 타격폼을 취하자 로진 백을 내려놓은 주혁이 2구 째 공을 던졌다.

파앙!

"스트라이크!"

이번에도 비슷한 코스에 꽂힌 공.

95마일(153km)의 투심 패스트볼은 절묘하게 바깥쪽 라인을 걸치면서 포수 미트에 들어갔고 이에 구심의 손도 올라간 것이었다.

"아주 좋은 공이네요."

휘어지는 무브먼트가 뛰어났기에 댄 오브라이언의 입에서 칭찬이 나오지 않을 수가 없었다.

그러나 잠시 후.

파앙!

"스트라이크 아웃!"

주혁의 손에서 뿌려진 3구 째 투심 패스트볼을 보는 순간, 댄 오브라이언의 입에서 탄성이 새어나왔다.

엄청난 무브먼트.

그리고 전광판 위에 떠 있는 숫자.

97마일(156km).

댄 오브라이언이 작게 말했다.

"이 투심 패스트볼이라면 좌타자들 상대로도 문제없을 것 같습니다. 그야말로 엄청난 공입니다!"

보스턴 레드삭스의 벤치 안은 벌써부터 침묵에 휩싸이고 있었다.

◈

압도적이라는 단어는 이럴 때 쓰는 게 아닐까.

파앙!

"스트라이크 아웃!"

주혁의 손에서 뿌려지는 공들은 마치 살아 움직이듯 포수 미트로 강렬하게 날아갔고, 공기를 찢는 듯한 소리를 내는 이 강속구에 위압감을 느낀 보스턴 레드삭스의 타자들은 좀처럼 안타를 때려내지 못하고 있었다.

자신감.

그리고 좋은 컨디션.

여기에 동료 야수들의 집중력과 홈팬들의 열렬한 응원까지.

이 모든 것들이 한데 어우러진 결과, 보스턴 레드삭스의 타순이 한 바퀴가 돌 때까지 단 한 명의 타자도 1루 베이스를 3초 이상 밟지 못하게끔 만들고 있었다.

피칭에 있어 크게 달라진 것은 없었다.

단지 투심 패스트볼 비율이 늘어나고 체인지업 대신 커브볼이 좀 더 많이 나왔다는 것뿐이었다.

심지어 공격적인 패턴도 그대로 이어가고 있었다.

그럼에도 불구하고 보스턴 레드삭스의 타자들이 주혁의 공을 공략하지 못하는 이유는 바로…….

"아니, 포심 패스트볼보다 투심 패스트볼이 더 빠르다는 게 말이 되나?"

"젠장. 가뜩이나 오늘 커브가 위력적이어서 타이밍 맞추기도 힘들어 죽겠는데…….'

"오늘 포심은 더럽게 안 던지네."

"저거 투심 볼 끝이 지저분해서 맞추지를 못하겠어, 빌어먹을."

투덜대는 보스턴 레드삭스의 선수들.

오늘 주혁은 다른 경기들과는 다르게 포심 패스트볼을 전력으로 던지지 않고 오로지 투심 패스트볼만을 전력으로 던지고 있는 것이었다.

4회 초.

1번 타자 제이코비 엘스버리가 다시 타석에 들어섰으나, 교타력이 제법 좋은 제이코비 엘스버리마저도 날카롭게 좌타자의 바깥쪽으로 휘어지는 투심 패스트볼을 건드리지 못하고 있었다.

 입이 떡하니 벌어질만큼 위력적인 이 투심 패스트볼에 보스턴 레드삭스의 타자들의 표정은 굳어갈 수밖에 없었다.

 그리고 그런 그들의 반응을 즐기는 한 사람이 있었으니…….

 '던지면 던질수록 더 좋아지네.'

 마운드 위에서도 들려오는 타자들의 작은 한숨 소리를 들으면서 주혁이 속으로 씩 웃었다.

 분명 불펜 점검 때만 해도 커브가 구종들 가운데 눈에 띄는 편이었다.

 그러나 막상 경기에 나선 이후로 좌타자들을 상대하면서 투심 패스트볼을 주로 던지다보니 이닝을 거듭할수록 이 투심 패스트볼의 위력이 배로 증가하고 있는 것이었다.

 한 가지 아쉬운 점이라면 아직까지 탬파베이 레이스의 타선도 점수를 올리지 못했다는 점이었으나 주혁은 크게 신경 쓰지 않았다.

 '진짜 시작은 2번째 타석 때부터니까.'

 굳이 조급해할 필요가 없었다.

 지금 불안함에 떠는 쪽은 오히려 보스턴 레드삭스이기 때문이었다.

리턴 에이스 4
198

11연승을 달성해 놓고 탬파베이 레이스에게 시리즈 스윕을 당한다면?

'뭐 실망감도 클 테고 팬들한테 욕도 엄청 먹겠지.'

당연히 발을 동동 구르는 입장은 보스턴 레드삭스일 수밖에 없었다.

'절대 조금이라도 자신감을 얻게 해서는 안 된다.'

어찌 되었든 분명 저력이 있는 팀이다.

타자들을 꼼짝도 못하게 만들면서 분위기를 끌어오고 있는 지금, 이 좋은 흐름을 그들에게 단 한 순간이라도 내주고 싶지 않은 주혁이었다.

생각을 정리한 주혁이 이윽고 공을 던졌다.

매섭게 좌타자의 바깥쪽으로 휘어지는 이 투심 패스트볼에…….

부웅!

파앙!

"스트라이크 아웃!"

제이코비 엘스버리는 또 다시 헛스윙을 하고 말았다.

곳곳에서 터져 나오는 우레와 같은 박수 소리.

주혁이 허무하게 벤치로 돌아가는 제이코비 엘스버리를 본 후 이내 뒤를 돌아 로진 백을 집어 들었다.

'출루 자체를 봉쇄한다.'

퍼펙트 게임.

주혁은 이 기록을 의식하지는 않았으나, 선취점이 터지기 전까지는 이를 쭉 지키고자 마음을 먹었다.

곧이어 우타자인 2번 타자 더스틴 페드로이아가 타석에 들어섰으나⋯⋯.

파앙!

"스트라이크 아웃!"

날카로운 바깥쪽 제구를 그는 끝내 이겨내지 못했다.

◈

따악!

큼지막한 타구가 터져 나왔다.

타구는 아쉽게도 담장을 넘기지 못하고 펜스 부근에 떨어졌으나 마운드 위에 서 있는 투수의 표정은 창백하게 굳어져만 갔다.

로진 백을 신경질적으로 집어 던진 이 투수는 바로 오늘 보스턴 레드삭스의 선발 투수로 마운드에 올라온 조시 베켓이었다.

우완 투수로서 묵직한 포심 패스트볼과 싱커, 커터를 던지는 조시 베켓은 이번 시즌 꽤나 순항 중이었다.

한 때 20승을 기록하기도 했던 조시 베켓이지만 그는 지난 시즌 부상으로 인해 6승 6패 5점대의 방어율로 초라한 모습을 보여준 바 있었다.

그러나 그는 재기에 성공했고, 이번 시즌 보스턴 레드삭스의 돌풍에 있어 마운드에서 큰 힘이 되어주면서 다시금 에이스의 위상을 높이고 있는 조시 베켓이었다.

특히나 앞선 3번의 등판에서 ERA 1.27 3승의 뛰어난 피칭을 선보였던 조시 베켓이기에 보스턴 레드삭스의 팬들은 그가 좋은 피칭을 함으로서 이 2연패를 탈출하기만을 바라고 있었다.

그 바람은 3회까지만 해도 제법 괜찮게 이뤄졌었다.

상대 선발 투수인 주혁에게 다소 묻히는 감이 없지 않아 있었으나 땅볼 유도를 잘 해내면서 실점을 내주지 않고 이닝을 잘 풀어갔었다.

특히 내야 수비진의 집중력도 조시 베켓의 호투에 큰 도움을 주면서 흐름을 어느 정도 잡아가는 듯 보였다.

팬들은 조시 베켓의 이러한 피칭을 보면서 그가 오늘 이 흐름을 쭉 이어갈 거라고 믿었다.

그러나 4회 말.

그 믿음은 조금씩 무너지기 시작하고 말았다.

선두 타자인 B.J. 업튼에게 볼넷으로 출루를 허용하더니 이어지는 타자, 에반 롱고리아에게 장타를 얻어맞으면서 무사 2, 3루의 위기를 맞게 된 것이었다.

그나마 외야수의 빠른 볼 처리가 있었기에 실점까지 이어지지는 않았으나 2,3루의 위기 상황에는 변함이 없었다.

물론 이 위기는 막으면 그만이다.

하나 이어서 타석에 들어서는 타자가 주혁이라는 점이 조시 베켓의 미간을 찌푸리게끔 만들었다.

비록 어제는 딱히 눈에 띄는 활약을 보여주지 못했으나 기회에 강한 타자인데다 근래 감이 가장 좋기 때문에 쉽게 덤벼들 수 없는 타자가 바로 주혁이었다.

'여기서 안타를 내주면 분위기는 완전히 넘어간다.'

조시 베켓이 흐르는 땀을 닦았다.

기회에 능한 타자.

분위기를 확실하게 가져올 줄 아는 타자.

'더군다나 오늘 선발 투수이기도 하고……'

등 뒤에 점수를 업고 간다면, 점수를 내기란 더욱 어려워질 게 너무도 자명했다.

가뜩이나 퍼펙트 피칭을 하고 있는 투수 아닌가.

심리적인 압박이 조시 베켓의 어깨를 짓눌렀다.

결국 포수인 제이슨 베리텍이 마운드를 방문했고, 두 사람은 주혁을 어떻게 처리할 지에 대해 의논하기 시작했다.

그리고 이 대화의 최종 결론은 이렇게 맺어졌다.

"거르자."

자존심이 상하는 일이긴 하지만, 다른 방법이 없었다.

첫 타석에서 내야 뜬공으로 아웃을 잡아내기는 했으나 지금 이 상황에서 적시타를 허용하게 될 경우 흐름이 완전히 넘어갈 수도 있기 때문이었다.

차라리 만루를 채우고 다음 타자인 벤 조브리스트를 내야 뜬공 또는 삼진으로 잡아낸 후, 이어지는 타자인 필립 모리스를 상대로 내야 땅볼을 유도해서 병살타를 이끌어내는 작전이 더 현명한 선택이라고 두 사람은 판단했다.

조시 베켓이 고개를 끄덕거리자 이내 제이슨 베리텍도 포수석으로 돌아갔다.

그리고는 입을 맞춘 대로 주혁을 고의사구로 내보내면서 비어있던 1루를 채웠다.

관중석에서 야유가 쏟아졌으나 조시 베켓은 눈 하나 깜짝하지 않았다.

주혁은 태연하게 1루로 걸어 나갔고 벤 조브리스트가 배트를 정성스레 닦더니 이윽고 타석에 들어섰다.

그의 표정은 아무렇지 않아 보였으나 마치 "나를 우습게 보네?"라는 식의 눈빛만은 맹렬하게 뿜어지고 있었다.

이를 눈치 채기는 했으나, 조시 베켓은 아랑곳하지 않고 초구 사인을 확인한 후 키킹 동작을 가져갔다.

그리고 그의 손에서 초구가 뿌려지는 순간…….

부웅!

파앙!

"스트라이크!"

바깥쪽 무릎 높이로 기막히게 꽂힌 94마일(151km)짜리 공에 벤 조브리스트의 방망이가 크게 헛돌았다.

날카로웠던 초구.

조시 베켓이 침착하게 2구 사인을 받고는 잠시 숨을 고른 후, 곧이어 2구를 힘차게 던졌다.

그리고…….

부웅!

80마일(128km)의 힘이 느껴지는 파워 커브에 또 한 번 벤 조브리스트의 방망이가 허공을 가르고 말았다.

단숨에 0 - 2의 볼카운트가 만들어지자, 조시 베켓은 속으로 회심의 미소를 지었다.

'좋은 선택이었다.'

성급한 벤 조브리스트의 스윙에 조시 베켓은 희망을 가졌다.

이 위기를 무사히 넘길 수 있겠다고 말이다.

'일단 무조건 잡고 가자.'

상황은 무사 만루다.

조시 베켓이 주혁을 고의사구로 거르고자 입을 맞췄던 그 때 그려놓은 그림을 다시 한 번 떠올렸다.

'삼진.'

때마침 제이슨 베리텍이 3구 사인을 보내왔다.

그가 보낸 사인은 바로 커브였다.

유인구를 하나 던져보자는 것이었다.

조시 베켓이 고개를 끄덕이고는 곧장 커브를 던졌다.

슈웅!

포물선을 그리며 포수 미트로 날아가는 공.

그러나 이번에는 벤 조브리스트의 방망이가 반응을 보이지 않았다.

'스윙을 할 줄 알았는데…….'

좋은 커브였으나 배트를 끌어내지 못했다는 사실은 다소 아쉬움으로 남았다.

하나 그래도 아직은 유리한 볼카운트다.

조시 베켓이 다시 키킹 동작을 가져갔다.

그리고 바깥쪽 낮게 휘는 싱커를 힘껏 뿌렸다.

슈웅!

매섭게 날아가는 공.

손끝에서 뿌려진 그 느낌에 조시 베켓은 회심의 미소를 지었다.

그런데…….

따악!

"……!"

이 낮은 공을 벤 조브리스트가 툭 갖다 맞추는 게 아닌가.

다행히도 타구는 좌익수의 수비 범위로 날아가기는 했으나 예상보다 좀 더 멀리 날아갔고, B.J. 업튼이 무사히 홈 베이스를 밟으면서 1점을 내주고 말았다.

분명 잘 던진 싱커였는데도 불구하고 희생 플라이가 되고 만 것.

'빌어먹을!'

다 잡은 물고기를 바로 눈앞에서 놓쳐버린 상황에 조시

베켓이 뿌드득 이를 갈았다.

'아니다. 침착하자……. 고작 1점이다…….'

사실 주혁의 페이스로 보았을 때, 오늘 타선이 1점도 만들어내지 못할 것 같기는 했으나 조시 베켓은 최대한 긍정적으로 생각하고자 했다.

여기서 흥분해봤자 득이 되는 건 하나도 없으니까.

오직 추가 실점을 허용하지 않겠다는 각오.

조시 베켓이 로진 백을 집어 들었다.

이어서 타석에 들어서는 필립 모리스.

전 타석에서 땅볼 유도를 통해 아웃을 잡아냈던 타자라는 걸 떠올린 조시 베켓이 초구 사인을 확인하고는 싱커 그립을 쥐었다.

1사 1, 2루.

병살 하나면 이닝이 끝난다.

제이슨 베리텍이 이윽고 초구 사인을 보내왔다.

이번에도 그가 보낸 사인은 바로 싱커였다.

'그래. 맞기는 했다만 분명 그 느낌은 좋았어.'

조시 베켓이 침착하게 슬라이드 스텝을 가져갔다.

그리고는 힘차게 몸쪽 무릎 높이로 싱커를 뿌렸다.

날카롭게 원하는 코스로 날아가는 공.

이번에도 그 느낌은 무척이나 좋았다.

그런데 바로 그 순간, 필립 모리스의 배트도 반응을 보였다.

곧이어 배트에 맞은 공.

조시 베켓은 그 찰나의 순간 들려오는 타격음에 귀를 기울였다.

분명 빗맞는 타격음이 들려올 거라고 그는 믿었다.

그러나……

따악!

빗맞았다고 하기에는 그 타격음이 너무도 묵직했다.

◆

시리즈 마지막 경기가 시작되기 전, 탬파베이 레이스의 얼리 워크(Early Work)에서 가장 눈에 띈 선수는 바로 필립 모리스였다.

배팅 케이지에서 타격 훈련을 할 때부터 필립 모리스는 유독 좋은 컨디션을 자랑했었다.

스윙에는 군더더기가 전혀 없었고, 특히나 공을 때리는 그 순간에 터져 나왔던 힘은 필립 모리스가 오늘 뭔가를 보여줄 수 있을 것 같다는 느낌을 주기 충분했다.

이는 심지어 근래 타격감이 좋다는 주혁보다도 더 좋은 수준이었다.

필립 모리스는 오늘 컨디션을 두고 이렇게 말했었다.

"몸이 깃털처럼 가볍다니까? 정말로!"

신이 난 얼굴의 필립 모리스는 최근 들어 다소 부진했던

자신의 타격감을 다시 부활시킬 수 있는 좋은 계기가 될 수
도 있겠다는 생각에 다소 들뜬 모습으로 훈련에 임했었다.

그리고 그 결과.

"결국 해냈네?"

"잘했다. 왠지 오늘 느낌 좋더라."

"첫 타석 때부터 외야로 타구 날리는 거 보고 직감했지.
오늘 홈런 하나 때릴 것 같다고."

홈런을 때려내는 데 성공한 필립 모리스였다.

싱글벙글한 표정으로 이온음료를 들이키는 필립 모리스
가 이내 발걸음을 옮겼다.

그가 향한 곳은 바로 주혁의 옆자리였다.

마치 칭찬을 해달라는 듯한 눈빛으로 옆에 앉은 필립 모
리스가 주혁을 빤히 바라보았다.

그의 의중을 단번에 눈치 챈 주혁이 피식 웃으며 입을 열
었다.

"고맙다."

"그 말을 듣고 싶었어, 윤."

필립 모리스가 씩 웃으며 주혁의 어깨에 손을 얹었다.

"이거면 저번 네 등판 경기에서 병살 2번 때린 거 봐주는
거지?"

"솔직히 그 때는 좀 심했다. 너도 알지?"

"알지 그럼. 괜히 어색해질까봐 내가 뻔뻔하게 굴었는
데…… . 미안한 감정은 있었지, 당연히."

그 때를 회상한 필립 모리스가 시무룩한 표정을 지었다.

주혁이 피식거리며 그의 팔뚝을 툭 쳤다.

"뭘 그런 걸 담아두고 그러냐."

"아냐, 윤. 너 그 때 말은 안 했지만 표정에선 살기가 느껴졌었다고……."

"……그랬었나?"

뜨끔한 주혁이 시선을 피했다.

사실 그 경기에서 정말 화가 났었던 건 단순히 팀 동료들의 득점 지원이 없었던 것보다도 그 날 타석에서 삼진만 2번을 당했었기 때문이었다.

더군다나 자신이 선발로 등판한 경기에서 좀처럼 타격을 제대로 해내지 못하다보니 스스로에게 불만이 생긴 것이었다.

그리고 그 화를 주혁은 훈련을 통해 풀었고, 그렇게 다시 타격감을 끌어올렸었다.

'나도 참 독종이다.'

그 어느 누구가 스트레스를 훈련으로 풀겠는가.

'아니지, 참. 몇 놈 있긴 했었다.'

정확히 얼굴이 기억이 나질 않지만(삭제된 기억이라 그런 듯하다), 자신보다도 더 지독한 독종을 선수 시절 몇 명 만났었던 주혁이었다.

그리고 그 중 타자 한 명이 타격 부문 트리플 크라운(타율, 홈런, 타점 1위)을 달성하면서 엄청난 액수의 계약을 맺었던 기억이 어렴풋하게 떠올랐다.

뭐 확실하지는 않지만 말이다.

주혁이 헛기침을 슬쩍 하고는 필립 모리스에게 말했다.

"그러고 보니 너 이제 20홈런까지 1개 남았네?"

"그러게. 진짜 믿기질 않는다."

현재까지 타율 0.271, 19개의 홈런과 50타점을 기록하고 있는 필립 모리스.

지난 시즌 타율 0.258, 10개의 홈런과 49타점을 기록했던 것과 비교했을 때 그 역시도 뛰어난 성장세를 보여주고 있는 이번 시즌이었다.

대략 20개 중후반의 홈런과 70타점 이상을 기록할 것으로 기대되는 필립 모리스는 어엿한 주전급 선수로 자리를 확고히 한 상태였다.

이만큼 올라왔다는 사실에 스스로 약간의 감격을 느끼는 필립 모리스를 보면서 주혁이 흐뭇하게 웃었다.

'과거로 돌아와서 내 인생도 달라졌지만 모리스의 인생도 달라졌지.'

마이너리그에서의 그 지옥과도 같은 세월들을 조금이라도 일찍 탈피하는 그 자체만으로도 축복이나 다름없다.

'가장 친한 친구 사이로써 잘 되는 모습 보니까 기분이 좋네.'

여전히 주혁의 얼굴에는 미소가 걸려 있었다.

하나 그는 몰랐다.

자신이 지금의 필립 모리스가 있기까지 제법 큰 영향을

미쳤다는 사실을 말이다.

틱!

때마침 땅볼 타구가 나왔다.

이를 유격수 마르코 스쿠타로가 안전하게 잡아 1루에 송구하면서 아웃카운트가 두 개로 늘어났다.

주혁이 다시 마운드에 서기 위한 준비를 하고자 자리에서 일어나 글러브를 챙겼다.

그리고 그런 그에게 필립 모리스가 한 마디의 말을 건넸다.

"4점 차이야, 윤. 무슨 말인지 알지?"

부담 가지지 말고 승리로 경기를 이끌어주기를 바라는 그의 마음이 담긴 말에 주혁이 피식 웃었다.

"걱정하지 마. 네 활약이 묻힐 리는 없으니까."

자신감 넘치는 대답에 필립 모리스는 만족스럽다는 듯이 엄지를 치켜들었다.

이윽고 아웃카운트 세 개가 모두 채워지면서 공수 교대가 이뤄지자, 불펜에서 대기하고 있던 주혁이 마운드 위로 올라갔다.

4 - 0의 스코어.

5회 초.

4번 타자 데이비드 오티스부터 시작되는 보스턴 레드삭스의 공격.

그리고 이번 이닝에서……

부웅!

파앙!

"스트라이크 아웃!"

이변은 없었다.

◈

경기가 그 끝을 향해 달려갈수록, 홈팬들의 응원 소리는 더욱 커져가기 시작했다.

단순히 경기에서 이기고 있어서가 아니었다.

탬파베이 레이스 구단 창단 역사 상 첫 투수 대기록인 노히터를 향한 주혁의 행보에 모두들 흥분하고 있는 것이었다.

지난 시즌, 9회 안타를 허용하면서 무산되었던 맷 가르자의 노히터가 특히나 아쉬움으로 남았던 탬파베이 레이스의 팬들로서는 지금 7회 초, 주혁이 끝까지 안타를 맞지 않고서 노히터를 기록하기만을 간절히 바라고 있었다.

사실 5회까지만 해도 팬들은 퍼펙트 게임을 기대했었다.

그러나 실투 한 번 던지지 않았던 주혁이 몸쪽에 투심 패스트볼을 찔러 넣다 그만 타자 몸에 맞추고 만 것이었다.

다행히 곧바로 병살타를 이끌어내면서 흐름을 확실히 끊기는 했으나 퍼펙트 게임의 무산은 모두에게 아쉬움으로 남게 되었다.

하나 아직 대기록으로 여겨지는 노히터가 남아 있었기에 응원의 열기는 식지 않고 있었다.

하나 이를 보는 조 매든 감독의 표정은 그다지 밝지만은 않았다.

'아무리 멘탈이 좋은 녀석이긴 해도 어린 나이에 이런 대기록이 눈앞에 다가오면 부담이 클 텐데……'

그는 행여 주혁이 노히터 기록에 실패한 이후로 실망감에 빠져 자신감이 다소 하락할까봐 조금은 불안한 표정으로 보고 있었다.

물론 그보다도 주혁이 성공하기를 바라는 마음이 더 크기는 했다.

조 매든은 주혁이 노히터를 달성할 것이라고 믿고 있었다.

단지 그 작은 불안함은 좀처럼 떨쳐낼 수가 없었다.

'보는 나조차도 이런데 윤은 오죽할까……'

그는 속으로 뜨겁게 응원했다.

주혁이 노히터를 달성하기만을 말이다.

이는 다른 코칭스태프들과 선수들도 마찬가지였다.

실패하지 않기를 바라는 마음.

한 번의 안타 허용만으로도 무산되는 이 기록에 긴장하는 건 되려 지켜보는 탬파베이 레이스의 벤치였다.

그러나 정작 마운드 위에 서 있는 주혁만이 아이러니하게도 그 어떤 두려움조차도 느끼지 않고 있었다.

'까짓것 맞으면 맞는 거지.'

언제든 이런 기회를 만들 수 있다는 자신감.

애초에 기대를 하지도 않았던 도전이기에 주혁은 마음 편히 피칭을 이어갈 수가 있었다.

더군다나 노히터는 해본 적은 없지만 이래봬도 11경기 연속 홈런 세계 신기록 달성도 성공시킨 주혁이 아닌가.

그렇다보니 노히터에 대한 생각보다도 그저 보스턴 레드삭스의 타자들을 무조건 다 잡아먹겠다는 살기 가득한 눈빛을 한 채 부담감 없이 피칭을 이어가는 주혁이었다.

분명 역사적인 기록이지만, 기록보다도 중요한 건 경기 결과다.

그리고 지금 주혁의 목표는 오로지 시리즈 스윕 뿐이었다.

'투구수도 적절한데다 노히터 도전 중이니까 감독님이 나를 뺄 리도 없고, 계투진에게 휴식도 줄겸 첫 완봉승이나 기록하자.'

아직까지 완투 경험이 없는 주혁에게는 그저 완봉승만이 유일한 바람이었다.

이를 이루기 위해서, 주혁은 침착하게 공을 던졌다.

그리고…….

따악!

좌측으로 높게 뜬 타구에 좌익수가 제자리에 가만히 섰다.

굳이 움직일 필요도 없었다.

타구는 그가 서 있는 자리로 그대로 떨어졌으니까.

7회 초, 아웃카운트 3개가 비로소 모두 채워졌다.

앞으로 남은 이닝은 단 두 번 뿐.

즉 6타자를 상대로 안타를 허용하지만 않는다면 노히터를 달성할 수 있는 셈이다.

마운드를 내려오던 주혁이 갑자기 옅게 피식거렸다.

'생각해보니까 별 거 아니네?'

지금까지 21명의 타자에게 안타를 허용하지 않았다는 생각을 하자 앞으로 남은 6명을 상대하는 것이 쉽게 느껴지는 주혁이었다.

벤치로 돌아오자, 선수들은 아무런 말없이 주혁의 어깨를 토닥여주었다.

하고 싶은 말은 많지만, 대기록에 도전 중인 투수를 방해하지 않기 위함이었다.

그러나 그들의 눈빛만큼은 누구보다도 간절히 노히터 달성을 원하는 듯했다.

침묵 속에서의 응원.

'이거 노히터 생각을 안 할 수가 없어지네.'

그저 한껏 기대를 하고 있는 팬들과 선수들 때문이 아니었다.

만일 여기서 노히터를 기록하게 될 경우, 더 높이 치솟을 팀 사기를 생각하니 자연스레 욕심이 생기기 시작한 것이었다.

노히터 하나로 얻을 수 있는 게 제법 많다는 걸 깨달은 주혁이 이내 숨을 크게 들이쉬고는 천천히 내뱉었다.

'시리즈 스윕에 노히터라…….'

어쩌면 이로 인해 1위 싸움에서 일찌감치 앞서나갈 수도 있다는 생각이 문득 들었다.

노히터가 만들어 주는 효과를 고려하니 군침이 돌았다.

'뭐 그렇긴 해도 일단 시리즈 스윕이 우선이다.'

자꾸 생각하면 할수록 집념이 강해져서 멘탈에 문제를 일으킬 가능성이 우려되었기에 주혁은 이를 잊고자 노력했다.

과도하게 신경 써서 좋을 것은 하나도 없기 때문이었다.

과거 11경기 연속 홈런 달성 때도 매 경기마다 주혁은 자신의 기록을 까마득하게 잊어버린 채 타석에 임했었다.

그리고 이러한 방법이 오히려 더 좋은 스윙을 만들어냈고, 결과적으로 세계 신기록을 수립하게 되는 영광을 차지했었던 주혁이었다.

'뭐 신인이라면 이런 멘탈 관리 자체가 힘들겠지만…….'

메이저리그 경력만 20년이 넘는다.

멘탈 관리를 못한다는 건 이 기나긴 시간들을 허송세월로 보낸 것이나 마찬가지다.

잠시 생각에 잠겨 있던 그 때.

따악!

높게 뜬 타구가 내야수의 글러브 안으로 쏙 들어가면서 2아웃이 되었다.

'4회 이후로 점수가 안 터지네……'

그래도 아직 그 희망의 끈을 놓지 않고 있는 보스턴 레드삭스는 불펜 투수들의 활약에 힘입어 지금까지 추가 실점을 내주지 않고 있었다.

'열정 넘치는 거 아주 좋구만.'

상대가 완전히 풀이 죽어버리면 상대하는 맛이 없다.

함께 불꽃 튀는 접전을 펼치는 것이야말로 진정한 짜릿함을 줄 수가 있는 법.

'그리고 이런 명승부 끝에 내가 이겨야지 나중에 만나도 타자들이 기가 죽는다.'

불펜에서 몸을 풀던 주혁이 이윽고 아웃카운트가 마저 채워지자 다시 마운드 위로 걸어가기 시작했다.

짜릿함을 더욱 만끽하고 싶은 까닭일까.

지친 기색 하나 없이 들끓는 아드레날린을 온몸으로 느끼며 주혁이 로진 백을 집어 들었다.

'이제 제대로 힘을 쏟아 붓는다!'

주혁의 두 눈동자가 번뜩였다.

이윽고 시작된 승부.

연이어 2개의 공을 스트라이크 존에 꽂아 넣은 주혁이 3구 째 커브볼로 배트 유인에 실패하자 이내 곧바로 포심 패스트볼 그립을 쥐었다.

그리고 잠시 후.

파앙!

"스트라이크 아웃!"

주혁의 손에서 뿌려진 공이 좌타자 바깥쪽에 예리하게 꽂히면서 루킹 삼진으로 첫 타자를 잡아내는 데 성공했다.

선두 타자 제이코지 엘스버리가 그저 멍하니 포수의 미트에 꽂힌 공을 바라보다가 이내 고개를 푹 떨군 채 벤치로 돌아갔다.

전광판에는 101마일(163km)이 찍혀 있었다.

◆

8회 초를 중계하는 내내, 캐스터 래리 허드슨과 해설위원 댄 오브라이언의 목소리는 다소 격앙되어 있었다.

그럴 수밖에 없었다.

그 위력적인 피칭을 볼 때마다 온몸에서 전율이 올라왔기 때문이었다.

편파 중계를 하지 않는 것이 중계진들의 의무이긴 하지만, 이곳 트로피카나 필드에서 오랜 시간 중계를 맡아온 그 두 사람에게 있어 주혁의 도전은 흥분되지 않을 수가 없었다.

"탬파베이 레이스의 노히터를 지난 시즌 맷 가르자가

실패한 바 있습니다만, 오늘은 성공의 기미가 보이는 듯합니다."

"윤의 구속이 오히려 8회에 들어서서 더 빨라지고 있어요. 보스턴 레드삭스 타자들이 좀처럼 타이밍을 잡지 못하고 있기에 꽤나 긍정적으로 보이는군요."

2아웃 상황.

앞선 두 명의 타자들, 4번 타자 데이비드 오티스와 5번 타자 칼 크로포드를 모두 삼진으로 돌려세운 주혁의 기세는 그야말로 대단했다.

보스턴 레드삭스의 벤치는 공포에 떨고 있었고, 지치지를 않는 주혁의 모습에 타자들은 혀를 내둘렀다.

댄 오브라이언이 말했다.

"보스턴 레드삭스 타자들도 이대로 무너지면 안 됩니다. 굴욕을 당하기 싫다면, 더 자신 있게 스윙을 가져가야 해요. 소극적인 플레이는 좋지 않습니다."

"이제 열쇠는 보스턴 레드삭스의 하위 타선이 쥐게 되었습니다. 과연 윤을 상대로 안타를 때려낼 수 있을지!"

타석에 6번 타자 조쉬 레딕이 들어서자 탬파베이 레이스의 홈팬들은 환호했다.

굳어있는 표정.

관중들의 응원 열기에 그는 조금 위축된 듯했다.

앞선 2번의 타석에서 주혁에게 모두 삼구 삼진으로 물러났었기 때문이었다.

마운드 위에서 그런 그를 슬쩍 본 주혁이 이내 투심 패스트볼 그립을 쥐었다.

'2스트라이크만 만들면 그냥 잡는다.'

전력 투구를 하고 있는지라 투구수를 길게 끌 수는 없었다.

공격적인 승부로 어떻게든 투구수를 아끼는 것이 가장 중요했다.

힘 있는 타자들이라면 스트라이크 존 안으로 들어오는 공을 때려 장타를 만들어낼 수도 있으나 지금 남은 타자들 가운데 그만한 파워를 지닌 선수는 없었다.

장타 아니면 삼진.

하나 지금 가능성이 높은 쪽은 후자라고 주혁은 확신했다.

와인드업 이후, 주혁이 힘껏 포수 미트를 향해 공을 뿌렸다.

파앙!

묵직하게 꽂힌 초구.

구심이 살짝 뜸을 들이다가 이내 손을 들어올렸다.

"스트라이크!"

바깥쪽 상단에 예리하게 꽂힌 투심 패스트볼의 구속은 97마일(156km).

조쉬 레딕이 이를 악물었다.

쳐낼 엄두조차 나지 않을 정도로 살기가 느껴지는 공.

달리 방도가 없다.

승부를 피하고 있지 않는 주혁이기에 볼넷으로의 출루는 기대조차 할 수가 없었다.

쳐내야 한다.

굴욕을 당하지 않으려면, 그리고 이 지긋지긋한 플래툰에서 벗어나기 위해서는 눈에 띄는 활약을 보여주어야만 하는 조쉬 레딕이었다.

하나 헛스윙의 두려움에 떨고 있는 조쉬 레딕에게는 지금 정상적인 스윙이 나올 리 만무했다.

파앙!

결국 빠른 공에 또 다시 타이밍을 놓치고 만 조쉬 레딕.

이번에는 몸쪽 낮은 코스로 꽂힌 포심 패스트볼이었으나 구심의 손은 다행스럽게도 올라가지는 않았다.

주혁이 고개를 살짝 갸웃거리고는 이내 로진 백을 집어 들었다.

조금 애매한 코스이기는 했으나 스트라이크 판정을 받을 수 있는 코스이기는 했다.

이와 비슷한 곳에 찔러 넣었던 투심 패스트볼은 7회 초, 스트라이크 판정을 받았었기 때문이었다.

약간의 아쉬움이 남기는 했으나 주혁은 이를 금방 떨쳐 내 버렸다.

미련을 가져봤자 지금으로선 도움 될 게 없으니까.

어차피 구심과 대화를 조금씩 대화를 나누고 있는 존 제이소가 알아서 항의를 해 줄 것이라고 믿고, 주혁은 다음 공을 던지기 위해 와인드업을 시작했다.

그리고 이어지는 3구 째 공에 드디어 조쉬 레딕의 배트가 반응을 보였으나…….

부웅!

"스트라이크!"

뚝 떨어지는 체인지업에 허공을 가르고 만 조쉬 레딕.

이를 보던 중계진이 입을 열었다.

"아주 좋은 체인지업이었네요."

"90마일(144km)의 빠르기로 날아오다 떨어지는 저 체인지업은 예측 불가죠. 오늘 이전 경기들에 비해 체인지업 구사율이 다소 낮았는데 여기서 체인지업으로 2스트라이크를 만들어 내는 데 성공한 윤입니다."

"조쉬 레딕이 윤에게 유리한 볼카운트를 내주고 말았습니다. 이제 4구 째 승부로 이어집니다."

래리 허드슨의 말이 끝나자마자, 주혁이 천천히 와인드업을 시작하더니 이내 힘껏 포수 미트를 향해 공을 던졌다.

슈웅!

매섭게 날아가는 공.

조쉬 레딕이 표정을 구겨가면서 힘껏 스윙을 시도했으나…….

틱!

파앙!

"스트라이크 아웃!"

분명 배트에 스쳤음에도 불구하고 타구는 포수 미트 안에 꽂혀있었다.

공이 스쳤다는 사실은 틀림없었다.

단지 자신의 배트에 스친 타구가 직선으로 포수 미트에 들어가고 만 것이었다.

파울팁 삼진.

망연자실한 표정으로 조쉬 레딕이 멍하니 타석에 서 있다가 이내 발걸음을 벤치로 돌렸다.

주혁은 삼진을 잡아내자마자 곧바로 벤치로 뛰어 들어갔고, 중계진은 주혁의 활약에 대해 시청자들에게 전달했다.

"윤이 세 타자를 모두 삼진으로 돌려세웠습니다!"

"대단한 피칭입니다. 8회까지 노히터 게임을 이어가는 윤입니다!"

"대기록에 한 발 더 다가간 윤에게 남은 이닝은 단 하나. 경기는 이제 탬파베이 레이스의 8회 말 공격으로 이어지겠습니다."

트로피카나 필드의 분위기는 최고조로 달아올라 있었다.

8회 말, 탬파베이 레이스의 선두 타자는 1번 타자 맷 조이스였다.

벤치에서 홀로 땀을 닦아내던 주혁은 그냥 삼자 범퇴로 이닝이 끝나기를 바랐다.

4점 차로 이기고 있는 상황인데다 다음 이닝만 막아내면 경기가 종료되기 때문이었다.

굳이 더 점수를 뽑을 필요도 없었고, 주혁은 단 1점도 내주지 않을 자신이 있었다.

단지 체력을 소모하기가 싫을 뿐이었다.

오로지 마운드 위에서 남은 체력을 몽땅 쏟아 붓고 싶은 주혁이었다.

그러나 그의 바람을 맷 조이스는 산산조각 내버렸으니…….

따악!

중견수 뒤를 넘어가는 타구.

홈런은 아니었으나 맷 조이스는 서서 2루 베이스까지 도달하는 데 성공했다.

'……어쩔 수 없지, 뭐.'

타석에 들어서야 하는 것이 확정된 이상, 주혁은 최선을 다하기로 마음을 먹었다.

기회란 주어졌을 때 낚아채야 하는 법이니까.

'이왕 이렇게 된 거 점수나 더 뽑아내자.'

점수 차이가 더 심해지면 심해질수록 상대 타자들의 사기는 더욱 폭락할 것이고, 대기록 달성이 훨씬 쉬워질 수도 있다.

이윽고 잠시 후.

틱!

2번 타자 B.J. 업튼의 타구가 내야에 크게 튀었고, 불규칙 바운드에 내야수가 제대로 포구를 하지 못하면서 무사 1, 3루 찬스가 만들어졌다.

이어서 3번 타자 에반 롱고리아가 타석에 들어섰고, 주혁은 자신의 배트를 집어든 후 대기 타석으로 발걸음을 옮겼다.

'설마 만루 찬스가 오지는 않겠지?'

다음 타자가 자신이라는 걸 뻔히 알면서 보스턴 레드삭스의 투수들이 에반 롱고리아를 상대로 승부를 피할 것 같지는 않았다.

그러나 주혁이 미처 생각하지 못한 것이 하나 있었으니…….

퍼억!

"윽!"

바로 몸에 맞는 공을 말이다.

투수의 손에서 제대로 뿌려지지 못한 공이 에반 롱고리아의 등으로 날아왔고, 93마일(150km)의 속구에 맞은

에반 롱고리아는 신음을 토해내더니 자리에서 주저앉았
다.

생각보다 고통이 큰 듯했다.

자칫 벤치 클리어링이 일어날 수도 있는 상황이었으나
투수가 즉시 사과를 하면서 다행히도 분위기가 과열되지는
않았다.

'정말 만루네……'

너무도 맛있는 밥상이 갑자기 차려지자 주혁이 살짝 당
황했다.

숟가락을 들어 정신없이 그릇을 비우는 게 맞긴 하지만,
풀 스윙을 가져갈 경우 소모되는 체력을 고려하지 않을 수
가 없었다.

'아니다. 신경 쓰지 말자.'

배불러서 고급 밥상을 걷어찬다?

만약 그런 선수가 있다면 메이저리그 무대를 밟을 자격
조차 없는 사람이다.

배불러도 맛있는 음식을 먹을 수 있는 기회가 온다면 또
달려들어야 한다.

어차피 위는 먹고자 하면 계속 늘어나는 신비로움을 가
지고 있으니 말이다.

타석에 들어선 주혁이 배트를 쥔 손에 힘을 잔뜩 실어 넣
었다.

'어차피 여기서 아웃되어도 큰 상관은 없다.'

부담 가질 필요도 없으니 마음껏 풀 스윙을 가져가면 된다.

그러다 하나 얻어걸리면, 노히터에 그랜드슬램까지 기록한 메이저리그 최초로 새로운 부문의 역사에 이름을 올릴 수 있을지도 모른다.

주혁이 타격폼을 취하자, 마운드 위에서 포수의 사인을 확인한 다니엘 바드가 키킹 동작을 가져갔다.

곧바로 그의 손에서 뿌려지는 초구.

파앙!

바깥쪽에 꽂힌 묵직한 패스트볼.

그러나 구심은 꿈쩍도 하지 않았다.

'역시 바깥쪽으로 승부를 보는구만.'

어느 정도는 예상했던 터라 주혁은 대수롭지 않게 허공에 스윙 연습을 하고는 다시 타석 안으로 들어섰다.

이어서 다니엘 바드의 2구가 날아왔고…….

파앙!

이번에도 공은 스트라이크 존에서 벗어났다.

2 - 0의 볼카운트.

'원래라면 스트라이크 존 안으로 공을 던지겠지만…….'

지금은 딱히 감을 잡을 수가 없었다.

승부를 일부러 피할 수도 있고 허를 찌르고자 공격적으로 나설 수도 있다.

'뭐가 되었든 간에 안으로 들어오면 무조건 휘두른다.'

아쉬울 것이 하나도 없기에 주혁은 편안한 마음으로 타격 자세를 취했다.

다니엘 바드가 키킹 동작 이후 공을 던졌고, 매섭게 날아오는 공을 보는 순간 주혁의 배트가 반응을 보였다.

그러나…….

틱!

바깥쪽 강속구에 주혁의 배트가 스치면서 파울이 되고 말았다.

'아쉽다.'

주혁이 입술을 살짝 깨물었다.

조금만 타이밍을 일찍 잡았더라면 정확히 맞출 수도 있었던 공이었다.

'하도 투수들이 나를 피하니 원…….'

다소 떨어진 감각에 주혁이 씁쓸해하며 다시 타격폼을 취했다.

'어쨌든 대충 타이밍은 알 거 같다.'

상대는 강속구 투수다.

그가 가장 자신 있게 던질 수 있는 구종이 바로 속구라는 뜻이다.

'아마 승부를 할 생각이라면 속구를 던지겠지.'

다니엘 바드가 사인을 확인한 후, 던지려다 말고 갑자기 타임을 요청했다.

그리고는 발을 한 번 풀고는 로진 백을 집어 들었다가

내려놓은 후 자세를 잡았다.

긴장되는 순간.

다니엘 바드가 키킹 동작을 가져갔다.

곧이어 그의 손에서 뿌려지는 공.

그런데…….

"……!"

그 찰나의 순간, 주혁의 눈빛이 번뜩였다.

공이 예리해서가 아니었다.

공이 한 가운데를 향해 날아오는 게 아닌가.

맛있는 고급 요리를 그것도 셰프가 떠 먹여 주는 상황이나 다름없었다.

그저 입만 벌리면 되는 상황.

따악!

힘이 잔뜩 실린, 그러나 매우 빠른 스윙에 날아오던 공이 배트에 부딪혔고 묵직한 타격음이 트로피카나 필드를 한가득 메웠다.

멀리 뻗는 타구에 모두의 시선이 향했고…….

"……."

타구를 향해 쫓아가던 중견수가 끝내 뛰는 것을 포기하는 순간.

"Yeah!"

경기장이 떠나갈 듯한 함성 소리가 울려 퍼지기 시작했다.

그랜드슬램.

이 경이로운 활약에 모두들 흥분했고, 이제 완전히 탬파베이 레이스에게로 넘어온 분위기에 보스턴 레드삭스의 벤치에선 그저 침묵만이 하염없이 맴돌고 있었다.

8 - 0의 스코어.

이 경기에 드라마가 쓰여질 거라고 믿는 사람은 이제 아무도 없었다.

❖

주혁의 홈런 이후로도 탬파베이 레이스의 타선은 보스턴 레드삭스를 상대로 2점을 더 만들면서 10 - 0으로 점수 차이를 크게 벌리는 데 성공했다.

이미 경기를 지켜보던 보스턴 레드삭스의 팬들은 대부분 자리를 떠난 상태였고, 응원해주는 팬들 없이 보스턴 레드삭스는 운명의 9회 초를 맞이하게 되었다.

"윤! 윤! 윤! 윤!"

탬파베이 레이스의 팬들은 일제히 주혁의 유니폼에 새겨진 이름을 외치면서 그에게 열렬한 응원을 보내고 있었다.

노히터라는 대기록의 수립까지 남은 아웃카운트는 단 3개 뿐.

더군다나 주혁이 상대할 타자들은 모두 하위 타선이었기에 팬들의 기대는 더욱 클 수밖에 없었다.

구단 창립 이래 최초의 노히터 기록이 나올 수 있는 역사적인 날.

팬들은 그저 자신들이 이 경기장에서 이 순간을 함께하고 있다는 것만으로 감격스러워하고 있었다.

그러는 한편, 탬파베이 레이스의 벤치는 이전과는 다르게 다소 조용해져 있었다.

결코 응원을 안 하려고 입을 다물고 있는 게 아니었다.

그 누구보다도 떨림을 느끼고 있을 주혁에게 조금이라도 부담을 주지 않기 위함이었다.

하나 앞선 이닝 때도 그랬듯이 주혁의 마음은 평온했다.

여기까지 온 이상 노히터 기록이 신경 쓰이지 않을 수는 없었으나, 주혁은 큰 의미를 두지 않았다.

그저 인생에 있어 가장 완벽한 이닝을 장식하기 위해 주혁은 차분한 마음으로 경기에 임하고자 했다.

로진 백을 집어 들고는 존 제이소의 사인을 확인한 주혁이 이내 침착하게 호흡을 정리했다.

타석에는 오늘 무안타로 침묵했던 신인 타자 크레이그 헨더슨 대신 케빈 유킬리스가 대타로 나와 있었다.

좌타자 기용이 아무 쓸모도 없는 지금, 차라리 파워를 갖춘 케빈 유킬리스를 내세운 것이었다.

이를 본 주혁은 속으로 비웃었다.

'진즉에 유킬리스를 기용했어야지.'

마치 소 잃고 외양간을 고치는 듯한 보스턴 레드삭스의 대처가 그저 우습기만 했다.

'뭐 파워가 있는 타자이긴 하다만……'

제대로 맞지만 않는다면, 장타가 터질 확률은 매우 낮다고 주혁은 보고 있었다.

타격감이 그다지 좋지 않을 뿐더러, 어차피 이번 이닝에서 모든 힘을 쏟아부을 예정이기에 건드리지 조차 못하게 만들 자신이 있는 주혁이었다.

초구로 존 제이소가 요구한 투심 패스트볼 그립을 쥔 주혁이 천천히 와인드업을 시작했다.

타격을 위해 왼쪽 다리를 살짝 들어 올리는 케빈 유킬리스.

그런 그에게 주혁은 강속구를 선물했다.

그리고…….

부웅!

파앙!

몸쪽으로 휘는 97마일(156km)의 투심 패스트볼에 케빈 유킬리스의 방망이는 허공을 갈랐고, 이 헛스윙에 관중석에선 박수갈채가 쏟아져 나왔다.

주혁은 무표정한 얼굴로 2구 째 사인을 기다렸고, 존 제이소는 몸쪽 포심 패스트볼을 요구했다.

힘을 빼지 말고 잽싸게 승부를 보자는 뜻이었다.

주혁도 이를 거절하지 않았다.

2스트라이크를 잡고 나면, 던질 수 있는 패턴은 더욱 다양해지기 때문이었다.

와인드업 동작을 취한 주혁이 이윽고 몸쪽에 힘껏 공을 던졌고……

파앙!

살짝 높게 제구 된 이 공에 케빈 유킬리스는 타이밍조차 잡지 못한 채 그저 흘려보내고 말았다.

"스트라이크!"

구심은 이 공을 스트라이크로 선언했고, 볼카운트는 그렇게 0 − 2가 되었다.

매우 유리한 볼카운트의 완성.

'됐다.'

주혁이 속으로 씩 웃고는 존 제이소에게 공을 받은 후 사인을 기다렸다.

존 제이소는 주혁의 장기 중 하나인 우타자 바깥쪽 코스로 재미를 보자는 사인을 보냈고, 그가 체인지업을 요구하자 주혁이 고개를 끄덕였다.

다시 한 번 호흡을 정리한 후, 주혁이 이내 와인드업 동작 이후 키킹 모션을 취했다.

그리고는 힘껏 포수 미트를 향해 3구 째 공을 던졌다.

그런데 바로 그 순간.

"……!"

전혀 예상치 못한 일이 벌어졌다.

틱!

이 갑작스러운 상황에, 경기장은 일순간 침묵에 휩싸이고 말았으니…….

"……어?"

그것은 지금 나와선 안 되는 일이었다.

◆

메이저리그에는 다양한 불문율이 존재한다.

그리고 그 중에는 이런 불문율도 있다.

"대기록 달성을 앞둔 투수에게 번트를 대지마라."

이는 상대 팀 투수가 호투를 펼치면서 대기록 달성을 눈앞에 두고 있을 경우, 번트를 대는 것 자체를 비신사적 행위로 간주하는 것이다.

상대 팀 투수의 대기록 달성에 있어 희생양이 되었다고 해서 팀 역사에 큰 오점을 남기는 것도 아니고, 그 패배가 1패 이상의 의미를 갖는 것도 아니기에 정정당당한 승부라는 측면에서 보면 충분히 납득되는 불문율이다.

물론 번트가 비신사적인 타격 방법은 아니지만, 적어도 기습번트에 의한 안타는 정정당당한 승부와는 다소 거리가 있기 때문이다.

하나 1 - 0처럼 박빙의 경기에서의 기습 번트에 대해서는 아직까지도 논란이 되고 있다.

공격 팀이 자신의 패배를 감수해가면서까지 이길 가능성이 남아 있는 경기에서 상대 팀 투수의 대기록 달성을 위해 공격 옵션을 포기해야 하냐는 것이다.

이렇듯 불문율은 절대적일 수가 없다.

얼마든지 다양한 상황이 있을 수 있기 때문이다.

그러나 10 - 0의 스코어로 이미 희망의 빛을 잃은 경기에서, 상대 팀 투수의 구위가 너무 좋아 정상적인 출루가 어렵다는 이유만으로 누가 봐도 가능성이 희박한 순간에서 번트를 시도한다면?

이는 엄연히 불문율에 어긋나는 일이라고 볼 수 있다.

아무리 상대 투수의 대기록을 도와주기 위해 다양한 공격 옵션을 포기해야 한다고 한들, 이는 비신사적 행위로 보일 수밖에 없기 때문이다.

다수의 사람들이 볼 때 그렇게 비춰진다면, 그것은 불문율을 어긴 것이나 다름없다.

그런데 지금.

트로피카나 필드에서 진행되고 있는 탬파베이 레이스와 보스턴 레드삭스 간의 시리즈 마지막 경기에서, 불문율에 어긋나는 일이 발생했다.

0 - 2의 볼카운트에서 케빈 유킬리스가 기습 번트를 시도한 것이다.

그것도 노히트 게임을 진행 중인 와중에 말이다.

이를 전혀 예상하지도, 대비조차도 하지 않고 있던 탬파베이 레이스의 내야진은 갑작스러운 상황에 발이 꼬였고, 번트 타구는 충분히 안타가 될 만한 시간을 벌어주는 듯했다.

바깥쪽 체인지업에 번트를 가져다 댔기에 1루 쪽으로 번트 타구가 흘렀음에도 불구하고 말이다.

포수가 재빨리 마스크를 벗어던지고는 타구로 뛰어들려고 했으나 그 거리보다도 투수가 처리하기에 더 적합한 위치에 타구가 있었다.

하나 내야수에 비해 수비 훈련이 제대로 갖춰지지 않은 투수가 처리하기는 매우 힘든 위치였다.

가장 확실한 방법은 다이빙 후 송구였으나 투수가 그런 민첩함을 보일 리는 만무했다.

심지어 생각하지도 못한 기습 번트였으니까.

모두의 표정이 썩어가던 그 순간.

믿을 수 없는 장면 하나가 나타났다.

누군가 몸을 던져 번트 타구를 잡더니 불안정한 자세로 1루에 송구를 한 것이었다.

그리고 이 송구를 1루수는 베이스에 발이 붙어 있는 상태로 잡아냈고…….

"아웃!"

완벽한 타이밍에 케빈 유킬리스의 기습 번트 시도는 그렇게 실패로 끝이 났다.

이 엄청난 호수비를 해낸 건 내야수들이 아니었다.

놀랍게도 바로 마운드 위의 투수, 주혁이었다.

그 누구보다도 침착하게 번트 타구를 처리해낸 주혁의 수비에 모두들 경악을 감추지 못했다.

그리고 곧이어 예고된 싸움이 시작되었다.

1루수 케이시 코치맨과 기습 번트를 시도한 케빈 유킬리스 사이에서 언성이 높아지기 시작한 것이었다.

"너 이 X발 새끼, 생각이 있는 놈이냐?"

"너네도 다 잡은 경기에서 열심히 공격했잖아! 우리라고 하지 말아야 할 이유라도 있는거냐? 우리가 X발, 저 애송이 새끼 기록을 위해서 도와줘야 하는 거냐고!"

"이런 X새끼가! 말도 안 되는 소리를. 넌 오늘 내 손에 죽는다, X발놈아!"

케이시 코치맨의 말에 조금도 지지 않고 케빈 유킬리스가 몸을 밀치면서 욕설을 퍼붓기 시작했다.

높아진 언성과 다툼은 끝내 몸싸움으로 이어졌고 벤치 클리어링으로 사태가 확산되었다.

온갖 욕설들이 오고 갔고, 몸싸움은 비단 케이시 코치맨과 케빈 유킬리스 뿐만이 아니라 다른 선수들까지도 가세하면서 그라운드는 그야말로 난장판이 되고 말았다.

이를 보던 팬들 역시도 보스턴 레드삭스의 벤치 안으로 온갖 쓰레기들을 투척하면서 욕설을 해댔고, 아예 경기장으로 달려드는 팬들도 더러 있었다.

혼잡한 상황속에서 탬파베이 레이스의 일부 팀 동료들,

특히 필립 모리스가 주혁을 안전한 곳으로 대피시키면서 이 싸움에 휘말리지 않게끔 했다.

심판들이 말리려고 시도했으나 불이 붙은 벤치 클리어링은 좀처럼 사그라들 기세를 보이지 않고 있었다.

더군다나 선수들뿐만이 아니라 코칭스태프들까지 합류했기에 상황은 더욱 심각해졌다.

결국 해답은 시간이었다.

벤치 클리어링이 길어지자 지친 선수들도 하나둘씩 벤치로 돌아갔고, 상황은 그렇게 정리되어 갔다.

하나 여전히 분노를 삭이지는 못하는 선수들.

그리고 다시 마운드로 향하는 주혁 역시도 이를 빠드득 갈았다.

'내가 만루 홈런 때렸다고 보복을 그따위로 했다고?'

어이가 없었다.

'그러면 만루에서 내가 삼진으로 물러나는 게 도리에 맞는 거냐?'

입 밖으로 터트리고 싶은 발언들을 주혁은 소리 없이 외치고 있었다.

그들의 주장에 따르면, 노히터를 기록 중인 상황에서 그렇게까지 점수를 내야만 했냐는 것이었다.

그리고 그렇기에 그들도 점수를 내고자 기습 번트를 시도했다고 주장했다.

하나 그저 만루 홈런까지 얻어맞은 것이 분하고 굴욕적

이라 기습 번트를 시도한 것이라고 볼 수밖에 없었다.

성격 상, 주혁은 당장이라도 달려가서 마구 욕설을 퍼붓고 싸움에 동참하고 싶었다.

그러나 그는 이를 참았다.

오히려 주혁은 침묵을 선택했다.

어차피 비난이 보스턴 레드삭스에게 쏟아질 것은 너무도 자명한 사실이었다.

하나 이것 때문에 흥분하다가 그만 노히터에 실패한다면?

'최악의 상황이지.'

역사는 보스턴 레드삭스를 비난하겠지만, 그렇다고 역사가 노히터를 달성했다고 기록해줄 리는 만무했다.

즉, 차분하게 노히터를 완성시키는 것이야말로 보스턴 레드삭스를 진정으로 치욕스럽게 만드는 일이라고 주혁은 판단한 것이었다.

그리고 이를 통해 신사적인 선수로 언론에 이미지를 부각시킬 수도 있기에 주혁은 딱히 흥분하지 않은 채 분노를 속으로 삭인 것이었다.

'보복구는 던지지 않는다.'

비신사적인 보스턴 레드삭스와는 다르게 가장 완벽한 노히터를 기록한 투수로 조명 받는 것.

다짐을 견고히 한 주혁이 8번 타자 제이슨 베리텍을 상대했다.

'번트 시도할거면 어디 한 번 해봐. 전부 막아줄 테니까. 근데 아마 못할 걸? 왜냐고?'

주혁의 손에서 초구가 뿌려졌다.

파앙!

"스트라이크!"

"……"

바깥쪽 스트라이크 존 하단에 기막히게 꽂힌 공.

주혁의 입 꼬리가 슬며시 올라갔다.

'100마일(161km)이거든, X새끼들아.'

이 공에 번트를 시도할 생각을 제이슨 베리텍은 하지 않았다.

너무 위력적이어서 공이 밀릴 게 뻔하니까.

'어디 쳐 봐. 치면 내가 깔끔하게 인정해줄게.'

다시금 주혁이 와인드업을 시작했다.

그리고 그의 손에서 떠난 공을…….

부웅!

파앙!

"스트라이크!"

제이슨 베리텍은 건드리지 조차 못했다.

◆

경기의 끝이 눈앞에 놓인 지금.

태평양 건너 한국에서는 들뜬 중계진들의 목소리가 경기 장면과 함께 시청자들에게 전달되고 있었다.

스튜디오 안은 그야말로 축제 분위기가 다름없었다.

마치 금방이라도 폭죽을 터트릴 것만 같은 이 뜨거운 열기 속에서 캐스터 한영준과 해설위원 김동명은 침을 꿀꺽 삼키면서 입을 뗐다.

"이제 9회 초 2아웃 상황. 타석에 9번 타자 마르코 스쿠타로 선수가 들어섭니다."

"이 타자만 잡으면 노히터 확정입니다."

"앞선 제이슨 베리텍을 삼진으로 돌려세우면서 오늘 탈삼진만 14개를 잡아내고 있는 윤주혁 선수가 과연 데뷔 이후 한 경기 최다 탈삼진 기록을 갈아치우면서 노히터라는 대기록을 달성할 수 있을지 기대가 됩니다!"

"달성한다면 한국인 메이저리거 역사 상 최초이자 탬파베이 레이스 구단 역사 상 최초로 노히터를 달성한 투수가 됩니다."

"그렇습니다. 게다가 메이저리그 역사 상 최연소 노히터 달성 기록도 갈아치우게 됩니다."

"한 번에 3개의 기록을 수립하네요. 아, 한 가지 빼먹었네요. 노히터 달성 투수 역사 상 최초로 그랜드슬램까지 기록한 선수로 역사에 이름을 올릴 수도 있습니다."

"하하. 이 외에도 더 다양한 것들이 많겠지만, 노히터를 달성해야만이 수립이 될 수가 있습니다."

"지금 누구보다도 떨리겠지만 침착하게 마지막까지 좋은 피칭 이어가주기를 바랍니다, 윤주혁 선수."

"아! 말씀 드리는 순간 드디어 초구 승부가 시작됩니다. 초구!"

중계 카메라가 와인드업 동작을 취하고 있는 주혁을 포착했다.

조급해하지 않고 힘을 끌어 모은 주혁이 키킹 모션 이후 스트레이트 동작을 가져갔다.

이윽고 그의 손에서 공이 뿌려졌고, 초구는 빠르고 묵직하게 포수 미트로 날아가기 시작했다.

그리고…….

틱!

초구부터 배트를 휘두른 마르코 스쿠타로가 이 공을 파울로 연결시키면서 팽팽한 긴장감을 조성했다.

캐스터 한영준이 말했다.

"초구 파울입니다. 우타자 바깥쪽으로 조금 높게 날아간 초구였습니다. 스피드는 97마일(156km)."

"마르코 스쿠타로 선수가 장타력이 있는 선수는 아닙니다만 교타력이 제법 출중한 선수임에는 틀림없습니다. 타율 0.305가 이를 증명하고 있으니까요."

해설위원 김동명이 숨을 한 번 고르고는 말을 이었다.

"지금으로선 높은 공은 굉장히 위험할 수 있습니다. 차분하게 되도록이면 낮게 피칭을 이어가야 합니다. 제가 보기에는 아무래도 실투였던 것 같은데 침착하게 마음을 가다듬어야 할 것 같습니다."

"그렇군요. 현지 팬들 뿐만이 아니라 국내 이 방송을 시청하고 계시는 수많은 한국 팬들까지 모두가 한 마음으로 응원을 하고 있는 지금, 윤주혁 선수가 이런 부담감을 잊고 끝까지 멋진 피칭을 이어갔으면 좋겠습니다. 이제 2구 째 승부로 이어지겠습니다."

쥐고 있던 로진 백을 내려놓은 주혁이 이내 심호흡을 크게 하고는 포수가 요구한 사인대로 그립을 쥐었다.

마르코 스쿠타로가 타격폼을 취하자, 주혁의 와인드업이 시작되었다.

곧바로 그의 손에서 뿌려진 공.

파앙!

"스트라이크!"

2구 째 패스트볼에는 마르코 스쿠타로가 배트를 휘두르지 못했다.

"스트라이크 콜을 받아냅니다!"

"아주 좋은 볼이었습니다. 바깥쪽 낮은 코스였는데 스트라이크 존에 꽉 차게 들어갔네요. 이런 공을 던져야 합니다, 윤주혁 선수."

"예리하게 꽂힌 99마일(159km)의 강속구로 윤주혁 선수가 이번에도 노볼 2스트라이크의 유리한 볼카운트를 가져갑니다!"

중계 카메라가 사인을 확인하는 주혁의 얼굴을 클로즈 업 했다.

첫 사인에 고개를 절레절레 저은 주혁이 두 번째 사인에 비로소 고개를 끄덕이는 모습이 비춰졌다.

중계 카메라가 이어서 마르코 스쿠타로의 얼굴을 클로즈 업 하자, 캐스터 한영준이 곧장 입을 열었다.

"긴장한 기색이 역력한 마르코 스쿠타로 선수입니다."

땀방울이 주르륵 볼을 타고 흘러내리고 있음에도 마르코 스쿠타로는 이를 닦아내지 않았다.

긴장되는 순간.

"여기서 유인구를 던질 지, 아니면 정면 승부를 이어갈 지······."

해설위원 김동명의 말이 채 끝나기도 전에, 주혁이 와인 드업 동작을 가져갔다.

그리고······.

따악!

묵직한 타격음이 순간 트로피카나 필드를 가득 메웠다.

그러나 타구는 우측 파울 라인 안으로 휘어져 관중석으로 들어갔고, 이를 본 중계진이 그제야 안도의 한숨을 내쉬었다.

"아! 파울입니다, 파울!"

"깜짝 놀랐네요. 제법 큰 타구였습니다."

"바깥쪽 공을 밀어 쳐 본 마르코 스쿠타로 선수입니다."

"95마일(153km)의 투심 패스트볼이었는데 마르코 스쿠타로 선수가 타이밍을 잘 맞췄네요. 위험했던 순간이었습니다."

"두 선수 모두 엄청난 집중력을 보여주고 있습니다. 숨막히는 승부입니다."

예상 외로 마르코 스쿠타로가 허무하게 당하지 않고 잘 버텨주자, 노히터가 실패하기를 바라는 보스턴 레드삭스의 벤치에선 점차 응원의 목소리가 커지기 시작했다.

물론 이는 몇 배의 규모를 자랑하는 탬파베이 레이스의 응원 열기에 파묻혔으나, 타석에 서 있는 마르코 스쿠타로의 귓가에는 충분히 들리고도 남았다.

4구 째 승부가 시작되기 직전.

"마르코 스쿠타로 선수가 타임을 요청합니다."

그가 타석에서 잠시 뒤로 몇 보 물러나더니 장갑을 고쳐 썼다.

그러자 즉각 관중석에서 야유가 쏟아져 나왔다.

하나 마르코 스쿠타로는 아랑곳하지 않고 느긋하게 시간을 끌더니 다시 천천히 타석에 들어섰다.

"윤주혁 선수의 흐름을 끊는 타임이라고 볼 수 있습니다."

"그래도 다시 준비를 잘 하기를 바라봅니다. 마르코 스쿠타로 선수가 타격 자세를 취합니다."

그런데 그 때.

주혁이 갑자기 구심에게 대화를 시도하는 게 아닌가.

무언가를 열심히 말하는 주혁의 모습에 중계진이 살짝 당황했다.

"어……. 어떤 점을 항의하는 걸까요?"

"글쎄요……. 아, 마운드를 가리키는 걸로 봐서 마운드에 무슨 문제가 있는 것 같습니다만."

포수 존 제이소까지 대화에 참여했고, 구심이 마스크를 벗은 채 주혁과 이런저런 이야기를 하다 갑자기 피식 웃더니 이내 제자리로 돌아갔다.

주혁도 더 이상 말을 하지 않고는 묵묵히 마운드 위로 올라간 후 스스로 마운드를 정비하더니 다시 투구 자세를 취했다.

"아무래도 마운드에 문제가 있었던 게 맞는 것 같습니다."

"그렇군요. 잠시 끊겼던 승부가 이제 다시 이어집니다."

재차 사인을 다시 한 번 확인한 주혁이 이내 그립을 쥐었다.

중계진의 목소리만큼이나 큰 관중들의 응원 소리가 들려왔다.

그리고 그와 동시에, 주혁이 천천히 와인드업을 시작했다.

모두가 숨을 죽인 채 5구 째 승부에 집중했고, 주혁의 손에서 뿌려진 공이 포수 미트로 향하는 순간.

"……!"

마르코 스쿠타로의 배트도 반응을 보였다.

우타자 몸쪽으로 다소 높게 날아가는 공.

이윽고 그 찰나의 순간.

승부가 종결되었다.

승자는 바로…….

부웅!

파앙!

"아! 삼진! 삼진입니다!"

"노히터입니다!"

"윤주혁 선수가 해냈습니다. 노히터 대기록 달성! 윤주혁 선수가 메이저리그 역사에 한 페이지를 장식합니다!"

중계진의 멘트와 함께 카메라는 포수 마스크를 벗고 주혁에게 달려가는 존 제이소를 비췄다.

두 사람은 뜨겁게 서로를 끌어안았고, 곧바로 내야수들이 글러브를 허공에 벗어던지고는 하나둘씩 안기기 시작했다.

외야수도 마찬가지였다.

곧이어 중계 카메라가 뛸 듯이 기뻐하는 팬들의 모습을 담아냈고, 함성 소리는 고막을 찢을 듯한 기세로 맹렬하게 트로피카나 필드를 가득 채웠다.

감격스러운 순간.

"역사가 새로 쓰입니다!"

이 열기가 식히기까지는 꽤나 오랜 시간이 걸렸다.

경기가 끝나고, 포털 사이트 '네이브'의 스포츠 뉴스 첫 페이지에 대문짝만하게 기사가 하나 실렸다.

「윤주혁, 노히터 대기록 달성!」

[윤주혁(21, 탬파베이 레이스)이 메이저리그 역사를 다시 썼다.

1일(이하 한국시간) 미국 플로리다주 트로피카나 필드에서 열린 탬파베이 레이스와 보스턴 레드삭스 간의 시리즈 마지막 경기에서 윤주혁이 9이닝 무실점 무안타 1사구 15K의 환상적인 투구를 선보이며 구단 역사 상 첫 노히터이자 생애 첫 완투와 노히터를 동시에 기록했다.

이 날 경기에서 윤주혁은 5회까지 퍼펙트 게임을 이어가다가 6회, 제이슨 베리텍에게 몸에 맞는 공을 허용하면서 아쉽게도 퍼펙트 게임이 무산되고 말았으나 이후 마르코 스쿠타로를 상대로 병살타를 만들어내면서 노히터 게임을 이어갔다.

그러던 8회 말, 윤주혁은 무사 만루의 찬스에서 시즌 30호 홈런을 그랜드슬램으로 장식하면서 점수 차이를 8 - 0으로 벌리는 데 성공했다.

여기까지는 흐름이 매우 좋았다.

그러나 9회 초, 선두 타자 케빈 유킬리스가 0 - 2의 볼

카운트에서 기습 번트를 시도했고 노히터 도전은 그렇게 위기를 맞는 듯했다.

하나 주혁이 놀라운 호수비로 케빈 유킬리스를 아웃으로 잡아내면서 위기를 넘겼다. 집중력이 돋보이는 장면이었다.

곧바로 벤치 클리어링이 일어났고, 상황이 정리가 된 이후 다시 마운드에 선 윤주혁은 이어서 제이슨 베리텍과 마르코 스쿠타로를 연이어 삼진으로 잡아내면서 노히터를 달성시키는 데 성공했다.

이로서 탬파베이 레이스 창단 역사 상 첫 노히터를 달성한 투수로 역사에 이름을 남기게 된 윤주혁은 한국인 메이저리거 최초로 노히터를 달성한 선수로도 역사에 남게 됐다.

여기에 추가로 최연소 노히터 달성 투수라는 기록까지 다시 세우면서 윤주혁은 자신의 진가를 더욱 드높이는 데 성공했다.

윤주혁은 "마음을 비우고 던졌다. 운이 좋았다"라고 인터뷰를 통해 노히터 달성에 대한 소감을 밝혔다.

탬파베이 레이스의 감독 조 매든 역시도 주혁의 노히터를 크게 칭찬하면서 "그는 현존하는 메이저리그의 역사와 같다. 앞으로 그가 더 써내려갈 역사는 많을 것"이라며 윤주혁에 대한 기대를 감추지 않았다.

한편 기습 번트 논란에 대해서 보스턴 레드삭스의 테리

프랑코나 감독은 "비겁하다고 생각하지는 않는다. 우리는 끝까지 승리를 위해 싸운 것 뿐"이라고 답했으나 "오늘 그를 막을 수는 없었다. 그는 가장 완벽한 노히터를 달성했다"라며 윤주혁의 활약상을 인정했다.

윤주혁은 이로서 이번 시즌 프란시스코 리리아노(미네소타 트윈스), 저스틴 벌랜더(디트로이트 타이거즈), 어빈 산타나(LA 에인절스)에 이어 4번째 노히터 달성 투수가 됐다.

이는 메이저리그 역사 상 251번째 노히터 기록이자 비미국인 투수 가운데선 15번째 노히터 기록이다(아시아의 노모 히데오가 2번의 노히터를 기록한 바 있다).

윤주혁은 오늘 활약으로 시즌 14승과 30홈런을 기록했다. 평균 자책점은 2.33에서 2.20으로 낮췄다.]

〈 KS미디어 임건욱 기자 〉

– [속보] 대한민국 주모들 모두 과로사로 응급실 행…

– 오늘 경기보고 팬티 20장 갈아입었다. 집에 남는 팬티가 없다ㅜㅜ 내 팬티 물어내…ㅜㅜ

– 와…진짜 지린다…딱히 표현할 단어가 떠오르질 않네…

– 이제까지는 그냥 무덤덤했는데 이건 온몸에 소름이 돋네…진짜 한국인 맞음?

– 타격이면 타격, 수비면 수비, 투구면 투구, 심리전이면 심리전. 뭐 하나 빠지지 않는 완벽한 경기였다.

- 어린 나이답지 않게 진짜 침착하네…

　그리고 이 날 이후, 대한민국 모든 포털 사이트 검색 순위에는 온통 주혁의 노히터 달성에 대한 검색어로 가득 채워졌다.

　이는 다음 날이 되어도 여전히 유지되었다.

　주혁에 대한 국민들의 뜨거운 관심 속에 특히나 바빠지는 사람들이 있었으니…….

　"네, 알겠습니다. 일단 만나서 이야기하시죠."

　"대표님! 한동건설 마케팅부서에서 연락이 왔습니다."

　"일단 보류해둬요. 아이고, 숨 쉴 틈이 없네."

　바로 라온 스포츠 에이전시의 사무실이었다.

◆

　노히터.

　생애 처음이자 과거에도 그저 벤치 또는 3루 베이스에서 바라보기만 했었던 그 노히터를 직접 두 손으로 이뤄냈다는 사실은 하루가 지나서도 주혁에게는 다소 낯설게만 느껴졌다.

　마치 꿈같은 그 날의 기억들.

　분명 그 때는 그다지 떨리지 않았으나 막상 하루가 지나고 나자 떨림은 오히려 더 크게 다가오고 있었다.

'만약 거기서 안타를 맞았더라면?'

성공했는데도 불구하고 그 아찔했던 위기의 순간들을 떠올리면 괜히 심장이 두근거렸다.

사실 모든 공들이 다 완벽하게 포수 미트에 꽂히지는 않았다.

'그래서 노히터는 운이 필요하다는 거군.'

과거, 투수들이 해줬던 말이 그제야 실감이 났다.

운도 필요한데다 야수들의 집중력과 호수비가 함께 어우러져야 비로소 완성되는 대기록.

단순히 혼자서 만들어내는 타자 기록과 다른 점이 바로 이런 부분들이었다.

'여기에 나는 기습 번트까지 직접 호수비를 했으니까……'

100% 운이라고 치부하기에는 조금 억울한 부분도 있긴 했다.

하나 어찌 되었든 가장 완벽한 노히터를 기록했다는 것에는 틀림없었다.

결과적으로 모든 게 뛰어났고, 중요한 순간에 보스턴 레드삭스를 처참하게 무너뜨리면서 1위 자리를 굳건히 다질 수 있는 기회가 찾아왔다.

'이제 이걸 쭉 지키는 것만 남았다.'

여기까지 올라온 것도 새삼 놀라웠다.

주전급 선수들의 대거 이탈.

그럼에도 불구하고 팜 시스템을 통해서 부족한 전력을 메꾸고, 팀 분위기가 가라앉을 때면 꼭 자신이 아니더라도 다른 선수들이 결정적인 역할을 해내면서 지금 이렇게 1위 자리까지 올라오게 된 탬파베이 레이스.

물론 주혁, 본인의 활약이 가장 크긴 했으나 변화된 팀 모습은 나름 만족스러웠다.

다만 아직 시즌이 끝난 것은 아니기에 결코 마음이 편안하지만은 않았다.

게임 차가 조금은 벌어지긴 했어도 언제든 다시 역전될 가능성은 충분했다.

이제 얼마 남지 않은 시즌 종료 때까지, 이 분위기를 잘 유지하는 게 지금으로선 가장 중요한 부분이었다.

'가능하다.'

불과 몇 달 전만 해도 우승 가능성을 그다지 높게 보지 않았던 주혁이 이제는 무척이나 긍정적인 시각으로 우승 가능성을 높게 평가하고 있었다.

'그나저나 배고프다.'

때마침 배꼽시계가 요란하게 울리기 시작했다.

'생각해보니까 오늘 한 끼도 안 먹었군.'

아침에 일어나서 호텔 내에 있는 트레이닝 짐에서 유산소 운동을 하고 온 주혁은 딱히 배가 고프지가 않아서 점심시간이 다 될 때까지 물을 제외하곤 그 어떤 음식도 섭취하지 않고 있었다.

노히터를 달성했다는 사실에 아침까지는 배가 불렀기 때문이었다.

그러나 그 만족감도 결국은 생리적인 요소를 끝내 이기진 못했다.

주혁이 태블릿 PC를 들고는 주방으로 향했다.

냉장고 문을 연 후, 내키는 대로 무작정 재료들을 꺼낸 주혁은 10분 만에 제법 맛있어 보이는 음식을 뚝딱 만들어 냈다.

이래봬도 자취 경력만 20년이 넘는다.

조금은 늦은 점심 식사를 하면서 주혁은 태블릿 PC를 키고는 포털 사이트 '네이브 '에 접속했다.

자신과 관련된 기사들을 꼼꼼히 읽어본 주혁은 연신 피식거렸다.

노히터 달성의 파급 효과는 실로 굉장했다.

그 어떤 포털 사이트에 들어가 봐도 검색 순위 1위는 온통 자신의 이름으로 도배가 되어 있었다.

뿌듯했다.

'타자로서가 아니라 투수로서 내 이름 옆에 노히터가 있다니!'

과거에는 상상하지도 못했을 일들이 눈앞에 펼쳐지고 있다는 사실에 주혁의 입가에선 좀처럼 미소가 끊이지 않고 있었다.

접시들을 모두 비운 주혁이 곧장 설거지를 마치고는 주

방을 깨끗하게 정리해두고는 다시 쇼파로 향했다.

오래된 자취 경력 덕분에 이런 깔끔한 뒤처리까지 몸에 배인 것이었다.

그 어느 누구라도 남자 혼자 사는 집이라고는 믿지 않을 것만 같이 집 안은 상당히 깔끔했다.

흐뭇하게 방 내부를 훑어본 주혁이 쇼파에 몸을 맡겼다.

비록 자신의 집은 아니었으나 그래도 더럽게 사는 건 싫은 주혁이었다.

'다 좋은데 옆구리가 좀 시리다.'

40대에 접어들고 나서부터는 이성에 대한 관심이 자연스럽게 뚝 끊겼으나(몸에 문제가 있는 건 아니었다), 이렇게 혈기왕성한 몸으로 돌아온 지금은 피가 들끓고 있었다.

하나 인연을 찾기란 쉽지가 않았다.

물론 접근을 해오는 여성들이 있긴 했다.

직접적이진 않지만, 몇몇 여성 연예인들이 방송을 통해 이상형으로 자신을 지목하기도 했고 실제로 연락이 오는 경우도 있었다.

그 중에는 유명 아이돌도 있었고, 배우 또는 가수도 있었다.

그러나 주혁은 이런 접근을 모두 정리해버렸다.

그리고는 보다 철저하게 자신의 정보에 대해서 비밀에 부쳐줄 것을 라온 스포츠 에이전시에게 부탁했다.

처음에는 대표 김창섭이 다소 의아해 했지만 일처리를 잘 하는 그답게 이후 더 이상 연락처를 알아내서 개인적인 연락을 하는 일은 없어졌다.

'연예인은 스포츠 선수가 반드시 피해야 할 존재다.'

과거의 경험들을 토대로 이 진리를 깨달은 주혁은 그들과의 접촉 자체를 꺼려했다.

득이 되지도 않을 뿐더러 주혁은 지금 자신에게 힘이 되어줄 누군가와의 만남을 바라고 있었다.

그런 그에게 연예인은 결코 힘이 되어줄 만한 존재라고 보기는 어려웠다.

매스컴에 이름이 오르락내리락 하는 것도 싫고, 야구를 하는 것에 있어 방해를 받기도 싫었다.

귀찮은 건 딱 질색이다.

지금은 그저 투수로 뛰고 있다는 그 자체만으로도 하루하루가 즐겁고 기쁜데다 오로지 야구에 대해서만 언론에 이름이 나오기를 주혁은 바랬다.

태블릿 PC를 끈 주혁이 이내 이런 생각들을 정리하고는 지워버렸다.

'당장 시급한 것부터 신경 쓰자.'

지구 우승.

최연소 시즌 MVP 수상.

최연소 사이영상 수상.

'이룰 게 많다.'

주혁이 천천히 쇼파에서 일어났다.

어제 힘을 좀 많이 썼던 탓에 조금은 피로감이 느껴졌다.

하나 그렇다고 몸을 제대로 가누지 못할 수준은 아니었다. 약간 피로한 정도?

'어차피 오늘은 휴식이니까…….'

내심 약간의 걱정이 되기는 했으나 건강관리가 최우선이기에 주혁은 무리하지 않고자 했다.

다만 상대가 하필이면 중부지구 1위 팀인 디트로이트 타이거즈라는 게 조금의 불안함을 주고 있었다.

'그래도 홈이고 투수가 제임스 쉴즈니까 이길 가능성은 충분하다.'

홈에서 만큼은 누구보다도 위력적인 탬파베이 레이스다.

주혁이 간단히 씻고는 겉옷을 챙겨 입고 호텔 방을 나섰다.

차에 시동을 건 후, 곧바로 트로피카나 필드로 향한 주혁은 자신보다 먼저 출근한 선수들을 보고는 씩 웃었다.

'다들 열정적이구만.'

그들도 알고 있었다.

지금이야말로 우승을 차지할 수 있는 가장 좋은 시기라는 것을 말이다.

그래서인지 일찍 출근을 하지 않는 선수들도 여럿 보였다.

대표적인 선수가 바로 에반 롱고리아였다.

제 시간에 딱 맞춰 출근하는 에반 롱고리아가 근래 들어 일찍 경기장에 출근하여 몸을 풀곤 했다.

아무래도 타율이 지난 시즌에 비해 많이 떨어졌기에 훈련의 필요성을 크게 느낀 모양이었다.

락커룸에서 옷가지들을 챙기던 에반 롱고리아가 주혁을 보고는 환하게 웃으며 다가왔다.

"오늘도 일찍 왔네? 오늘은 좀 쉬지."

"뭐 딱히 할 게 없으니까……."

"뭔가 슬픈 말이군 그래."

"익숙해. 혼자 지내는 거."

"눈에 고인 눈물부터 닦고 나서 말해, 윤……."

에반 롱고리아의 농담에 주혁이 피식거렸다.

"그나저나 완투는 처음 한 건데 안 피곤해?"

"딱히?"

"대단하다, 대단해. 다른 투수들은 등판 다음 날은 포크도 제대로 못 들던데. 더군다나 완투면 더더욱."

"글쎄……. 그냥 평소하고 다를 바 없어. 뭐 부모님께서 너무 좋은 몸을 물려주신 덕분이라고나 할까."

"갑자기 네 부모님이 뵙고 싶어지는 군."

에반 롱고리아의 눈빛에선 기대감이 일렁였다.

"보면 아마 깜짝 놀랄 거야."

"왜? 너처럼 엄청나서서?"

그의 물음에 주혁이 그저 웃기만할 뿐 대답은 하지 않았다.

그러자 에반 롱고리아가 즉각 옆에 있던 션 로드리게스에게 말을 걸었다.

"션! 윤의 부모님이 두 분 다 운동선수시래. 아마 아버지는 미식축구를 하신 것 같아."

음?

'왜 이야기가 갑자기 그렇게 흐르는 거지?'

주혁이 살짝 당혹스러워하자, 마치 즐기기라도 하듯 션 로드리게스가 입을 열었다.

"정말로? 어쩐지 체력이 괴물 같더라. 근데 아시아에서도 미식축구를 하나?"

"하겠지? 하니까 저런 아들이 나오지 않았을까?"

"그럼 어머니는?"

"아마……, 레슬링?"

"……"

숙연해지는 두 사람.

"너네 그러다 내 손에 죽는다."

주혁이 장난으로 정색하면서 말하자 그제야 션 로드리게스와 에반 롱고리아가 씩 웃으면서 말했다.

"장난이야, 윤."

"진짜 궁금하기는 하다. 미국에는 안 오시는 거야?"

션 로드리게스의 물음에 주혁이 고개를 끄덕거렸다.

"아쉽군."

"이번 시즌 끝나면 휴가를 한국으로 갈까?"

"흠…… . 나쁘지 않은데?"

"가는 김에 윤의 부모님과 미식축구랑 레슬링도 하고."

킥킥 웃는 두 사람.

주혁이 곧바로 락커룸에 있던 배트를 집어 들었다.

"젠장. 도망쳐!"

락커룸 분위기는 이보다 더 화목할 수 없었다.

◆

디트로이트 타이거즈와의 시리즈 첫 경기를 앞둔 지금.

장난 끼 가득했던 얼리 워크(Early Work) 전과는 다르게, 에반 롱고리아와 션 로드리게스를 비롯하여 모든 선수들의 표정은 무척이나 진지해져 있었다.

이윽고 경기 시작을 위해 오늘의 선발 투수 제임스 쉴즈가 마운드 위로 걸어갔고, 야수들이 각자 포지션에 자리를 잡은 후 서로 공들을 주고받으며 마지막 점검을 끝마쳤다.

곧이어 구심이 대기 타석에서 기다리고 있던 디트로이트 타이거즈의 1번 타자 오스틴 잭슨을 불렀고, 그가 타석에 서자 비로소 경기가 시작되었다.

그리고 벤치에서 입을 굳게 다문 채 제임스 쉴즈에게 시선을 고정시킨 주혁이 속으로 생각했다.

'첫 이닝부터 분위기를 잡고 가야된다.'

강팀답게 막강한 타선을 보유한 디트로이트 타이거즈를

상대로 흐름을 확실하게 가져가기 위해서는 초반 타자들의 기선 제압은 필수였다.

'일단 오늘 컨디션은 좋다고 했으니까⋯⋯.'

따로 그와 대화를 주고받지는 않았으나, 투수코치 애런 루이스가 조 매든 감독과 이야기를 나누는 걸 얼핏 들은 주혁이었다.

분명 제임스 쉴즈에 대한 긍정적인 이야기들이 오고 갔었다.

'요새 워낙에 잘 해주고 있기도 하고.'

1선발 투수인 데이비드 프라이스보다도 더 돋보이는 시즌을 보내고 있는 제임스 쉴즈이기에 큰 걱정은 되지 않았다.

특히나 투심 패스트볼의 제구를 이번 시즌 잘 잡으면서 위력적인 투구 내용을 보여주고 있는 제임스 쉴즈였다.

이닝 이터.

주혁은 그 면모가 어김없이 발휘되기를 바랄 뿐이었다.

때마침 초구 사인을 확인한 제임스 쉴즈가 드디어 와인드업을 시작했다.

그리고 곧바로 그의 손에서 공이 뿌려졌다.

파앙!

"스트라이크!"

우타자 바깥쪽 모서리에 꽉차게 들어간 초구는 제법 묵직했다.

94마일(151km)의 스피드.

오스틴 잭슨은 이 초구에 배트를 휘두르지 못했다.

'나쁘지 않은 시작이다.'

초구 스트라이크를 잡아내는 데 성공하면 승부를 보다 유리하게 끌고 갈 수가 있다.

어제 경기에서 주혁이 보스턴 레드삭스를 상대로 노히터를 기록했을 때에도 27타석 가운데 20타석의 승부에서 초구 스트라이크를 잡아냈었던 만큼 이는 상당히 중요한 부분이었다.

이어지는 2구 승부.

틱!

투심 패스트볼을 때려낸 오스틴 잭슨의 타구가 3루수 에반 롱고리아의 정면으로 떼굴떼굴 굴러갔다.

이를 에반 롱고리아는 부드럽게 잡아내고는 즉시 1루에 빠른 송구를 가져갔고, 발 빠른 첫 타자를 무사히 잡아내는 데 성공했다.

여기까지 주혁이 보았을 때 오늘 경기는 무난하게 흘러갈 것만 같았다.

제임스 쉴즈의 컨디션이 이 정도라고만 판단한 것이었다.

그러나 2번 타자에 이어 3번 타자까지, 그리고 2회 초 중심 타선과 3회 초 하위 타선까지 제임스 쉴즈가 상대하는 모습을 보자 주혁의 얼굴에는 점차 놀라움이 번지기 시작했다.

그럴 수밖에 없었다.

부웅!

파앙!

"스트라이크 아웃!"

9타자 상대로 5K 0피안타 0볼넷.

제임스 쉴즈의 컨디션은 그야말로 환상적이었으니까.

◆

전세계 야구 역사를 뒤져봐도 개인 기록이 아닌 팀 기록으로서의 두 경기 연속 노히터는 단 한 번도 나오지 않은 기록이다.

개인이 노히터를 달성하는 것 자체만으로도 무척이나 어려운데 팀 내 두 명의 투수가 연속으로 노히터를 달성한다는 것은 불가능에 가까운, 아니 그냥 불가능하다고 봐도 무방하다.

그러나 지금.

이곳 트로피카나 필드에서는 이 불가능한 기록에 대한 도전이 진행되는 중이었다.

바로 전 경기에서 보스턴 레드삭스를 상대로 구단 역사상 첫 노히터를 기록한 주혁에 이어서 오늘 디트로이트 타이거즈를 상대로 제임스 쉴즈가 6회까지 노히터를 기록하고 있었다.

5회, 아쉽게도 선두 타자였던 디트로이트 타이거즈의 4번 타자 미겔 카브레라를 상대로 볼넷을 내주면서 퍼펙트 게임 도전은 그렇게 무산이 되었으나 주혁과 마찬가지로 노히터 게임은 여전히 이어지고 있는 상태였다.

'내 노히터가 팀 분위기를 확실히 바꿔줄 수 있을거라고는 생각했지만 그게 이 정도일 줄이야······.'

벤치에서 이를 지켜보던 주혁의 표정에선 경이로움이 한가득 묻어 있었다.

지금 그가 보고 있는 탬파베이 레이스는 이전과는 사뭇 다른 느낌을 주고 있었다.

완벽한 조직력.

단 한 순간도 흐트러지지 않는 고도의 집중력.

무엇보다도 마운드 위의 제임스 쉴즈의 피칭에는 자신감이 한껏 배여 있었다.

비단 제임스 쉴즈 뿐만이 아니었다.

내, 외야를 가리지 않고 야수들 모두 뛰어난 수비를 보여주고 있었고, 애매한 타구들을 호수비로 아웃 처리를 해내면서 6회까지 노히터 기록을 유지시켜주고 있었다.

'뭔가 내 노히터 경기와는 확실히 다르다.'

물론 그 때도 야수들의 수비는 훌륭했다.

그러나 지금처럼 빈틈이 보이지 않을 정도는 아니었다.

수비에 있어서 메이저리그 구단들 가운데 뛰어난 편에 속하는 탬파베이 레이스이지만, 지금 이 플레이들은 단언

컨데 세계 최고 수준이었다.

군더더기 하나 없이 깔끔한 처리들.

여기에 조 매든의 수비 시프트까지.

'이 정도면 월드시리즈 우승도 가능하겠는데?'

지난 시즌과는 엄청난 차이다.

시즌 중간에도 몇번 완성도가 높다는 생각을 하긴 했었
으나 지금처럼 두 눈이 휘둥그레질 정도는 아니었다.

'내 노히터 때는 내가 주로 삼진으로 잡아내서 그렇다고
쳐도……'

4회부터 삼진 아웃 대신 주로 내야 땅볼이나 플라이 아
웃으로 아웃카운트를 채우고 있는 제임스 쉴즈의 피칭.

이러한 피칭이 지금까지 노히터로 이어지는 데에는 야수
들의 수비 집중력이 큰 몫을 차지하고 있다고 해도 결코 과
언은 아니었다.

경기에 뛰고 있지도 않은 데도 불구하고, 주혁의 심장은
요동치고 있었다.

그것은 기대감이었다.

'단순히 지구 우승이 아니라 더 큰 목표까지도 바라볼
수 있겠다.'

월드시리즈 우승.

모든 야구 선수들의 꿈.

그 반지를 얻기 위한 여정에 탬파베이 레이스는 충분한
자격을 갖추고 있는 듯했다.

'이 정도라면 쉽게 무너질 리가 없지.'

탄탄한 마운드에 엄청난 수비까지.

'타선만 터지면 딱인데…….'

이 생각을 하고 있을 즈음.

따악!

바라는 대로 모든 것들이 차례차례 이뤄지고 있었다.

◆

홈 베이스를 밟고 벤치로 들어오는 필립 모리스의 얼굴은 무척이나 밝았다.

선수들과 하이파이브를 하며 미소를 짓는 필립 모리스에게 주혁은 넌지시 축하의 말을 건넸다.

"20홈런 달성 축하한다."

"고마워, 윤."

"정말 필요한 순간에 때린 홈런이었어."

0 - 0의 팽팽한 균형을 깨버린 홈런.

방금 전 6회 말, 1사 1루 상황에서 필립 모리스가 2점짜리 홈런을 때린 것이었다.

이로서 2 - 0으로 앞서나가는 데 성공한 탬파베이 레이스.

이는 무척이나 필요한 점수였다.

특히나 노히터 달성에 있어서는 더더욱 말이다.

주혁의 말에 필립 모리스가 씩 웃었다.

"운이 좋았지. 한 가운데로 들어온 실수였는데, 뭐."

"그래도 그걸 때려서 담장 밖으로 날려 보낸 건 능력이야."

"나보다 홈런을 10개 더 친 네가 칭찬해주니까 괜히 부끄럽네."

필립 모리스가 장갑을 벗고는 주혁의 옆자리에 나란히 앉았다.

이온음료를 한 모금 들이킨 필립 모리스가 슬쩍 제임스 쉴즈를 바라보다가 이내 시선을 돌렸다.

그리고는 주혁의 귓가에 조용히 속삭였다.

"2점이긴 해도 제임스의 어깨가 조금은 가벼워졌겠지?"

"물론이지."

"다행이다. 제임스도 오늘 노히터 달성했으면 좋겠는데……."

"해낼 수 있을거야. 지난 시즌의 제임스가 아니잖아."

주혁의 말에 필립 모리스가 천천히 고개를 끄덕거렸다.

"솔직히 혼자서 그 중압감을 견뎌내는 걸 보면 정말 대단한 것 같아. 지난 번 너 역시도 그랬고."

메이저리그에는 대기록(노히터 또는 퍼펙트 게임)에 도전 중인 투수에게 그 대기록에 해당되는 단어를 발설하지 않는다는 불문율이 존재한다.

부담을 주지 않게끔 하기 위해서다.

응원이 필요하기도 하지만 그만큼 그 기대감이 대기록에 도전 중인 투수의 어깨를 무겁게 만들 수도 있기 때문이다.

이러한 까닭에 선수들은 지금 제임스 쉴즈에게 말을 붙이지 않고 있었다.

단 한 사람, 포수 존 제이소를 제외하고 말이다.

"존도 경험이 있으니까 잘 리드해줄거야."

"하긴. 그것도 바로 전 경기에서 노히터를 도운 포수이기도 하니까."

"지금 우리가 해줄 수 있는 건, 나는 묵묵히 마음속으로 응원해주는 것이고 너는 외야하고 타석에서 네 몫만 해주면 돼. 그것만으로 충분할거야. 나머지는 전부 투수의 몫이니까."

노히터를 달성한 주혁이기에 이런 말을 꺼낼 수가 있었다.

필립 모리스가 고개를 끄덕거리더니 이내 그라운드로 시선을 돌렸다.

틱!

때마침 7번 타자 션 로드리게스의 타구가 유격수에게로 굴러가면서 내야 땅볼로 아웃이 되고 말았다.

2아웃 상황.

제임스 쉴즈가 자리에서 일어났다.

주혁도 시선을 주지 않는 척하면서 제임스 쉴즈를 힐끗 쳐다보았다.

'표정이 아까보다는 낫네.'

분명 지금 필립 모리스에게 고마움을 느끼고 있을 거라고 주혁은 생각했다.

그만큼 이러한 점수들이 조금이나마 어깨에 놓여진 무거움을 잊게끔 해주니까.

'뭐 나는 4점에 내가 때린 그랜드슬램으로 편안했지만……'

아직은 2점 차다.

좀 더 여유를 가지기 위해서는 이보다 더 점수 차이가 벌어져야 한다.

더군다나 점수 차이가 별로 나지 않을 경우, 상대 팀이 기습 번트를 시도할지도 모른다.

물론 지난 경기처럼 8점 차 상황에서의 기습 번트는 매우 비신사적이긴 하지만, 점수 차이가 얼마 나지 않을 때는 출루 하나가 경기의 판도를 바꿀 수도 있기에 비난을 감수하고서라도 행할 가능성이 높았다.

'조금만 더 점수가 터져주면 딱 좋은데.'

현재 타석에 서 있는 8번 타자 존 제이소에게로 주혁의 시선이 향했다.

'오늘 코치맨의 컨디션이 좋으니까……'

여기서 존 제이소가 출루에 성공한다면, 비록 2아웃 상황이지만 1점이라도 더 챙길 수 있을 것으로 주혁은 보고 있었다.

그리고…….

따악!

존 제이소의 타구가 중견수 앞에 뚝 떨어지면서 바라던 안타가 터졌다.

'흐름이 확실하게 우리 쪽으로 넘어와 있다.'

주혁이 기립박수를 보내고는 이내 다시 자리에 앉았다.

이어서 9번 타자 케이시 코치맨이 타석에 들어섰다.

이윽고 잠시 후.

따악!

컨디션이 매우 좋은 케이시 코치맨의 배트 스피드는 무척이나 빨랐고, 그가 때린 타구가 파울 라인 부근으로 향하면서 우익수가 잡기 어려운 쪽으로 떨어지기 시작했다.

파울이 될 것 같지는 않았다.

그러나…….

"……!"

놀랍게도 이 어려운 타구를 우익수 브레넌 보쉬가 몸을 던져 잡아내는 게 아닌가.

이 엄청난 호수비에 주혁이 씁쓸하게 입맛을 다셨다.

정말 잘 친 타구였음에도 불구하고 끝내 안타가 되지 못한 타구.

벤치로 돌아오는 케이시 코치맨의 표정에는 아쉬움으로 가득 차 있었다.

'강팀은 강팀이다.'

아직 단 한 개의 안타도 때려내지 못하고 있으나 디트로이트 타이거즈 선수들의 집중력은 여전히 돋보였다.

'2점 차는 해볼 만 하다고 여기는 거겠지.'

주혁이 마른 침을 삼켰다.

곧이어 다시 마운드 위로 올라온 제임스 쉴즈.

7회 초.

선두 타자로 2번 타자 라이언 레이번이 타석에 들어섰다.

'그래도 2점 차 앞서 있으니까 문제없겠지.'

어찌 되었든 이기고 있기에 주혁은 제임스 쉴즈가 무리 없이 7회도 깔끔하게 타자들을 아웃시킬 수 있을 거라고 믿었다.

그런데…….

퍼억!

둔탁한 소리가 울려 퍼졌다.

제임스 쉴즈의 초구가 그만 라이언 레이번의 엉덩이를 맞추고 만 것이었다.

라이언 레이번이 배트를 내려놓고는 1루 베이스로 향했다.

'음……. 이건 좀 좋지 않은데…….'

하필이면 노아웃에서 선두 타자 출루 허용이라니.

디트로이트 타이거즈의 벤치에서는 3번 타자 델몬 영에게 번트 사인을 지시했고, 이에 준비를 미리 하고 있던 포수가 번트 타구를 곧장 잡아서 1루에 던져 일단 타자 주자를 아웃시키는 데까지는 성공했다.

하나 득점권에 주자를 내보내고 만 상황.

더군다나 다음 타자가 단 한 개의 삼진도 당하지 않고 타구를 모두 외야로 날려 보냈던 4번 타자 미겔 카브레라인지라 조금의 불안함이 엄습해오기 시작했다.

곧이어 시작된 승부.

파앙!

"스트라이크!"

초구는 괜찮았다.

바깥쪽 코스에 잘 걸친 92마일(148km)짜리 투심 패스트볼에 미겔 카브레라는 반응하지 못했다.

초구 스트라이크 성공.

'일단은 유리하다.'

주혁이 어느새 자리에서 일어나 경기를 지켜보고 있었다.

그리고 이어지는 2구.

부웅!

파앙!

"스트라이크!"

기막히게 우타자 바깥쪽으로 낮게 휘어진 슬라이더에 미겔 카브레라의 배트가 허공을 갈랐고, 0 - 2의 유리한 볼 카운트가 만들어졌다.

이제 침착하게 마지막 스트라이크 하나만 잡아내면 끝나는 승부.

'카브레라를 잡으면 절반은 이긴 거나 다름없지.'

다음 타자가 빅터 마르티네스라는 훌륭한 타자이기는 하지만 오늘 삼진 하나 땅볼 하나로 아웃된 바 있기에 미겔 카브레라만큼 위협적으로 느껴지지는 않았다.

사인을 확인한 제임스 쉴즈가 슬라이드 스텝 동작을 가져갔다.

그런데…….

"……?"

유인구로 던진 커브가 미트에 닿기도 전에 바닥에 먼저 부딪히는 게 아닌가.

포수 존 제이소가 재빨리 블로킹을 시도했으나 결국 폭투로 이어졌고, 2루 주자 라이언 레이번이 3루 베이스에 무사히 도착하면서 1사 3루의 위기가 찾아오고야 말았다.

'외야 플라이가 나오면 바로 실점이다.'

안타가 아니기에 노히터가 깨지지는 않지만, 다소 불명예스러운 노히터가 될 수도 있다.

게다가 실점 이후 멘탈이 흔들릴 경우 자칫 잘못하면 안타를 허용할 수도 있기에 이는 가장 큰 위기나 다름없었다.

제임스 쉴즈가 애써 침착하게 공을 던졌으나…….

따악!

오로지 멀리 타구를 날려 보내고자 마음먹은 미겔 카브 레라의 배트에 공이 맞고 말았고, 타구는 그렇게 우익수 필 립 모리스에게로 날아가 버렸다.

잡는 순간, 라이언 레이번이 홈으로 달려들 게 자명했다.

타구가 멀리 날아가지는 않았으나 충분히 득점에 성공할 수 있을 정도의 비거리였다.

잠시 후.

"달려!"

필립 모리스가 포구를 하자마자 3루 코치가 라이언 레이 번에게 소리쳤다.

즉시 뛰기 시작하는 라이언 레이번.

그리고 그 순간.

슈웅!

멀리서 빠르고 정확한 송구가 날아오기 시작했다.

'어?'

주혁의 눈동자가 커졌다.

빨랫줄 같은 송구.

필립 모리스가 던진 이 송구가 포수 미트에 들어옴과 동 시에 라이언 레이번의 슬라이딩도 시작되었다.

그리고 존 제이소의 홈 블로킹과 라이언 레이번의 홈 플 레이트 터치가 엇비슷한 타이밍에 이뤄졌고 이를 두 눈 뜨 고 지켜본 구심이 결정을 내렸다.

어쩌면 경기의 판도를 바꿀 수도 있는 결정.

모두가 숨을 죽인 채 그 판단을 기다렸고, 곧바로 구심이 선택을 내렸다.

결과는 바로…….

"아웃!"

아웃이었다.

◆

어시스트.

일명 보살(補殺)이라고 불리는 이 기록은 공격 측 플레이어를 아웃시킬 수 있도록 동료 야수를 도와주는 플레이의 기록상 용어다.

주로 내야수들이 많은 어시스트를 기록하는 편이고, 외야수들에게는 그다지 흔하지 않은 기록이다.

그만큼 자주 볼 수 있는 것은 아니지만, 외야수들의 어시스트는 경기의 흐름에 있어 때로는 크나큰 역할을 하기도 한다.

특히나 홈으로 뛰어드는 주자를 잡아내는 데 성공했을 경우, 상대팀 분위기를 빼앗아 오기도 한다.

세이프로 한 점 올릴 수 있는 기회를 송구 하나로 놓치게 되는 셈이니 말이다.

'여기서 저렇게 좋은 송구를 던질 줄이야.'

방금 전, 우익수 필립 모리스가 보여준 홈 송구에 주혁의 입이 다물어지지 않고 있었다.

그럴 수밖에 없었다.

너무도 정확하고 빠른 송구였으니까.

'원래 저렇게 어깨가 좋았나?'

기억 상으로 수비를 잘하기는 했으나 송구에 있어서는 조금 부족한 면모를 보였던 필립 모리스였다.

그러나 과거로 돌아온 지금.

필립 모리스의 송구는 그 때의 기억과는 확연한 차이를 보여주었다.

'동일 인물이 맞나 싶을 정도다.'

시즌 중에도 종종 좋은 송구를 던지긴 했었던 필립 모리스이지만 이처럼 완벽한 송구는 처음 보는 주혁이었다.

나날이 발전해가는 필립 모리스의 기량.

'오늘 제임스 쉴즈 다음으로 제일 돋보이네.'

0 - 0의 균형을 무너뜨리는 2점짜리 홈런에 이어서 홈 보살까지 성공시킨 필립 모리스의 활약은 눈에 띄지 않을 수가 없었다.

제임스 쉴즈도 필립 모리스의 홈 보살에 고마움을 느끼고는 마운드 쪽으로 다가오던 그에게 엄지를 치켜들었다.

'이건 정말 크다.'

2 - 0의 스코어.

여기에 노히터 도전을 진행 중인 지금, 이 한 점을 막아냈다는 건 매우 큰 의미를 내포하고 있었다.

1점을 내준다고 해서 노히터가 실패로 이어지지는 않는다.

그러나 2점 차이 밖에 되지 않는 상황에서의 1점 실점은 상대 타자들의 사기를 충전시키는 일이 되기에 결코 좋은 것은 아니다.

한 점 차이가 되는 순간, 안타가 터질 확률은 더 높아진다.

어디까지나 확률이지만 무시할 수는 없는 부분이다.

노히터라는 대기록은 완벽을 뜻하는 하나의 지표나 다름 없으니까.

'그것도 미겔 카브레라였으니……'

타율 0.337에 24개의 홈런, 85타점, 출루율 0.440을 기록 중인 디트로이트 타이거즈 타선 최고의 에이스 타자, 미겔 카브레라.

교타와 장타를 두루 갖춘 만능 타자인 미겔 카브레라는 제임스 쉴즈의 노히터 도전에 있어 가장 까다로운 타자나 다름없었다.

그런 그를 상대로 어쩌면 마지막이 될 수 있는 승부에서 아웃을 처리한 것도 모자라 타점 기회까지 뺏어 내다니!

'제임스 쉴즈도 대단하고 모리스도 대단하다.'

앞으로 볼넷 2개 이하로 오늘 경기를 노히터로 마친다면 미겔 카브레라를 더 이상 마주칠 일이 없는 제임스 쉴즈다.

그 역시도 까다로운 타자인 미겔 카브레라를 다시 만나고 싶지는 않을 터.

'이 분위기만 잘 살려내면 승산 있다.'

주혁이 벤치로 향해 들어오는 선수들과 일일이 손뼉을 맞대었다.

이윽고 모든 야수들이 벤치로 들어오자, 곧바로 관중석에서 뜨거운 함성 소리가 터져 나왔다.

이제 2이닝만 더 안타를 내주지 않으면 노히터 대기록 달성에 성공할 수가 있다.

공수 교대를 위해 탬파베이 레이스의 야수들이 모두 벤치로 들어왔고…….

"나이스 플레이, 모리스!"

선수들은 모두 필립 모리스의 수비 플레이에 대해 칭찬을 아끼지 않았다.

이어지는 8회 초.

탬파베이 레이스의 타자들도 2점 차는 다소 불안하다는 생각이 들었는지 교체된 불펜 투수를 상대로 끈질긴 승부를 이어가기 시작했다.

그리고 잠시 후.

따악!

기다리고 기다리던 추가 득점이 터졌다.

'오늘 무슨 날인가?'

누상의 주자 두 명을 홈으로 불러들인 채 2루 베이스에서 보호구를 벗고 있는 남자.

주인공은 바로 필립 모리스였다.

트로피카나 필드의 상층에 위치한 중계석 안.

"이제 9회 초, 마지막 이닝이 시작되겠습니다."

캐스터 래리 허드슨의 말과 함께 중계 카메라가 마운드 위에서 연습구를 던지는 투수, 제임스 쉴즈를 비췄다.

해설위원 댄 오브라이언이 말했다.

"정말이지 메이저리그 역사에 있어 길이 남을 순간이 펼쳐지겠습니다. 두 경기 연속 노히터라니…… 그것도 팀 선발 투수가 이틀 연이어서 말이죠."

"저 역시도 놀라울 따름입니다."

"이건 그만큼 탬파베이 레이스의 저력이 뛰어나다는 걸 입증하는 부분입니다. 어제의 노히터와는 또 달라요. 야수들의 집중력까지 가세한 오늘의 노히터 도전은 이번 시즌 탬파베이 레이스의 무서움을 느끼게 해주네요."

"만일 윤이 마운드 위에서 이 탄탄한 수비의 도움까지 받는다면……."

"퍼펙트 게임이죠. 누가 안타를 때려내겠습니까. 뭐 어제처럼 그런 컨디션이여야 가능하겠지만요. 하나 한 가지 확실한 것은 굳이 그 컨디션이 아니더라도 엄청난 시너지 효과를 기대할 수 있으리라 봅니다."

"그야말로 공포로군요."

"그렇죠. 특히나 치열한 동부지구의 우승권 경쟁에 있어서 이런 플레이들은 매우 긍정적이라고 봐도 무방합니다."

"그렇군요. 자, 과연 제임스 쉴즈가 유종의 미를 거둘 수 있을지 지켜보죠. 초구 승부 시작합니다."

8번 타자 포수 알렉스 아빌라가 타석에 들어서자 제임스 쉴즈가 곧이어 와인드업을 시작했다.

앞선 이닝에서 차례대로 5, 6, 7번 타자를 모두 외야 플라이로 잡아냈던 제임스 쉴즈의 얼굴에는 자신감이 한껏 배여 있었다.

이는 그의 손에서 뿌려지는 공에서도 느낄 수가 있었다.

파앙!

"스트라이크!"

우타자 바깥쪽 살짝 높은 쪽에 꽂힌 초구에 구심의 스트라이크 콜이 울려 퍼졌다.

캐스터 래리 허드슨이 말했다.

"95마일(153km)의 빠른 공이었습니다."

"코스가 살짝 높기는 했으나 바깥쪽 모서리 부근에 기막히게 걸친 초구였네요. 아주 좋은 공입니다."

"알렉스 아빌라의 볼에서 땀이 흐르고 있습니다. 이제 2구 승부로 이어지겠습니다."

"4점 차로 뒤져 있기는 하지만 경기를 포기해서는 안 됩니다. 볼넷을 얻어서라도 출루를 해야 해요. 탬파베이 레이스의 선수들처럼 디트로이트 타이거즈의 타자들도 집중력을 높일 필요성이 있습니다."

댄 오브라이언의 말이 끝나자마자 곧바로 제임스 쉴즈의 2구 째 공이 포수 미트에 꽂혔다.

낙차 큰 커브.

79마일(127km)의 스피드를 보인 이 커브에 구심이 잠깐 머뭇거리더니 이내 손을 들어 올렸다.

"스트라이크 콜을 받아냅니다."

"공격적으로 승부를 가져가네요."

"단숨에 노볼 2스트라이크를 만들어낸 제임스 쉴즈입니다."

"아마 승부를 피하지 않을 것 같은데, 알렉스 아빌라도 이에 맞서 배트를 휘둘러야 할 겁니다."

와인드업 동작을 가져간 제임스 쉴즈가 3구 째 공을 던졌고, 댄 오브라이언의 말대로 알렉스 아빌라의 배트도 0 − 2의 볼카운트가 되서야 반응을 보이기 시작했다.

그리고……

따악!

"잘 맞는 타구. 좌익수 쪽으로 날아갑니다."

몸쪽으로 휘는 투심 패스트볼을 당겨친 알렉스 아빌라의 타구.

그러나 좌익수 맷 조이스가 거의 제자리에서 이 타구를 잡아내는 데 성공했다.

"선두 타자가 아웃으로 물러납니다. 1아웃. 이제 남은 아 웃카운트는 단 2개입니다."

더욱 뜨거워지는 열기.

제임스 쉴즈는 침착한 표정으로 다음 타자를 맞이했고, 9번 타자 브랜든 인지가 타석에 들어서자 포수 존 제이소가 사인을 보냈다.

이를 확인한 제임스 쉴즈가 고개를 끄덕였고 조금도 지체하지 않은 채 그는 초구를 던졌다.

파앙!

그러나 초구가 너무 낮게 포수 미트에 꽂히는 바람에 초구 스트라이크를 잡아내는 데는 실패하고만 제임스 쉴즈.

하나 그 어느 누구도 이를 불안하게 생각하지 않았다.

문제는 2구 째부터였다.

"공이 뒤로 빠집니다."

"커브였는데 손에서 미끄러진 모양입니다."

"지금 상황에선 나오지 말아야 할 실투가 나오고 말았습니다."

"아무래도 긴장을 하다보니까 실수가 나온 듯합니다. 그래도 조심해야 합니다. 실투는 곧 안타로 연결되니까요."

"이제 3구 째 승부로 이어집니다."

와인드업을 마친 제임스 쉴즈가 포수 미트를 향해 공을 힘껏 뿌렸다.

파앙!

하나 이번에는 공이 다소 높게 형성되면서 또 다시 볼 판정을 받고 말았다.

3 – 0의 볼카운트.

제임스 쉴즈가 고개를 갸웃거린 채 로진 백을 집어 드는 모습이 중계 카메라에 찍혔다.

"지금 이 볼카운트는 제임스 쉴즈에게는 불리하죠. 이 타이밍이면 이제 스트라이크 존 안으로 공을 던져야 하는데 상대 타자도 이를 알고 있는 상황인 만큼, 안타가 나올 가능성이 높습니다."

"알렉스 아빌라를 상대로 던졌던 그 커브가 다시 나온다면 승산이 있어 보이는데요?"

"그런 공을 던져야 합니다. 제임스 쉴즈에게는 그런 위닝샷이 필요해요."

침착하게 사인을 확인한 제임스 쉴즈가 이내 고개를 끄덕였다.

"과연 여기서 스트레이트 볼넷을 내줄지, 아니면 승부를 유리하게 이끌고 갈지 지켜보죠. 4구 째 공입니다."

제임스 쉴즈의 와인드업이 시작되었다.

그리고…….

파앙!

바깥쪽 낮게 꽂힌 포심 패스트볼.

"96마일(154km)의 패스트볼!"

제법 잘 들어간 공에 모두들 구심의 스트라이크 콜이 울려퍼질 것으로 기대했다.

그런데…….

"……."

구심이 아무 미동도 하지 않는 게 아닌가.

스트레이트 볼넷.

제임스 쉴즈의 미간이 살짝 찌푸려졌고, 존 제이소가 판정에 대해 약간의 불만을 토로했다.

"1루에 주자가 나갑니다."

"디트로이트 타이거즈에게는 절호의 기회가 왔네요."

"긴장감이 느껴지는 경기 막바지입니다. 아, 존 제이소가 마운드로 향하는군요."

"아무래도 스트레이트 볼넷을 내준 만큼 지금은 제임스 쉴즈를 안정시킬 필요성이 있죠."

이런저런 이야기를 나누던 두 사람이 잠시 후 서로를 보며 고개를 끄덕였다.

존 제이소가 다시 포수 마스크를 썼고, 제임스 쉴즈가 재차 로진 백을 집어 들고는 지긋이 정면을 응시했다.

캐스터 래리 허드슨이 말했다.

"여기서 디트로이트 타이거즈가 대주자를 기용하네요. 브랜든 인지가 물러나고 1루 베이스에 발 빠른 아벨 페르난데스가 섭니다."

"발이 아주 빠른 선수죠. 다만 경험이 부족한 선수입니다. 도루 스킬이 다소 미숙하죠. 제임스 쉴즈 선수가 우완 투수이긴 하지만 견제사를 상당히 잘 잡아내는 투수이기도 합니다. 이번 시즌 11개의 픽오프가 이를 증명하고 있죠."

마운드 위에선 제임스 쉴즈가 초구 사인을 확인하고 있었고, 이를 본 댄 오브라이언이 다시 말을 이었다.

"하나 디트로이트 타이거즈가 1번 타자 오스틴 잭슨에게 번트를 지시할 것 같지는 않습니다. 2번 타자 라이언 레이번이 오늘 몸에 맞는 공으로 출루가 있었습니다만 타석에서는 딱히 뭔가를 보여준 게 없거든요. 반대로 오스틴 잭슨은 그나마 타이밍을 얼추 맞추는 장면을 몇 번 보였기 때문에 아벨 페르난데스가 도루에 성공하고 나면 오스틴 잭슨이 안타로 점수를 만드는 그런 그림을 그리고 있을 듯합니다."

그의 말이 끝나는 순간, 제임스 쉴즈가 특유의 독특한 세트 포지션을 취하다말고 갑자기 1루수에게 견제구를 던졌다.

매우 빠른 견제구였으나 아벨 페르난데스가 1루 베이스에서 그다지 멀리 떨어져 있지 않았기에 아웃이 되지는 않았다.

그 후, 제임스 쉴즈는 망설이지 않고 바로 초구를 던졌다.

아벨 페르난데스가 준비를 하기 이전에 말이다.

매섭게 포수 미트로 날아가는 공.

그런데 바로 그 순간.

오스틴 잭슨의 배트도 반응을 보였다.

그리고…….

틱!

아래로 떨어지는 싱커에 그만 빗맞은 타구가 나오고 만 것.

이 타구를 유격수가 재빨리 잡아내고는 2루수에게 던졌고, 아벨 페르난데스의 깊은 슬라이딩에도 아랑곳하지 않고 2루수 벤 조브리스트가 1루수 케이시 코치맨에게 정확한 송구를 뿌렸다.

2루심의 아웃 선언과 함께 이제 모두의 시선이 1루심에게로 향했다.

그 짤막한 순간 흐르는 정적.

이윽고 1루심이 제스처를 취했다.

그의 선택은 바로…….

"아! 아웃! 아웃입니다! 노히터 달성!"

새로운 역사가 쓰여 지는 순간이었다.

◆

「윤주혁 시즌 15승 달성, 팀은 5연승!(종합)」

[윤주혁이 15승 달성에 성공했다.

지난 12일(이하 한국시간), 미국 플로리다주 트로피카나 필드에서 열린 탬파베이 레이스 대 볼티모어 오리올스 간의 맞대결에서 윤주혁이 7이닝 2실점 7K의 활약을 보이며 팀의 7 - 4 승리를 이끌었다.

경기 초반의 흐름은 볼티모어 오리올스 쪽이었다.

1회 초, 윤주혁을 상대로 4번 타자 블라디미르 게레로가 시즌 12호 홈런을 터트리며 2점 먼저 앞서갔다. 이후 윤주혁은 안타 2개를 맞으면서 위기를 맞는 듯했으나 7번 타자 놀란 레이몰드를 삼진으로 처리하면서 추가 실점을 허용하지는 않았다.

2 - 0의 스코어가 바뀐 건 4회 말, 선두 타자 윤주혁이 2루타를 때린 이후부터였다. 이 기회를 5번 타자 벤 조브리스트가 놓치지 않고 2루타를 때려내 윤주혁을 홈으로 불러들였고, 무사 1, 3루의 찬스에서 7번 타자 케이시 코치맨이 볼티모어 오리올스의 선발 투수 토미 헌터를 상대로 홈런을 때려내면서 탬파베이 레이스가 점수를 4 - 2로 벌리는 데 성공했다.

2점 차이로 앞서 가게 된 순간부터 윤주혁의 피칭은 빛이 났다. 이전까지 단 2개의 삼진만을 기록했던 윤주혁은 이후 4타자를 연속으로 삼진 아웃시키는 등 저력을 과시했고, 투구수 102구를 던진 채 7회 초를 마무리 짓고 마운드에서 완전히 내려왔다.

이후 7회 말, 존 제이소가 솔로 홈런을 터트리면서 1점을 추가했고, 8회 초에 조엘 페랄타가 2점을 헌납하면서 5 - 4로 쫓기게 됐으나 8회 말 다시 2점을 추가로 만들어내면서 탬파베이 레이스가 최종적으로 7 - 4 승리를 거두게 됐다.

이 날 승리로 탬파베이 레이스는 지난 6일, LA 에인절스를 상대로 윤주혁이 패전을 기록한 이후(vs LA 에인절스 (9.6) : 5.1이닝 5실점) 다음 경기부터 오늘까지 5연승을 달리면서 동부지구 1위 자리를 굳건히 지켰다.

이로서 탬파베이 레이스는 아메리칸리그 동부지구 2위 뉴욕 양키스와 2.0 게임 차를, 3위 보스턴 레드삭스와 3.0 게임 차로 달아나는 데 성공했다.

이제 정규 시즌 종료까지 2주하고도 조금 더 남은 메이저리그 일정 속에 과연 탬파베이 레이스가 이 돌풍을 끝까지 이어갈 수 있을지에 많은 관심이 쏠리고 있다.]

〈 케이스포츠 백성일 기자 〉

◆

트로피카나 필드 안.

잠시 우천으로 경기가 지연되고 있는 지금, 주혁은 벤치에 앉아 떨어지는 빗방울들을 물끄러미 바라보고 있었다.

'이제 얼마 안 남았네.'

거침없이 달려왔던 이번 시즌의 끝이 어느덧 훤히 보이고 있었다.

하나 마음은 결코 편안하지가 않았다.

이틀 전, 15승을 챙기면서 격차를 벌리는 데는 성공했으나 우승을 확정 짓기에는 아직 충분히 역전 가능성이 남아 있었다.

그럴 만한 이유가 있었다.

정규 시즌 종료까지 남은 일정은 모두 동부지구 팀들과의 격돌이 예정되어 있기 때문이었다.

현재 90승 59패로 동부지구 선두를 달리고 있는 탬파베이 레이스의 매직넘버는 11.

잔여 경기가 13경기라는 점을 고려했을 때, 자력으로 우승하기 위해서는 무려 11승을 챙겨야 한다는 뜻이나 다름없었다.

물론 2위팀 뉴욕 양키스가 13경기 모두 승리를 거둘 리는 극히 희박하지만 얼마든지 격차가 좁혀질 수 있다는 뜻이기도 했다.

더군다나 앞으로 남은 경기들의 결과에 따라 순위가 요동칠 수 있기에 그 긴장감은 실로 팽팽했다.

치열한 1위 경쟁.

그러나 이 경쟁 말고도 동부지구에선 또 다른 경쟁이 불꽃 튀듯 이뤄지고 있었다.

바로 와일드카드 경쟁을 말이다.

서부지구의 LA 에인절스가 와일드카드 경쟁에 합류해 있는 상태이긴 하지만, 동부지구의 뉴욕 양키스와 보스턴 레드삭스에게 경쟁력이 있지는 않았다.

즉, 사실 상 동부지구 3위권 내 팀들의 경쟁이라고 봐도 무방했다.

목표는 우승이지만, 행여 이 우승 경쟁에 실패했을 경우 자존심을 챙기기 위해선 2위를 무조건 쟁취해야만 한다.

그래야 와일드카드 티켓을 얻어 포스트시즌에 진출할 수 있으니까.

'그런 점에서 보면 우리가 유리하긴 하지.'

2위 뉴욕 양키스와 2.0 게임 차 밖에 되지 않지만, 그래도 2위권 경쟁에 있어서는 탬파베이 레이스가 가장 유리한 위치에 있기는 했다.

다만 주혁을 비롯해서 탬파베이 레이스의 선수들과 코칭스태프들은 이 2위 자리에 조금도 욕심을 가지지 않았다.

2위 자리에 쏟을 조금의 욕심마저도 모조리 1위에 쏟아붓고 있기 때문이었다.

무조건 우승.

두 시즌 연속 지구 우승이라는 목표를 향해 달리는 그들에게 있어 방해물은 없었다.

그저 선수들 자신과의 싸움만이 남았을 뿐이었다.

마지막까지 집중력을 잃지 않는 것.

그리고 그 모든 플레이들이 팀에 녹아들어 가장 완성도 높은 호흡을 보여주는 것.

탬파베이 레이스의 선수들은 이러한 생각들을 머릿속에 각인시키고 이를 악물며 경기에 임하고 있었다.

물론 매 경기 모두 이길 수는 없다.

하나 지고 난 후 무너지지 않고 곧바로 다음 경기를 승리로 가져가면서 분위기를 잃지 않는 플레이를 근래 들어 탬파베이 레이스가 보여주고 있었다.

이는 공교롭게도 두 경기 연속 노히터 달성에 성공한 이후부터 달라진 탬파베이 레이스의 저력이었다.

불가능을 이뤄냈다는 그 자신감.

그 효과는 너무도 분명했다.

상승세를 타고 있는 뉴욕 양키스와 보스턴 레드삭스를 경쟁상대로 두고도 2주 넘게 1위 자리에서 내려오고 있지 않았으니 말이다.

'이제 진짜 중요한 건 뉴욕 양키스하고의 6경기, 보스턴 레드삭스하고의 3경기다.'

오늘 경기를 포함해서 볼티모어 오리올스와 1경기, 토론토 블루제이스와 3경기를 남겨 놓고 있는 탬파베이 레이스.

하나 경쟁 상대들인 뉴욕 양키스와 보스턴 레드삭스 간의 맞대결에서 많은 승리를 기록해야만 우승을 확정지을 수가 있다.

'충분히 가능하다.'

결코 두려워할 필요는 없다.

떨리기는 하지만, 지난 시즌과는 다르게 선수들 모두 제 몫을 톡톡히 해주고 있기에 주혁은 무척이나 긍정적인 시각으로 우승 가능성을 점치고 있었다.

'7연승까지 딱 만들어두고 내일 보스턴을 만나는 게 가장 좋은 시나리오다.'

어제 경기에서 3 - 0으로 볼티모어 오리올스에게 승리를 거두면서 6연승을 달리고 있는 탬파베이 레이스.

7연승까지 채우고 보스턴 레드삭스를 만나게 되면 상대적으로 더 자신감을 가질 수 있기에(현재 보스턴 레드삭스는 연승이 없다) 오늘 경기의 승리가 절실했다.

잠시 동안 입을 굳게 다문 채 생각에 잠겨 있던 그 때.

비로소 빗줄기가 가늘어지기 시작하자 경기가 다시 재개되었다.

3회 말, 탬파베이 레이스의 공격.

선두 타자인 9번 타자 브랜든 가이어가 타석에 들어섰다.

로스터 확장 이후 메이저리그로 콜업된 브랜든 가이어는 마이너리그에서 0.355의 타율을 기록한 바 있는 외야수다.

수비도 좋은 선수이지만 아직 타격에 있어서는 딱히 눈에 띄는 모습을 보여주지는 못하고 있었다.

본래 좌익수 자리는 맷 조이스의 것이긴 했으나 그가 부상으로 전력에서 잠시 이탈하는 바람에 급히 브랜든 가이어가 그 자리를 대신 맡고 있는 상황이었다.

'저 선수가 출루를 해줘야 할 텐데…….'

그의 시선이 브랜든 가이어에게로 향했다.

아직은 낯설게 느껴질 메이저리그 무대이지만 이럴 때 무언가를 보여줘야 오래도록 남아 있을 수가 있다.

비록 자신보다 나이는 많지만 신인 선수인 브랜든 가이

어를 보며 주혁이 소리 없이 그를 응원했다.

그 응원이 닿기라도 한 걸까.

퍼억!

조금은 색다른 방식이기는 하지만, 그는 몸쪽으로 날아오는 공을 피하지 않고 맞으면서 1루로 걸어 나갔다.

'희생정신에 박수를!'

방법이 어쨌든 간에 바라던 대로 선두 타자가 출루에 성공하자 주혁의 입가에 옅은 미소가 걸렸다.

무사 1루.

타순이 한 바퀴를 돌아 1번 타자 B.J. 업튼에게로 타석이 다시 찾아왔고…….

따악!

볼티모어 오리올스의 선발 투수로 마운드에 올라와 있는 좌완 투수 잭 브리튼을 상대로 그는 우중간을 가르는 안타를 때려내면서 2, 3루의 찬스를 만들어내는 데 성공했다.

'역시 근래 타격감이 좋더니.'

한 가운데로 몰린 공을 놓치지 않은 B.J. 업튼.

이어서 2번 타자 벤 조브리스트가 타석에 들어섰다.

벤 조브리스트 역시도 최근 타격감이 좋은 편에 속하는 선수이기에 주혁은 그가 여기서 점수를 뽑아내줄 것으로 기대를 했다.

그러나…….

틱!

애매한 타구가 투수 정면으로 향했고, 3루 주자를 묶어 둔 잭 브리튼이 1루에 송구하면서 아웃카운트가 하나 늘어나고 말았다.

주혁이 살짝 아쉬움을 드러내고는 이내 배트를 집어 들었다.

타석에서는 3번 타자 에반 롱고리아가 들어섰고, 주혁은 대기 타석으로 발걸음을 옮겼다.

앞선 타석에서 외야 플라이로 물러났었던 주혁은 대기 타석에서 그 승부를 지켜보면서 허공에 힘차게 스윙을 하기 시작했다.

장타는 자신 있었다.

다만 최소 1점이라도 올리기 위해서는 에반 롱고리아가 아웃으로 물러나면 안 된다.

2아웃 상황에선 희생 플라이는 나올 수 없으니까.

그러나 잠시 후.

따악!

주혁의 기대는 한 순간에 물거품이 되고 말았다.

에반 롱고리아가 때린 초구 타구가 외야도 아닌 내야에 높게 뜨고 만 것.

내야수가 이를 놓치지 않고 아웃으로 처리하면서 무사 2, 3루는 어느새 2사 2, 3루로 변해버리고 말았다.

'결국 내 손에 달려있네.'

주혁이 침착하게 타석으로 향했다.

어제 하루 휴식을 취하긴 했으나 배트 스피드에는 이상이 없었다.

잭 브리튼의 공은 꽤나 날카로움을 가지고 있었으나 그렇다고 공략이 불가능한 수준은 아니었다.

'제대로 맞추면 얼마든지 넘길 수 있다.'

여기서 주혁이 보여줄 수 있는 가장 최고의 모습은 당연지사 홈런뿐이었고, 팬들도 이를 간절히 바라고 있었다.

하나 노히터 달성 당시 30호 홈런을 기록한 이후로 오늘까지 주혁이 때려낸 홈런은 고작 1개가 전부였다.

그만큼 최근에 홈런이 잘 나오지 않고 있는 상황.

그러나 주혁은 이에 대해 딱히 걱정하지는 않았다.

홈런은 없었으나 담장 근처까지 날아간 2루타들이 많았기 때문이었다.

즉, 장타력에는 이상이 없다는 뜻.

다만 그 마지막까지 타구가 힘을 잃지 않고 날아가기 위해선 좀 더 확실한 스윙이 필요했다.

'여기서 안타로 점수를 만들까 아니면 큰 스윙으로 장타를 만들까……'

4번 타자라는 자리는 모름지기 장타를 때려내야 하는 자리임에는 틀림없으나, 선취점이 매우 중요한 경기에서 큰 스윙으로 자칫 아웃이 될 수도 있다는 측면을 고려했을 때 교타 능력이 출중한 주혁에게 있어서 이는 꽤나 고민이 될 만한 부분이었다.

호흡을 한 번 가다듬은 후, 주혁은 잭 브리튼의 초구를 확인했다.

파앙!

94마일(151km)의 초구가 매섭게 포수 미트에 꽂혔고……

"스트라이크!"

구심의 굵직한 스트라이크 콜이 울려 퍼졌다.

분명 잘 제구 된 묵직한 패스트볼이었다.

그러나 이 공을 체감한 주혁은 오히려 속으로 미소를 지었다.

확신에 들어찬 눈빛으로 주혁이 타격폼을 취했다.

이윽고 잭 브리튼의 2구 째 공이 날아오는 순간.

따악!

그토록 기다렸던 그 타격음이 트로피카나 필드에 한가득 울려퍼지기 시작했다.

◆

타자로서 오랜 세월 동안 투수들의 공을 상대하다보면, 어느 날 이런 느낌이 들 때가 있다.

분명 지금 상대하는 투수의 공이 위력적임에도 불구하고 쳐낼 수 있겠다는 느낌을 말이다.

이는 그저 단순한 자신감이 아니다.

그 타이밍과 히팅 포인트가 눈에 훤히 보이기 때문이다.

상대 투수가 빌미를 제공한 것이 아님에도 불구하고, 순간적으로 모든 그림들이 퍼즐 맞추듯 짜여지게 되고, 그대로 스윙만 가져가는 순간.

따악!

귓가를 스치는 묵직한 타격음과 함께 담장을 훌쩍 넘기는 타구를 볼 수가 있다.

"멋진 홈런이었어, 윤!"

"역시 윤이다!"

"비거리 장난 아니던데?"

"어쩐지 오늘 배팅 케이지에서 살벌하게 타격 훈련 하더니……. 다 컨디션이 좋아서 그랬구만?"

방금 전, 2사 2, 3루의 찬스에서 잭 브리튼의 2구 째 패스트볼을 때려내 담장을 넘긴 주혁에게 벤치에 있던 동료 선수들이 칭찬을 아끼지 않고 있었다.

그런 그들과 일일이 하이파이브를 한 주혁은 말없이 빙긋 웃고는 그대로 벤치에 앉았다.

'그게 딱 눈에 보일 줄이야.'

너무도 완벽하게 눈에 보여서, 홈런을 때려냈음에도 주혁은 크게 놀라지 않았다.

어느 정도 예상한 일이었으니까.

'진짜 흔치 않은 일이긴 한데……'

그저 분석을 통해 공략하는 것이 아닌, 오로지 그 짧은 순간 모든 계산이 완벽하게 들어서는 것.

상대 투수가 아무리 사이영상을 수상한 최상급 에이스 투수라고 한들, 주혁의 눈에 그 모든 것들이 단번에 파악이 되고나면 고개를 떨구지 않는 투수는 지금껏 한 명도 없었다.

다만 그런 일이 극히 드물다는 게 단점이라면 단점이었다.

어디까지나 상대 투수의 공이 대단히 위력적이라는 가정이 붙어야 하니까.

하나 무엇보다도 이러한 활약이 정말 뜻깊은 이유는 다른 데 있었다.

그것은 바로…….

따악!

그 홈런 하나로 상대 투수의 멘탈을 흔들 수 있다는 점이었다.

◆

오늘 경기를 시작하기 전, 잭 브리튼은 불펜 피칭을 통해 오늘 자신의 패스트볼이 무척이나 위력적이라는 걸 알 수 있었다.

싱커도 제법 괜찮았고 다른 변화구들도 나쁘지 않았다.

하나 포수마저도 깜짝 놀랄 정도로 빠르고 묵직한 패스트볼은 오늘 결정구로 활용하기에 더할 나위 없이 위력적이었다.

이는 이번 시즌 들어와서 처음 있는 일이었다.

구속은 제법 빨랐으나 볼 끝의 위력이 다소 밋밋한 바람에 4점대 중반 정도의 평균 자책점을 기록하고 있는 잭 브리튼이었기에 이 좋은 구위에 기뻐하지 않을 수가 없었다.

이제 정규 시즌 종료까지 얼마 남지 않은 시점에서 막판에 이런 좋은 구위를 보이고 있다는 것은 내년 시즌을 보다 긍정적으로 평가할 수 있는 일이기도 했다.

"이 정도면 탬파베이 레이스 애들도 쉽게 처리할 수 있겠는데?"

경기 전, 전담 포수가 해준 이 말은 잭 브리튼의 자신감을 더욱 높여주었다.

그리고 경기가 시작되고 난 후부터 2회 말까지 마운드 위에서 자신의 속구에 당혹스러움을 감추지 못하는 탬파베이 레이스의 타자들을 보면서 잭 브리튼의 자신감은 끊임없이 치솟고 있었다.

그러나 3회 말, 선두 타자에게 몸에 맞는 공을 허용한 이후, 이어지는 1번 타자 B.J. 업튼에게 던진 체인지업이 가운데로 몰리면서 장타를 허용하고 말았고 결국 무사 2, 3루의 위기를 맞게 되었던 잭 브리튼이었다.

이 때, 순간적으로 흔들리기는 했으나 2번 타자 벤 조브리스트를 상대로 던진 패스트볼에 그는 멘탈을 부여잡을 수가 있었다.

그리고 패스트볼만큼이나 위력적인 싱커를 통해 벤 조브리스트를 내야 땅볼로 잡아내는 데 성공한 잭 브리튼은 이어서 에반 롱고리아를 상대로도 속구를 통해 내야 플라이로 아웃을 잡아내는 데 성공했다.

무사 2, 3루를 단숨에 2사 2, 3루로 바꾼 것.

패스트볼이 오늘 너무도 만족스러운 성과를 보여주자 자신감은 어느새 다시 회복되어 있었다.

그렇게 다음 타자를 맞이한 잭 브리튼은 거침없이 초구 패스트볼을 찔러 넣었고, 구심은 이 공을 스트라이크로 선언했다.

아메리칸리그 타율, 출루율, 장타율 1위를 기록 중인 최고의 에이스, 주혁을 상대로도 초구 스트라이크를 잡아냈다는 사실에 잭 브리튼은 더 이상 주혁이 두렵지가 않았다.

'이 속구면 이 타자도 깔끔하게 아웃시키고 위기를 벗어날 수 있다!'

심장이 두근거렸으나 잭 브리튼은 최대한 침착하게 2구를 준비했다.

이윽고 그가 힘껏 공을 뿌렸고, 포수 미트로 날아가는 공을 보며 잭 브리튼은 확신했다.

이 공에 주혁도 꼼짝하지 못할 것이라고 말이다.

바깥쪽 낮은 코스로 너무도 절묘하게 날아가는 이 공은 그 스피드와 힘이 끝까지 살아 있었다.

유리한 볼카운트로 이 위기를 무사히 극복하는 가 싶었던 그 때.

따악!

그 확신을 산산조각 내는 타격음이 들려왔다.

화들짝 놀란 잭 브리튼이 잽싸게 담장으로 날아가는 타구를 향해 시선을 쫓았다.

그리고 그 타구가 담장을 넘어가는 순간.

'빌어먹을.'

그의 얼굴이 차갑게 굳어졌다.

분명 정말 잘 던진 공이었다.

그러나 주혁의 스윙은 너무도 완벽했고, 최고로 좋은 컨디션에서 뿜어지던 속구마저도 이렇게 무너지자 잭 브리튼의 멘탈도 덩달아 무너지고 말았다.

가뜩이나 불안정한 제구는 그 홈런 이후 더욱 극심해졌고, 제구가 안 잡히다보니 묵직한 속구는 그 위력을 점점 잃어가기 시작했다.

결국 한 점을 더 헌납하고 만 잭 브리튼.

겨우 정신을 차리고 남은 아웃카운트 1개를 잡아낸 후 마운드를 내려왔으나 그의 표정은 여전히 굳어 있었다.

이번 시즌이 빅리그 첫 시즌인 신인 투수 잭 브리튼에게 있어 방금 전 홈런은 그의 자신감을 바닥끝까지 추락시키고

만 것이었다.

메이저리그의 높디높은 벽.

그 벽에 부딪히고 만 잭 브리튼은 그 좌절감 속에서 헤어 나오지 못하고 있었다.

이는 이어지는 4회 말에도 마찬가지였다.

2회까지만 해도 패스트볼을 던지는 것에 있어 조금의 두려움도 없었던 그였으나 지금은 조금 전 상황이 다시 반복될까봐 약간 주저하는 듯한 모습을 보이는 잭 브리튼이었다.

하나 그가 간과하고 있는 것이 하나 있었으니…….

파앙!

여전히 자신의 공이 위력적이라는 것을 말이다.

◈

5이닝 6실점.

믿었던 기대주 잭 브리튼은 그렇게 무너졌다.

결정적으로 제구가 흔들리면서 4회와 5회 모두 불안한 모습을 보인 잭 브리튼은 결국 2점을 또 내주고는 불명예스럽게 마운드를 내려가고 말았다.

하나 그와는 반대로 제프 니만의 피칭은 타선의 득점 지원에 힘입어 빛을 발하고 있는 중이었다.

6회까지 단 1점만을 내준 채 좋은 모습을 보여주었던 제프 니만은 7회를 무실점으로 막아내면서 오늘 선발 투수로서의 몫을 모두 해주고는 마운드를 조엘 페랄타에게 넘겨주었다.

6 - 1의 스코어.

역전극이 펼쳐지지만 않는다면, 이대로 10승 달성에 성공할 수가 있었다.

그런 그의 바람을 조엘 페랄타와 카일 판스워스는 완벽한 피칭으로 이뤄주었고, 2009시즌에 이어 제프 니만은 다시 두 자릿수 승수를 기록하는 데 성공했다.

그리고 이 날 승리를 통해 탬파베이 레이스 역시 연승 행진을 이어갈 수 있었다.

7연승.

이제 내일이면 보스턴 레드삭스를 만나게 되는 탬파베이 레이스.

1위 경쟁에 있어 정말 중요한 승부가 될 것으로 예상되는 보스턴 레드삭스와의 경기를 앞둔 지금.

보스턴 레드삭스의 홈구장이 자리를 잡고 있는 메사추세츠주로 향하는 비행기에 탑승한 선수들은 모두 진중하게 도착을 기다리고 있었다.

시끄럽게 수다를 떨거나 음주를 즐기거나 포커 게임을 하는 선수는 단 한 명도 없었다.

그 어느 누구도 시키지 않은 일이었다.

그럼에도 불구하고 선수들은 자발적으로 이런 것들을 절제하고 있는 것이었다.

이는 내일 경기에 있어 가장 완벽한 컨디션을 보이기 위함이었다.

이윽고 비행기가 착륙했고, 선수단은 일제히 보스턴 근처의 호텔로 이동했다.

그리고 그곳에서 모두들 일찍이 취침을 한 후, 다음 날 아침이 밝자마자 기상하여 간단히 식사를 마치고는 각자 훈련에 매진하기 시작했다.

아직 얼리 워크(Early Work)를 하기에는 시간이 다소 일렀기에 그들은 트레이닝 짐에서 몸을 먼저 풀어주었다.

이윽고 얼리 워크(Early Work)가 시작되자, 저마다 부족한 부분들에 대해 코칭스태프와 의논을 이어가면서 선수들은 보스턴 레드삭스와의 첫 경기를 착실하게 준비했다.

모두들 눈에서 불꽃이 튀고 있었다.

배팅 케이지에 들어가기 전, 슬쩍 동료 선수들을 바라본 주혁이 이내 흐뭇하게 웃었다.

이 모습만 봐도 대충 예상이 되었다.

'올해도 우승은 우리 거다.'

변함은 없다.

이변도 없을 것이다.

오로지 그 기쁨만 누릴 차례가 남았을 뿐.

그 마지막 남은 여정을 아름답게 마무리하기 위해서.

따악!

따악!

따악!

배팅 케이지에선 한동안 큼직한 타격음이 연달아 터져
나오고 있었다.

◈

모두의 관심이 집중되는 경기.

아메리칸리그에서 가장 치열한 우승 경쟁이 펼쳐지고 있
는 와중에 1위 팀과 3위 팀의 만남은 수많은 팬들의 이목을
사로잡기 충분했다.

격차는 여전히 3.0 게임차인 상황.

여기서 탬파베이 레이스가 이기면 이길수록 보스턴 레드
삭스의 우승 가능성은 낮아지게 되고, 반대로 보스턴 레드
삭스가 이기게 될 경우 그 격차는 더욱 좁혀지게 된다.

이번 시리즈 이후 한 번 더 만나기는 하지만, 이번 이 시
리즈가 두 팀에게 있어서는 너무도 중요했다.

지구 내 경쟁팀, 뉴욕 양키스가 있기 때문이다.

1.0 게임 차의 보스턴 레드삭스 입장에서는 1위 팀인
탬파베이 레이스를 잡고 뉴욕 양키스를 추월해야만 했고,
탬파베이 레이스는 뉴욕 양키스와 격차를 더 벌려야만 안
정적으로 남은 경기를 치를 수가 있는지라 열기가 뜨거울

수밖에 없었다.

그런 두 팀이 공통적으로 바라는 것이 하나 있었다.

오늘 같은 시간 대 펼쳐지는 뉴욕 양키스와 토론토 블루제이스 간의 경기에서 원정팀인 토론토 블루제이스가 승리를 거둬주기를 말이다.

그래야만이 만약 지더라도 뉴욕 양키스와는 격차가 더 벌어지지 않기 때문이다.

보스턴 레드삭스의 팬들이 가득 관중석을 메우고 나자 비로소 경기가 시작되었다.

양 팀 선발 라인업은 다음과 같다.

보스턴 레드삭스

1번 타자 CF 제이코비 엘스버리
2번 타자 2B 더스틴 페드로이아
3번 타자 1B 아드리안 곤잘레스
4번 타자 DH 데이비드 오티스
5번 타자 3B 케빈 유킬리스
6번 타자 LF 칼 크로포드
7번 타자 C 제이슨 베리텍
8번 타자 RF 조쉬 레딕
9번 타자 SS 마르코 스쿠타로

선발 투수 존 레스터

탬파베이 레이스

1번 타자 CF B.J. 업튼
2번 타자 3B 에반 롱고리아
3번 타자 2B 벤 조브리스트
4번 타자 DH 윤주혁
5번 타자 RF 필립 모리스
6번 타자 SS 션 로드리게스
7번 타자 C 켈리 숍패치
8번 타자 1B 케이시 코치맨
9번 타자 LF 브랜든 가이어

선발 투수 제레미 헬릭슨

동원할 수 있는 주전급 선수들은 모두 기용한 양 팀 벤치.

이 시리즈의 첫 경기를 이겨야 남은 경기들도 수월하게 풀어갈 수 있다는 것을 잘 아는 두 팀의 보이지 않는 기 싸움이 팽팽하게 대립하고 있었다.

그렇게 1회 초.

파앙!

"스트라이크!"

경기가 시작되었다.

◈

양 팀 경기는 어느새 6회 초에 접어들고 있었다.

예상했던 대로 경기는 정말이지 치열했다.

조금도 물러서지 않는 양 팀의 선수들.

이를 지켜보는 팬들의 열기는 더욱 뜨거워지고 있었다.

그럴 수밖에 없었다.

스코어가 이닝을 거듭할수록 조금씩 늘어나기는 해도 점수 차이가 전혀 발생하지 않고 있기 때문이었다.

3 – 3의 스코어.

5회까지의 경기의 흐름은 이랬다.

먼저 마운드에 서는 존 레스터가 실점 없이 이닝을 마치고 나면 뒤이어 마운드에 선 제레미 헬릭슨도 마찬가지로 실점 없이 이닝을 마쳤고, 존 레스터가 홈런을 맞으면 이후 제레미 헬릭슨도 곧바로 홈런을 맞았으며, 존 레스터가 안타로 점수를 내주면 제레미 헬릭슨도 똑같이 안타로 점수를 내줬다.

이렇다보니 팽팽한 흐름이 유지되는 건 너무도 당연한 일이었다.

더군다나 많은 실점을 내준 것도 아닌 2, 4, 5회 각각

1점 씩만을 허용한 존 레스터와 제레미 헬릭슨이었다.

그야말로 박빙의 승부.

여기에 타자들까지 제 몫을 해주면서 경기의 긴장감은 더욱 극대화되고 있었다.

용호상박(龍虎相搏)이라는 표현은 이럴 때 써야 하는 게 아닐까 싶을 정도로 말이다.

이런 상황 속에서 6회 초가 시작되었고, 이와 함께 잠시 동안 침묵을 지키던 중계진이 다시 입을 열었다.

"이제 6회 초, 탬파베이 레이스의 공격으로 시작되겠습니다. 보스턴 레드삭스의 마운드는 여전히 존 레스터가 지키고 있습니다."

"오늘 3점을 내주긴 했습니다만, 앞서 제가 말씀드렸듯이 제레미 헬릭슨과 마찬가지로 실점 이외의 피칭에 있어서는 흠잡을 데가 없습니다. 만약 오늘 양 팀 타선이 제 몫을 해주지 못했더라면, 아마 0 - 0의 스코어로 경기가 이어지지 않을까 싶네요."

"양 팀 선수들 가운데 그 어떤 선수도 조금의 실수조차 용납하고 있지 않는 현재까지의 오늘 경기입니다."

"이제부터가 정말 중요합니다. 6회부터 서서히 투수들이 지치기 시작하기 때문에, 여기서 역전을 성공시키는 팀이 오늘 경기의 승리에 한 발자국 더 가까이 다가갈 수 있을 겁니다."

"3점하고 4점은 느낌이 다르니까요."

"그렇습니다. 6이닝 3실점 정도면 퀄리티 스타트라고 해서 그나마 어느 정도는 자기 몫을 해냈다는 평가를 받을 수 있습니다만, 4점부터는 이야기가 달라지죠. 이 기록이 의미가 있는 건 아닙니다. 다만 지금부터는 투수가 흔들릴 가능성이 더 높아진다는 게 중요한 부분입니다."

"과연 이번 이닝에서 탬파베이 레이스가 존 레스터를 상대로 경기를 뒤집을 수 있을지 지켜보죠! 초구 승부입니다!"

캐스터의 말이 끝남과 동시에…….

파앙!

그 묵직한 포구음이 이곳 펜웨이 파크를 가득 메우기 시작했다.

◆

존 레스터의 6회 초 피칭은 매우 준수했다.

1번 타자부터 시작된 승부를 그는 삼자 범퇴로 이닝을 마무리 지으면서 순조롭게 경기를 풀어나가는 데 성공했다.

그리고 이어지는 6회 말.

마운드 위로 제레미 헬릭슨이 올라왔고, 보스턴 레드삭스의 공격이 시작되었다.

이를 지켜보던 주혁의 표정은 굳어있지도, 그렇다고

밝지도 않았다.

무표정한 얼굴.

하나 마음속으로는 지금 마운드 위에 서 있는 투수, 제레미 헬릭슨을 뜨겁게 응원하고 있었다.

첫 타자와의 승부를 2구만에 외야 플라이로 처리한 것까지는 좋았다.

그러나 잠시 후······.

파앙!

"······."

따악!

"······."

볼넷에 이어 안타까지 내주고 만 제레미 헬릭슨.

1사 1, 3루의 위기.

초조하기는 했으나 주혁은 제레미 헬릭슨이라면 충분히 이 위기를 넘길 수 있으리라 믿었다.

신인 투수.

그러나 제레미 헬릭슨은 신인답지 않게 흔들리지 않고 자기 공을 던질 줄 아는 선수였다.

물론 초반부터 그런 것은 아니었다.

초반에는 다소 불안정한 제구와 멘탈로 잦은 위기를 맞기도 했고, 패전을 쌓기도 했다.

하나 경기를 거듭할수록 제레미 헬릭슨의 피칭은 날카로움을 가지기 시작했다.

그리고 그 결과.

제레미 헬릭슨은 팀 내 간판 에이스 선발 투수들인 주혁과 제임스 쉴즈에 이어 2점대 방어율을 기록하고 있는 투수로 올라설 수 있게 되었다.

1선발 데이비드 프라이스(ERA 3.51)와 4선발 제프 니만(ERA 3.97)보다 방어율이 낮은 선발 투수.

게다가 승수에 있어서도 현재까지 11승으로 데이비드 프라이스(10승), 제프 니만(9승)보다 더 나은 모습을 보이고 있는 제레미 헬릭슨이었다.

이미 이번 시즌 아메리칸리그 신인왕이 유력하게 점쳐질 만큼, 제레미 헬릭슨의 이번 시즌 활약은 칭찬 받아 마땅했다.

하나 단순히 이런 지표 상의 기록들로 주혁이 제레미 헬릭슨의 호투를 예상하는 것은 아니었다.

경기 전, 스카우팅 리포트를 꼼꼼하게 읽어보고 첫 타석에서 타자들의 특성을 파악한 후, 포수와 함께 사인을 맞춰가면서 피칭을 이어가는 것까지는 여타 다른 투수들과 큰 차별점은 없었다.

다만 멘탈 관리라던가 자기 공에 대한 뚜렷한 자신감, 그리고 일반적인 신인 투수들과는 다르게 체인지업이라는 구종을 통해 타이밍을 빼앗을 줄 아는 피칭은 제레미 헬릭슨의 미래를 기대하게 만드는 부분이었다.

비단 미래뿐만이 아니라 지금 당장도 마찬가지였다.

'뭐 공은 빠르진 않다만……'

그의 최고 구속은 95마일(153km)를 채 넘기지는 못하는 수준이기는 했다.

'그래도 뭔가 작년의 나랑 닮은 점이 많은 투수인 것 같다.'

또렷하지는 않지만, 그래도 꽤나 오랜 기간 동안 메이저리그 무대에서 활약했던 것으로 주혁은 기억하고 있었다.

'정상급 투수로 불렸던 적은 없었던 것 같기도 하다만……'

필립 모리스처럼 미래는 얼마든지 그가 기억하는 것과 달라질 수 있다.

'아무튼 잘만 막아내자. 점수는 내가 꼭 만들어 줄테니까.'

진중한 눈빛.

주혁이 자리에서 일어난 후, 서서 경기를 지켜보고 있던 자니 데이먼의 옆으로 걸어갔다.

입에 침이 마르지 않게 하고자 질겅질겅 껌을 씹고 있던 그는 주혁이 옆에 온 것도 눈치 채지 못하고 경기 관전에만 오로지 집중하고 있었다.

주혁도 굳이 자니 데이먼에게 말을 걸지는 않았다.

그가 자리를 이동한 건 그저 조금 더 가까이에서 경기를 보기 위함이었으니까.

파앙!

"스트라이크!"

때마침 제레미 헬릭슨이 던진 공이 바깥쪽 낮게 잘 들어가면서 구심의 스트라이크 콜을 받아냈다.

그리고 이 틈을 타서 1루 주자가 2루 베이스를 훔치는 데 성공했다.

1사 2, 3루로 바뀐 위기.

더 좋은 찬스가 만들어졌으나 타석에 서 있던 7번 타자 제이슨 베리텍은 입술을 살짝 깨물었다.

1 – 2의 다소 불리한 볼카운트 때문이었다.

2000년대 보스턴 레드삭스의 전성기를 이끌었던 포수이자 베테랑 타자인 제이슨 베리텍이지만 이 불리한 볼카운트에 다소 긴장하기는 마찬가지였다.

더군다나 외야로 안타 하나만 때려내면 2명의 주자가 홈으로 들어올 수도 있기에 제이슨 베리텍은 이 기회를 놓치고 싶어하지 않았다.

커리어의 마지막이 될 것으로 보이는 이번 시즌에서 그는 꼭 유종의 미를 거두고 싶어 했다.

커리어 상 3번째 우승을 위해서.

제이슨 베리텍이 타격 자세를 잡자, 사인 교환을 마친 제레미 헬릭슨이 세트 포지션 동작을 취했다.

이윽고 그의 손에서 뿌려진 공이 포수 미트로 날아가던 순간.

제이슨 베리텍이 배트를 휘둘렀다.

따악!

제법 위협적인 타격음이 들려왔다.

우측 담장으로 향하던 타구는 조금 더 뻗을듯하더니 결국 우익수가 서 있던 자리 근처에 떨어지고 말았다.

그러나 실망하기에는 일렀다.

희생 플라이가 있기 때문이다.

필립 모리스가 타구를 포구하자마자, 대주자로 기용된 3루 주자 크레이그 헨더슨이 홈 베이스를 향해 전속력으로 달리기 시작했다.

곧바로 필립 모리스도 홈 플레이트로 힘껏 공을 던졌다.

포수 켈리 숍패치가 홈 플레이트에서 공을 기다렸고, 크레이그 헨더슨이 슬라이딩을 시도하는 순간 드디어 공이 포수 미트에 안착했다.

태그는 너무도 빠르게 이뤄졌고, 구심은 판정을 내리기 전 잠깐 머뭇거리는 행동을 보였다.

그로써도 정확하게 보지는 못한 듯했다.

이윽고 그가 결심한 듯 최종적으로 결론을 내렸다.

승자는 바로…….

"세이프!"

보스턴 레드삭스였다.

중계진은 방금 전 상황에 대해 뚜렷한 답을 내놓지 못하고 있었다.

아직 슬로우 모션 영상이 나오지 않고 있었기 때문이었다.

"조 매든 감독이 나와서 구심에게 항의를 하고 있습니다."

"음…… 아무래도 느린 장면으로 봐야 정확히 알 것 같습니다만……."

해설위원의 말이 끝나기 무섭게 기다렸던 바로 그 영상이 화면에 나타났다.

느린 장면으로 본 방금 전 상황에 대한 진짜 결과는 바로…….

"아웃으로 보입니다만……."

"아슬아슬했지만 그래도 태그가 먼저 됐네요. 흠, 이러면 탬파베이 레이스 입장에선 억울하겠군요."

비디오 판독이 있기는 하지만, 홈런과 파울 만을 가리는 용도로 쓰이고 있기에 판정에 대한 번복은 기대할 수가 없는 탬파베이 레이스였다.

"결국 조 매든 감독이 다시 벤치로 돌아갑니다."

"위기입니다만 탬파베이 레이스가 여기서 추가 실점만큼은 막아야 그나마 경기를 뒤집을 수가 있습니다."

"1점을 추가하면서 보스턴 레드삭스가 다시 앞서가기 시작합니다. 스코어 4 - 3!"

"보스턴 레드삭스 입장에서는 지금보다 좋은 기회는 없습니다. 2아웃이긴 하지만 3루 주자까지 불러들여야 오늘 경기를 승리로 가져가기 훨씬 수월해질 겁니다."

앞선 홈 송구 때 2루 주자가 3루 베이스를 훔치면서 상황은 2사 3루로 바뀌어 있었다.

포수 켈리 숍패치가 마운드를 방문해서 제레미 헬릭슨을 달래고는 이내 다시 포수석으로 돌아갔다.

짧은 이야기였으나 제레미 헬릭슨의 표정은 조금 전보다 그나마 나아져 있었다.

하나 그렇다고 굳어진 얼굴이 완전히 풀리지는 않았다.

여전히 실점이 머릿속에 남아 있는 듯했다.

그러나…….

파앙!

"스트라이크!"

막상 초구가 포수 미트에 꽂히는 순간, 그 어느 누구도 제레미 헬릭슨이 흔들린다고 생각하지 않았다.

91마일(146km)의 패스트볼이 너무도 절묘하게 좌타자의 몸쪽 낮은 코스로 들어갔기 때문이었다.

그리고 이에 구심은 조금의 망설임도 없이 스트라이크 콜을 외쳤고, 제레미 헬릭슨은 아무렇지 않게 로진 백을 집어든 후 켈리 숍패치의 사인을 기다렸다.

이윽고 2구 승부가 이어졌고…….

틱!

2구로 선택한 체인지업을 8번 타자 조쉬 레딕이 맞춰내는
데까지는 성공했으나 타구가 내야 땅볼로 이어지고 말았고,
그렇게 아웃카운트가 모두 채워졌다.

벤치에선 마운드로 내려오는 제레미 헬릭슨을 향해 박수
를 보냈고 수고했다는 말들을 덧붙이면서 그에게 힘을 불
어 넣어주었다.

엷은 미소로 선수들에게 화답한 제레미 헬릭슨은 그대로
벤치에 앉았고, 곧이어 7회 초가 시작되었다.

이번 이닝 선두 타자로 타석에 나서게 된 주혁이 타석으
로 향하기 전, 대기 타석에서 슬쩍 제레미 헬릭슨을 바라보
았다.

그러던 그 순간.

두 사람의 눈이 마주쳤다.

제레미 헬릭슨이 시선을 다른 곳으로 돌리려던 그 때.

'……?'

갑자기 주혁이 좌측 담장 쪽을 가리키는 게 아닌가.

영문 모를 주혁의 행동에 제레미 헬릭슨은 그저 고개만
갸웃거릴 뿐이었다.

반면에 주혁은 그저 피식 웃고는 엄지를 들어 보이고는
그대로 타석으로 향했다.

제레미 헬릭슨은 조금 전 그 모션에 궁금증을 가지고는 자리에서 일어나 주혁의 타석을 지켜보기 시작했다.

여전히 마운드 위로 존 레스터가 올라와 있었고, 주혁이 마지막으로 허공에 스윙을 하더니 이내 타석 안으로 들어섰다.

곧이어 시작된 승부.

부웅!

한 번의 헛스윙과…….

틱!

한 번의 파울, 그리고…….

파앙!

공 하나를 골라낸 주혁이 1 - 2의 볼카운트에서 잠시 타임을 요청했다.

호흡을 고르고는 다시 타석에 들어선 그를 향해 존 레스터가 와인드업 동작을 가져갔다.

곧이어 그의 손에서 뿌려진 공이 매섭게 포수 미트로 날아갔고, 그와 동시에 주혁이 배트를 힘차게 휘둘렀다.

따악!

놀라울 만큼 빠른 배트 스피드로 바깥쪽으로 날아오던 공을 밀어 때리는 데 성공한 주혁의 타구는 좌측 담장 쪽으로 멀리 뻗어나가기 시작했다.

모두의 시선이 타구로 집중되었고…….

"……."

곧이어 타구의 종착점을 확인한 제레미 헬릭슨이 멍하니 1루 베이스를 그냥 지나치는 주혁에게로 시선을 돌렸다.

  이제야 주혁이 조금 전 했던 모션의 의미를 알 수 있었다.

  좌측 담장을 가리켰던 그의 행동.

  그것은 바로 예고 홈런이었다.

〈5권에 계속〉